KB172124

# 한국현대시조론

신웅순

# 한국현대시조론

초판 1쇄 인쇄 · 2018년 12월 12일
초판 1쇄 발행 · 2018년 12월 17일

지은이 · 신웅순
펴낸이 · 한봉숙
펴낸곳 · 푸른사상사

편집 · 지순이 | 교정 · 김수란
등록 · 1999년 7월 8일 제2-2876호
주소 · 경기도 파주시 회동길 337-16 푸른사상사
대표전화 · 031) 955-9111(2) | 팩시밀리 · 031) 955-9114
이메일 · prun21c@hanmail.net / prunsasang@naver.com
홈페이지 · http://www.prun21c.com

ⓒ 신웅순, 2018

ISBN 979-11-308-1394-3   93800
값 22,000원

저자와의 합의에 의해 인지는 생략합니다.
이 도서의 전부 또는 일부 내용을 재사용하려면 사전에 저작권자와 푸른사상사의
서면에 의한 동의를 받아야 합니다.
이 도서의 국립중앙도서관 출판예정도서목록(CIP)은 서지정보유통지원시스템 홈페
이지(http://seoji.nl.go.kr)와 국가자료공동목록시스템(http://www.nl.go.kr/kolisnet)에
서 이용하실 수 있습니다.(CIP제어번호 : CIP2018039720)

대전광역시 DAEJEON METROPOLITAN CITY   대전문화재단

이 도서는 대전광역시, 대전문화재단으로부터 사업비 일부를 지원받았습니다.

푸른사상 학술총서 45

*The theory of Korean modern Sijo*

# 한국현대시조론

신웅순

푸른사상
PRUNSASANG

　필자가 20여 년을 생각해왔던 분야가 시조의 정체성 문제였다. 그러다 보니 자연히 시조음악에 대한 문제에 부딪히게 되었다. 그래서 공부를 시작했던 것이 가곡과 시조창이었다. 시조를 문학의 시선으로만 보아서는 안 되기 때문이었다. 시조문학과 시조음악이 불가분의 관계라는 것은 누구나 다 알고 있는 사실이다. 그것이 시조음악과 시조문학을 함께 연구해야 하는 이유이다.

　음악과 문학이었던 시조가 다른 길을 걸어온 지 100여 년이나 되었다. 그로 인해 지금의 시조는 문학적인, 특히 창작적인 측면에서 정체성이 많이도 훼손되었다.

　음악과 문학을 함께 연구한다는 것은 쉬운 일이 아니다. 그러다 보니 문학과 음악 간의 충돌 현상과 일관성에서 문제가 생기게 된다. 시조문학의 한 분야만이라도 제대로 연구했었더라면 하는 생각이 들기도 했다. 그러나 누군가 할 일이라는 생각이 들어 스스로 위안을 하기도 했다.

　이 책은 그 결과물 중의 일부이다. 인문학도 시대의 흐름에 따라 달라져갔고 필자의 생각도 달라져갔다. 그래서 20년 넘게 방치해둔 「사이버 문학에 있어서 현대시조의 가능성을 위하여」 같은 논문도 있다. 그것이 현 시대에 맞지 않는다 해도 역사성에 의미가 있을까 해서 과감하게 실었다.

시조의 정체성에 대해 집중적으로 생각하다 보니 비슷한 논문 주제에서 인용문들이 겹치는 경우가 많았다. 인용문이 없으면 논지 전개에 무리가 있을 것 같아 반복된 인용문이라도 그대로 실었다. 같은 뜻으로 쓰인 용어인 시조에서의 '음보'를 '소절'로 바꾼 것도 있고 지금의 생각과 다른 내용도 더러 있다. 나의 치부가 부끄러우나 고치지 않고 그냥 두었다.

1부는 주로 '현대시조의 정체성'에 대한 논문들이다. 그동안 많은 학자들이 언급했던 것들이나 대부분 문학 쪽에서의 연구였다. 필자는 여기에 시조음악, 가곡·시조창 쪽에서의 필자의 생각을 덧붙였다.

2부는 '시조의 폭넓은 사유'로 시조 비평의 필요성과 시조 부흥론의 득과 실, 시와 시조와의 관계 그리고 한글 서예로 시조 한 수 쓰기 등 현대시조의 폭을 넓히기 위한 필자의 소박한 생각들을 얹어보았다.

책을 낼 때마다 언제나 실수를 하게 된다. 책은 어차피 한 시대의 흐름을 매듭지어야 하는, 시간이 흘러야 정리될 수밖에 없는 숙명을 갖고 있다. 학문은 끝이 없다. 지난 논문들은 누군가에 의해 수정되어야 하는 끝없는 반복의 연속이다. 또 하나의 염치 없는 짓을 하고 말았다.

필자를 언제나 응원해주는 시조예술연구회 회원들에게, 늘 출판에 후원을 아끼시지 않는 푸른사상사 한봉숙 대표님께 따뜻한 감사의 마음을 표한다.

늘 뒤에서 밀어주는 아내에게 이 책을 바친다. 언제나 아빠를 걱정해주는 가정을 이룬 두 딸과, 사위들에게도 고마움을 전한다.

강호제현의 질책을 바란다.

2018년 12월

매월헌에서 신웅순

# 차례

■■ 책머리에  5

## 제1부
# 현대시조의 정체성

시조 명칭론                                     15

   1. 음악상으로서의 명칭                   15

   2. 문학상으로서의 명칭                   21


시조 분류론:음악                               29

   1. 들어가며                             29

   2. 음악적 분류                           35

   3. 마무리                               41


시조 분류론:문학                               43

   1. 들어가며                             43

   2. 기존의 논의                           44

   3. 문학적 분류                           46

   4. 마무리                               56

## 현대시조의 음악성 고찰      59

    1. 서론      59

    2. 가곡 4장과 시조 종장 첫 음보      63

    3. 시조 음보와 시조창의 각      69

    4. 현대시조의 음악성 검토      72

    5. 결론      79

## 현대시조의 시조 정체성 문제      83

    1. 서론      83

    2. 시조창과 현대시조      85

    3. 시조와 연작 시조      98

    4. 결론      106

## 음악 · 문학으로서의 시조, 그 치유 가능성에 대한 일고      113

## 시조는 시조다워야 한다      131

## 시조 정체성 소고(小考)      141

현시대의 시조 아이덴티티
－ 윤재근, 홍성란 님의 「왜 시조인가」를 읽고          153

시조 형식에 관한 소고(小考)                           167
   1. 들어가며                                         167
   2. 장                                               169
   3. 구                                               173
   4. 소절                                             179
   5. 나오며                                           187

「혈죽가」 소고(小考)                                   189
   1. 서론                                             189
   2. 「혈죽가」와 고시조, 현대시조와의 접점            191
   3. 결론                                             206

사이버 문학에 있어서 현대시조의 가능성을 위하여      211
   1. 들어가는 말                                      211
   2. 전자 텍스트로서의 시조문학                       214
   3. 사이버 공간과 현대시조                           217
   4. 사이버 공간에서의 현대시조 창작의 가능성         221
   5. 마무리                                           226

제2부

# 시조의 폭넓은 사유

3장 형식과 폭넓은 사유                                    231

시조 비평상에 대하여                                      233

시조 부흥론의 득과 실을 생각하며                           239

한글 서예로 시조 한 수를                                  243

뿌리의 고독                                             247

시조인가 시인가
  – 국정 국어 교과서의 예에서                             251


■■ **참고문헌**  257
■■ **찾아보기**  262

제1부

# 현대시조의 정체성

# 시조 명칭론[1]

## 1. 음악상으로서의 명칭

최초의 '시조'(時調) 명칭은『악학궤범』(1493) 권 1의「낙조총의(樂調總義)」에 나오는 '낙시조(樂時調)'[2]이다. 낙시조는 악학궤범의 거문고·가야금 조에 있는 조이름이다.[3] 이때의 시조 명칭은 새로운 노래 곡조인 '시조'와는 성격이 근본적으로 다른 율조명이다.

노래 곡조로서의 최초의 '시조' 명칭은 18세기 가집『악학습영』의「음절도」에 나오는 '시조(時調)'이다.

---

1  신웅순,『한국시조 창작원리론』, 푸른사상사, 2009, 18~25쪽; 신웅순,『현대시조 시학』, 문경출판사, 2001, 13~101쪽에서 발췌 및 수정, 보완하였음.

2  원본영인 한국고전총서『악학궤범』(대제각, 1973), 권 1「樂調總義」70쪽. "樂調有 宮商角緻羽五調 又有樂時調平調界面調河臨嗺子啄木等調" 참조.

3  악학궤범의 시절에는 평조와 계면조에 각각 7조가 있었는데 일지·이지·삼지· 사지를 통틀어 낙시조라 했다.

本朝 梁德壽作琴譜 稱梁琴新譜 謂之古朝 本朝 金聖器作琴譜
稱漁隱遺譜 謂之時調(麗朝 鄭瓜亭敍譜與漁隱遺譜同)

　본 왕조의 양덕수가 금보를 만들었는데, 『양금신보』라 칭하고,
고조라 한다. 본왕조의 김성기가 금보를 만들었는데 『어은유보』
라 칭하고, 시조라 한다.

　양덕수(1567~1608)의 『양금신보』(1610)는 17세기 초의 자료이고 이
형상(1653~1733)의 『악학습영』(1713)의 『어은유보』[4]는 18세기 초의 자
료이다. 위 '시조'의 명칭은 '고조(古調)', '옛날의 조'와 상대되는 '현재
유행하는 노래', '새로운 조'의 노래를 뜻한다.

　이는 전혀 새로운 음악의 출현을 말하는 것은 아니다. '요사잇시' 혹
은 '새로운 조'라고 칭하는 18세기 음악적 변화, 『양금신보』의 전통 아
래서 이루어진 변화를 뜻하는 말이다.[5] '옛날의 조'인 중대엽 중심에서
'새로운 조'인 빠른 삭대엽 중심으로 바뀌었음을 말해준다. 이를 '고조'
와 '시조'로 비교한 것이다. 만·중·삭대엽은 500여 년의 전통을 지닌
지금의 전통 가곡이다. 가장 느린 대엽곡인 만대엽 시대에서 중간 빠
르기인 중대엽 시대로 넘어온 것은 17세기 전후이다. 이런 음악의 촉
급화가 18세기로 넘어오면서 급격히 진행되어 가장 빠른 대엽곡 계열

---

4　조선 후기의 가객 김성기가 연주하던 악보를 그의 제자들이 채록하여 남긴 악보
　집이다. 이런 유의 악보집으로는 『어은유보』 외에도 비슷한 시기에 편찬된 것으
　로 보이는 『낭옹신보』가 있다. 성기옥 외, 『조선후기 지식인의 일상과 문화』, 이화
　여자대학교 출판부, 2007, 151쪽.
5　위의 책, 153쪽.

의 삭대엽 시대로 접어들게 되었다. 18세기 말에는 음악의 촉급화로 이미 빠름을 인식할 수 없을 정도의 새로운 빠른 음악의 패턴으로 바뀌었다.

이즈음 지금의 '시조' 명칭이 석북 신광수(1712~1775)의 「관서악부(關西樂府)」[6](1774)에 또 한 번 등장하게 된다. 신광수의 「관서악부」 108수 중 제15수에 나오는 '시조'의 명칭이다.

> 初唱聞皆說太眞
> 至今如恨馬嵬塵
> 一般時調排長短
> 來自長安李世春

> 처음 부른 창은 양귀비(태진은 법명)를 노래한 장한(백거이가 당 현종과 양귀비의 사랑을 노래한 서사시)
> 지금도 마외역(안녹산의 난으로 양귀비가 자결한 곳)에 남은 한을 슬퍼하네
> 일반적으로 시조는 장단을 얹어 부르는 노래인데
> 바로 장안에서 온 이세춘으로부터 비롯된 것이라네.

「관서악부」의 10번째부터 16번째까지의 작품은 감사 도임에 따른 의전과 축하연을 엄숙하고도 희화적으로 그려낸 시들이다.

축하연 때 행수기생은 감사에게 천침할 기생을 조심스럽게 선발한

---

6 「관서악부」는 석북 신광수가 63세에 지은 악부시이다. 『석북집』 권10에 실려 있다. 칠언절구 108수로 된 장편 연작시로 번암 채제공이 평양 감사로 부임하게 되자, 석북이 번암에게 지어준 악부, 전별시이다.

다. 이 선발이 끝나면 신임감사의 부임을 축하하는 〈장한가〉가 불려진다. 여기에 가객 이세춘이 창을 부르는 모습을 묘사한 시가 바로 「관서악부」 제15수이다. 당대 평양의 가객들은 공연을 펼칠 때마다 양귀비 (태진)의 사연을 담은 노래를 선창했다. 이 비련의 슬픈 가락이 평양 감사의 부임 축하연에 불린 이유는 감수성이 예민한 관서인들의 기호에 맞았기 때문이다. 이세춘이 이 양귀비 노래를 평양에 소개하면서 서울에서 유행 중이던 장단과 가락을 붙인 새로운 스타일인 일반 시조를 함께 소개했다. 이 시에서 석북은 가곡류의 창사를 처음 시조라는 새 곡조로 지어 부른 인물이 이세춘임을 밝히고 있고 그로부터 시조의 명칭이 비롯되었음을 언급하고 있다.

『어은유보』의 '시조' 명칭은 18세기 전반, 「관서악부」의 '시조' 명칭은 18세기 후반에 해당된다. 반세기 만에 장단을 얹어 부른, 전 『어은유보』의 시조와는 전혀 다른, 또 다른 새로운 음악 형태인 지금의 시조가 출현하게 된 것이다.

가곡은 기본 장단이 10점 16박, 편장단이 10점 10박이며 5장으로 부른다. 시조의 장단은 3점 5박, 5점 8박이며 3장으로 부른다. 『어은유보』의 '시조'는 가곡인 삭대엽을 이르는 말이고 관서악부의 '시조'는 지금의 시조창을 이르는 말이다. 전통 가곡과 시조는 빠르기가 두 배 이상이나 차이가 나는, 같은 시조시를 노랫말로 하고 있는 서로 다른 종류의 음악이다.[7]

---

7  평시조의 경우 초장 5·8·8·5·8박, 중장 5·8·8·5·8박, 종장 5·8·5·8

『삼죽금보』와『장금신보』에는 시조가 5장으로 표기되어 있어[8] 시조가 가곡에서 파생되었다고 보는 견해도 있다. 그러나 가곡과 시조는 근본적으로 다른 종류의 음악이다.

이후의 시조 명칭들은 이학규(1770~1835)의『낙하생고』, 유만공 1793~1869)의『세시풍요』(1843) 등의 문헌에서 찾아 볼 수 있다.

……誰憐花月夜 時調正悽悽 (註) 時調亦名 時節歌 皆 閭巷俚語 曼聲歌之……[9]

누군가 달 밝은 밤 연련하여 시조를 부르는 소리 처량하구나. (주) 시조는 시절가라고도 하는데 항간의 속된 말로 되어 있고 느린 곡조로 부른다.

寶兒一隊太癡狂 裁路聯衫小袖裝 時節短歌音調蕩 風吟月白唱 三章 (註) 俗歌日 時節歌[10]

기생 한떼 미치광이와 같이 길을 막고 긴 소매 나부끼며 시절 단가 부르는 소리 질탕한데 찬바람 밝은 달밤에 3장을 부르더라. (주) 속가를 시절가라 한다.

주에서 시조를 '시절가'라고도 말하고 있다. 현 시조창의 고보인『방

---

박으로 94박이며 가곡 초수대엽의 경우 1장 16 · 16박, 2장 16 · 11박, 3장 16 · 16 · 5박, 중여음 16박, 4장 16 · 11박, 5장 16 · 16 · 16박으로 187박이나 된 다.

8  이로 미루어 시조가 가곡에서 파생되었다고 보는 견해가 있다. 장사훈,『시조음 악론』, 서울대학교 출판부, 2001, 15쪽.

9  李學逵(1770~1835)의『洛下生稿』觚不觚詩集」'感事' 34章.

10  柳晚恭(1793~1869)의『歲時風謠』(1843)

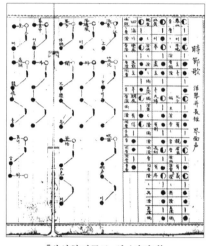

『방산한씨금보』의 '시절가'　　　　　　　『유예지』의 '시조'

산한씨금보』(1916)에도 시조가 '시절가'로 표기되어 있다. '시절가'는 지금의 시조창임은 물론이다.

　최초의 시조 악보는 19세기 초에 채보되었다. 서유구(1764~1845)의 『임원경제지』[11] 중 『유예지』 권 제6의 『양금자보』 말미의 '시조'[12]와 이규경(1788~?)의 『구라철사금보』 말미의 '시조'[13]이다. 이 시조 악보는 황종 · 중려 · 임종의 3음계로 이루어진 계면조로 지금의 경제 평시조에 해당된다.

　『삼죽금보』(고종 원년, 1864)에 와서는 평시조와 소이시조(지름시조)

---

11　순조조 서유구가 만년에 저술한 『임원경제지』 중 『유예지』에 이규경의 『구라철사
　　금자보』의 내용과 같은 시조 악보가 전한다.
12 『한국음악학자료총서15』, 은하출판사, 1989, 149쪽.
13 『한국음악학자료총서14』, 은하출판사, 1989, 112쪽.

두 곡으로 늘어났다. 이때부터 '시조'를 '소이시조'와 구분하기 위해 평시조라 불렀다. 평시조는 평탄하게 부르는 곡이고 소이시조(지름시조)는 처음부터 질러서 부르는 곡이다. 이후 리듬을 촘촘하게 해서 부르는 사설시조가 생겨났고 여기에서 파생되어 중허리시조 · 여창지름시조 · 남창지름시조 · 반사설시조 등이 생겨났다. 다시 중거지름시조 · 사설지름시조(엇시조) · 우조시조 · 우조지름시조 · 휘모리시조 등이 생겨나 오늘에 이르고 있다.

이렇게 '시조'라는 명칭은 적어도 석북의 「관서악부」 이전에는 고조인 중대엽의 상대되는 '현재 유행하는 요사잇 노래'인 삭대엽의 뜻으로 쓰였다가 18세기 후반 「관서악부」 이후에는 이전의 『어은유보』의 삭대엽인 '시조' 명칭과는 전혀 다른, 새로운 종류의 음악인 '시조'가 출현함에 따라 지금의 '시조'의 뜻으로 쓰이게 되었다.

이때까지만 해도 시조는 음악상으로서의 명칭으로 쓰였다.


## 2. 문학상으로서의 명칭

문학상의 장르 명칭으로 사용하게 된 것은 1920년대 후반부터이다. 『조선문단』에 게재된 육당의 「조선 국민 문학으로서의 시조」(1926.5)에서 그 출발점을 찾을 수 있다.

문학으로서의 시조, 시로의 시조가 얼만한 가치를 가진 것인

가. 시조라는 그릇이 담을 수 잇는 전용량과 나타낼 수 잇는 전국 면이 얼마나 되는가. …(중략)… 시적 절대가 시조에 잇슬리는 본 대부터 만무할 것이다. 그렇다고 잡아도 시조가 인류의 시적 충동, 예술적 울읍(欝悒)의 유로선양되는 주요한 일 범주―시의 본체가 조선국토, 조선인, 조선심, 조선어, 조선음율을 통하야 표현된 필연적일 양식―…(중략)…

소설로, 희곡으로 도모지가 아직 발생기(내지 발육기)에 잇다 할 것이지, 이것이오 하고 내노흘 완성품은 거의 업다할 밧게 업슴이 섭섭한 사실이다. 그중에 오직 한 시에 잇서서는 형식으로, 내용으로 용법으로, 용도로 상당한 발달과 성립을 가진 일물이 잇스니 이것이 시조이다. 시조가 조선에 잇는 유일한 성립문학임을 생각할 쌔에 시조에 대한 우리의 친애는 일단의 심후(深厚)를 더 함이 잇지아니치못한다.[14]


최남선은 시조를 필연적인 하나의 문학 양식이라고 보았으며 소설, 희곡 등 타 장르에 비해 시조만은 상당한 발달과 성립을 가진 유일한 문학이라고 말하고 있다.

손진태는 「시조(詩調)와 시조(詩調)에 표현된 조선 사람」(1926.5)에서 '時調'를 '詩調'로 쓸 것을 주장했다.

詩調를 재래에는 時調라고 쓴 사람이 만타. 어너 「시」자가 올헌지는 고전학자들 사이에 무슨 의견이 잇슬듯하나, 나는 詩자가 올흔듯하기에 詩調라고 쓰고저 한다. 詩調는 혹 시가, 혹 가곡이라고도 하며 국가라고도 불을 수 잇는 것이다. 詩調는 시인 동시

14 최남선, 「조선 국민 문학으로서의 시조」, 『조선문단』 16호, 1926.5, 233~234쪽.

에 가이며 곡이 잇스며, 조가 잇는 것이다. 반다시 가이며 곡이 잇는 점에 금일의 新詩와 相異가 잇는 것이다.[15]

'詩調'는 시인 동시에 가이고 곡인 동시에 조가 있다는 점에서 신시 (新詩)와 구별된 양식으로 보았다. 시조의 '時'자를 '詩'로 쓸 것을 주장한 것은 시조를 음악적 양식으로서가 아닌 문학적인 양식으로 파악하고 있음을 말해주고 있다.

『신민』에서 수록한 「시조는 부흥할 것이냐?」(1927.3)에서는 이병기 외 11인의 다양한 의견을 제시했는데 염상섭은 「의문이 웨잇습니까」에서 다음과 같이 말하고 있다.

　가사 시조 속요가 다 볼만한 것이다, 支那의 漢魏古詩나 일본의 만엽집에 비길만한 것도 업지 아니하다. 이 시조야야말로 과연 문학적 형식과 가치를 가지고 잇는 것이다. 시조는 조선고유의 시형이고 조선 정조의 표현인 것이다. 국시(國詩) 곳 조선시를 말하자면 시조를 제 일위로 칠 수 밧게 업다. …(중략)… 아무리 자유시가 유행한대도 시조는 시조대로 남어잇서야 할 것이다. 남아잇를 것이다 자유시라하여도 아무 법칙도 업시 종작업시 주책업시 문자만 늘어놋는 것이 아니라 작가의 그 쓰는 법칙이 잇고야 할 것이다. 그러챤흐면 시도 아무것도 아니 될 것이다.[16]

---

15　손진태, 「시조와 시조에 표현된 조선 사람」, 『신민』(1926.7), 11쪽.
16　염상섭, 「의문이 웨잇습니까」(특집 「시조는 부흥할 것이냐?」), 『신민』, 1927.3, 77쪽.

시조는 당연히 문학의 한 장르인데 '의문이 왜 있느냐'고 반문하면서 시조는 시조대로 당연히 남아 있어어야 한다고 말하고 있다. 시조가 문학상의 한 장르임은 재론의 여지가 없다는 것이다.

이병기의 「시조는 혁신하자」(『동아일보』, 1932.1)라는 논문은 시조의 나아갈 방향과 최초로 현대시조 창작에 대한 구체적인 이론들을 제시하고 있어[17] 문학상으로서의 시조 명칭은 이미 기정사실화되었음을 알 수 있다.

안자산은 『시조시학』에서 "時調詩라 이름한 것은 재래명사인 時調 2자에 詩一字를 가한 것이라. 재래 시조라 한 것은 時調 文句와 其文句에 짝한 곡조를 함칭한 명사이다. 고로 시조라 하면 문구인지 곡조인지 분간할 수 없으매 지금 문구를 논함에 있어서는 그의 혼동을 피하고 또 다른 詩體와도 분별키 위하여 詩一字를 첨가한 것이다."[18]라고 했다. 이 역시 時調에 '詩'자를 붙임으로써 시문학 장르로 시조를 논하고 있음을 알 수 있다. 안자산의 『시조시학』이 바로 본격 시문학으로서의 시조를 논한 최초의 시조이론이다.

이렇게 육당의 「조선 국민 문학으로서의 시조」 이후의 자료에서는 시조를 더 이상 음악상의 장르 명칭으로 사용하지 않고 문학상의 장르

---

17  이병기는 이 논문을 통하여 현대시조가 나아갈 길을 ① 실감실정을 표현하자 ② 취재의 범위를 확장하자 ③ 용어의 수삼 ④ 격조의 변화 ⑤ 연작을 쓰자 ⑥ 쓰는 법, 읽는 법의 여섯 가지로 요약 제시하고 있다. 최초로 현대시조 창작에 대한 이론까지 구체적으로 제시했다.

18  안자산, 『시조시학』, 조광사, 1940, 3쪽. 조규익, 「안자산의 시조론에 대하여」, 『시조학논총』 제30집, 한국시조학회, 2009, 178쪽에서 재인용.

명칭으로 사용하고 있음을 볼 수 있다.

> 「시조」라 하여 단가의 창작을 시조한 것은 단재(신채호) 육당
> (최남선) 등의 고전부흥운동의 일익으로 근대 민족주의 풍조가
> 우리나라에 발흥하려던 시대의 산물이었던 것이다. …(중략)…
> 「시조」라는 것이 국문학의 형태로 의식된 것도 이 시대의 일이었
> 다.[19]

　한국문학을 사적으로 체계화시킨 첫 업적으로 안자산의 『조선문학
사』를 꼽을 수 있다. 그런데 이 책에서 안자산은 가집 소재의 노래 작품
들을 '가사'라고 하였을 뿐 '시조'라는 명칭을 사용하지 않고 있다. 그러
나 그 뒤 그가 발표한 「시조의 체격·품격」(『동아일보』 1931.4.12~19)
등 여러 편의 논문들과 시조에 관한 전작 단행본으로는 첫 업적으로
추정되는 『시조시학』 등에서 이러한 상황이 달라졌음을 볼 때 적어도
근대 이후 창작이나 연구에서 시조라는 명칭을 사용한 것은 1920년대
후반부터라고 할 수 있다. 따라서 특정 시 형태의 명칭으로 고정되었
고 창작 혹은 연구 대상으로 부각된 계기는 이 시기의 시조 부흥론이
었고, 그 본격적인 출발을 육당의 「조선 국민문학으로서의 시조」로 잡
을 수 있다는 점에 이론의 여지가 없을 것이다.[20] 위 두 평설에서도 시
조의 문학상의 장르 명칭의 출발을 육당에서부터라고 말하고 있다.

　시조라는 명칭은 18세기 후반 이후부터 음악상의 명칭으로 불리다가

---

19　지헌영, 「단가 전형의 형성」, 『호서문학』 제4집, 1959, 128쪽.
20　조규익, 『가곡창사의 국문학적 본질』, 집문당, 1994, 47쪽.

1920년대 시조 부흥 운동 이후 다른 문학적 시형과 구분하기 위해 음악상의 명칭을 차용, 지금의 시의 형태인 문학상의 명칭으로 고정되어 불리고 있다. 그러나 1920년대 이전에도 시조가 음악상의 명칭으로만 불리지도 않았던 기록이 있다. 석북과 동시대의 인물이기도 했던 채제공(1720~1799)의 『번암집』은 시조가 문학상의 명칭으로도 불리고 있었음을 시사해줄 수 있는 기록이어서 이에 대한 심도 있는 고구가 필요하다.

余嘗侯藥山翁 翁眉際隱隱有喜色 笑謂余曰 今日吾得士矣 其人姓黃思述其名 貌如玉 兩眸如秋 水袖中出詩若于篇 皆時調也 而其才絶可賞 請業』於余 余肯之 君其興之遊…….[21]

내 일찍이 약산옹을 찾아뵈었더니 그 어른의 눈썹 사이에 즐거워하는 빛이 은은하게 서려 있었다. 미소띤 어조로 내게 말씀하시기를, "오늘 선비를 얻었다네. 그의 성은 황씨이고 이름은 사술이라 하지. 얼굴은 옥 같고 두 눈동자는 가을 하늘처럼 맑더군." 하면서 소매 속에서 시 몇 편을 꺼내셨다. "이것이 다 시조인데 그의 재주가 썩 뛰어나서 칭찬할 만하다네. 내게 수업을 요청하므로 허락했지. 자네도 그 사람과 잘 사귀도록 하게." 하셨다.

지금의 시조 명칭은 언급한 바와 같이 18세기 후반 시조창이 생겨나면서부터였다. 원래 시조는 음악적인 명칭으로 쓰여져왔으나 1920년

---

21 蔡濟恭,「淸暉子詩稿序」,『樊巖集』

대 시조 부흥 운동 이후부터는 같은 명칭을 사용하면서 하나는 음악 장르로 다른 하나는 문학 장르로 쓰여 오늘에 이르고 있다. 현재 통용되고 있는 시조 명칭은 음악상으로는 '시조창'으로 문학상으로는 '시조'로 사용되고 있다.

'시조 명칭' 변천사를 표로 정리하면 다음과 같다.

| | 1493 | 1610 | 1713 | 1774 | 1926 | 현재 |
|---|---|---|---|---|---|---|
| **율조명** | 악학궤범 | | | | | |
| | 낙시조 | | | | | |
| **가곡** | | 양금신보 | 악학습영 | → | | |
| | | 시조(중대엽) | 시조(삭대엽) | | | 가곡(음악) |
| **시조** | | | | ★관서악부 | → | |
| | | | | 시조(음악) | → | 시조(음악) |
| | | | | | ★조선 국민 문학으로서의 시조 | |
| | | | | | 시조(문학) → | 시조(문학) |

★ 표는 현 시조 명칭의 출발점을 나타냄

(『시조미학』, 2015 가을호, 81~92쪽)

# 시조 분류론 : 음악[1]

## 1. 들어가며

시조는 음악과 문학이 하나였다. 창을 하면 그것이 음악이었고 문학이었다. 그러던 것이 1920년대 시조 부흥 운동 이후 창은 창대로 문학은 문학대로 서로 다른 길로 분가해갔다.[2] 작금에 와 시조는 하나는 음악으로 또 하나는 문학으로 자리매김됨으로써 그 분류도 서로 다른 개

---

1 신웅순, 『한국시조창작원리론』, 푸른사상사, 2009, 18~25쪽. 신웅순, 『현대시조시학』, 문경출판사, 2001, 35~42쪽에서 발췌 및 수정, 보완하였음.
2 프로문학에 대항하여 국민문학파는 현대시조 창작 운동을 전개했다. 최남선의 『백팔번뇌』(동광사, 1926), 「조선 국민 문학으로서의 시조」(『조선문단』 16호, 1926.5), 이병기의 「시조에 관하여」(『조선일보』, 1926.12.6), 「시조와 민요」(『동아일보』, 1927.4.30), 조운의 「병인년과 시조」(『조선일보』, 1927.2) 등에서는 공통적으로, 과거와 같이 악곡의 창사로서 존재하는 시조가 아니라 우리의 언어적 특성과 민족적 리듬이 응결된 단시 형식으로서의 시조가 가지는 중요성과 부활의 당위성을 강조했다.
『국어국문학사전』, 한국사전연구사, 2002, 172~173쪽.

념으로 정립되기에 이르렀다.

문학에[3] 비해 음악상의 시조 분류는 아직도 본격적인 연구가 이루어지지 않았다. 몇몇 국악인들에 의해 시도[4]는 되었으나 개념에 대한 체계적인 논증 없이 이루어져 이에 대한 구체적인 고구가 필요하다.

구본혁은 평시조와 평시조의 파생인 지름시조와 지름시조의 파생인 사설시조로 분류하여 이 3자가 시조창의 중심이 된다[5]고 하였으며, 리태극은 보통 창법상에는 평시조 · 중허리시조 · 지름시조 · 사설시조 등으로 4대별할 수 있다[6]고 했다. 이주환은 원곡 외에 원곡과 같은 음조로서 머리를 들어 고음으로 들어내는 지름시조와 많은 사설을 용납하는 자진곡조(엮음)인 사설시조가 각각 파생되어 이것이 시조의 중심

---

3  문학상의 시조의 분류는 명칭 문제와 관련되어 평시조(단시조), 엇시조(중시조),
   사설시조(장시조) 등 3분류와 평시조(단시조), 사설시조(장시조)의 등 2분류가 주
   이다. 전자의 연구로는 이병기, 리태극, 김대행, 김종직, 김사엽, 진동혁, 원용문
   등이 있고 후자의 연구로는 최동원, 고정옥 등이 있다. 신웅순, 『현대시조시학』,
   문경출판사, 2001, 84~85쪽.
   그 외에 신웅순의 장별 분류로 단장시조, 양장시조, 삼장시조, 연삼장시조 등으로
   분류, 삼장시조를 단시조, 중시조, 장시조로, 연삼장시조는 연단시조와 혼합시조
   등으로 나누어 현재 창작되고 있는 모든 시조들을 포괄하여 정리한 연구도 있다.
   신웅순, 「시조분류고」, 『한국문예비평연구』 제15집, 한국문예비평학회, 2004, 165
   쪽.
4  이왕직아악부 편, 『조선아악대요』, 함화진 편, 『증보가곡원류』, 하규일, 임기준,
   최상욱, 이주환, 김호성, 이정주, 정경태, 『국악보』, 『증보주해 선율보 시조보』, 문
   현의 『음악으로 알아보는 시조』 등의 시조 분류들이 있다.
5  구본혁, 『시조가악론』, 정민사, 1988, 27쪽.
6  리태극, 『시조개론』, 반도출판사, 1992, 75쪽.

이 된다[7]고 했다. 김기수는 창법상의 종류에는 평시조 · 지름시조 · 사설시조로 대별된다[8]고 했으며 문현은 평시조, 지름시조 및 사설시조를 3대 시조로 꼽을 만큼 중요한 시조[9]라고 하고 있다. 평시조 · 지름시조 · 사설시조의 3대 분류가 그 중심을 이루고 있음을 알 수 있다.

고시조 악보에 나타난 시조창의 종류는 다음과 같다.

| 『유예지』 | 時調 |
|---|---|
| 『구라철사금보』 | 時調 |
| 『삼죽금보』 | 時調, 騷耳詩調, 巫女詩調 |
| 『장금신보』 | 時節歌, 上清 |
| 이보형 소장 『양금보』 | 時調長短, 三章時調 |
| 『서금보』 | 時調長短, 三章時立, 平調時調 女音也,<br>平調三章 時調 女音也 |
| 『아양금보』 | 시쥬갈락, 질은 시쥬갈악, 시쥬역난갈악, 시쥬여창 |
| 『방산한씨금보』 | 時節歌 |
| 『여창가요록』 | 시조책 |
| 『금고보』 | 時調 |
| 『동대율보』 | 시조념 |
| 『기묘금보』 | 時調, 末章徵高 |

고악보는 평시조와 지름시조의 두 줄기를 보여주고 있다. 『유예지』

---

7  이주환, 『시조창의 연구』, 시조연구회, 1963, 6쪽.
8  김기수 편저, 『정가집』, 은하출판사, 1990.
9  문현, 『음악으로 알아보는 시조』, 민속원, 2004, 392쪽.

『구라철사금보』의 '시조', 『삼죽금보』의 '시조', 『장금신보』의 '시절가', 『방산한씨금보』의 '시절가', 『아양금보』의 '시쥬갈락', 『기묘금보』의 '시조' 등은 평시조에 해당되고, 이보형 소장 『양금보』의 '삼장시조', 『서금보』의 '삼장시립', 『장금신보』의 '상청(上淸)', 『아양금보』의 '질으는 시쥬갈악', 『기묘금보』의 '말장징고(末章徵高)'는 지름시조에 해당된다.[10]

| 평시조 | 시조, 시절가, 시쥬갈락 |
|---|---|
| 지름시조 | 소이시조, 삼장시조, 삼장시립, 상청, 질으는 시쥬갈악, 말장징고 |

최초의 악보 서유구의 『유예지』는 1800년경 영조 때 편찬되었다. 현재의 경제 평시조의 원형이다. 그 후 『삼죽금보』에는 지금의 지름시조인 소이시조가 생겨났다. 『삼죽금보』 간행 연대는 1864년(고종 원년)으로 추정된다. 이 악보는 가곡과 같이 5장으로 되어 있다. 이는 시조가 가곡에서 파생되었음을 보여주는 일례이다. 지름시조가 실린 『기묘금보』의 편찬 연대는 1879년(고종 16년)으로 추정된다.[11] 이후 시조는 소이시조와 구별하기 위하여 그 명칭이 평시조로 바뀌었다. 이 평시조 명칭은 『가곡원류』 이후 평거의 영향을 받아 붙여졌을 것으로 보인다.

1879년 『기묘금보』 때까지만 해도 사설시조의 악보는 보이지 않았다. 나머지 시조들도 그 이후에 생겨난 것으로 보여진다.

---

10  정춘자, 「시조에 관한 연구」, 『한국전통문화연구』 제4호, 138쪽.
11  이준자, 『기묘금보의 가사』, 서울대학교 대학원 석사학위 논문, 1985(미간행). 위의 글, 133쪽에서 재인용.

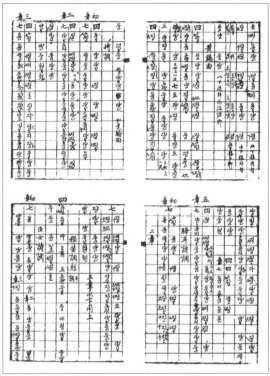

『삼죽금보』에 실려 있는 소이시조

고악보에서 산출한 시조의 두 줄기를 다음과 같이 정리할 수 있다.

평시조 발생 →

　　　지름시조 발생 →

| 1800년 경<br>『유예지』,『구라철사금보』 | 1864년<br>『삼죽금보』 | 1879년<br>『기묘금보』 |
|---|---|---|

평시조는 시조의 원형이며 지름시조는 평시조에서 파생된 시조이다.

사설시조는 향제에서 불려져왔던 시조이다.[12] 처음에는 초·중·종을 평탄하게 부르는 평시조가 생겼고 그 다음에 초장은 높은 음으로 중장과 종장은 평시조창으로 부르는 지름시조가 생겨났으며 나중에는 평평하나 촘촘한 가락으로 엮어 부르는 사설시조가 생겨났다. 평시조는 가곡의 평거, 지름시조는 가곡의 두거의 창법을 본받은 곡이고 사설시조는 가곡의 편수대엽과 비교될 수 있다.[13]

이렇게 연대상으로 보나, 창법상으로 보나 시조는 평시조·지름시조·사설시조로 3분류하는 것이 타당하다고 생각된다.

- ■ 초·중·종장을 평탄하게 부름 – 평시조
- ■ 초장을 드러내어 부름 – 지름시조
- ■ 리듬을 촘촘히 엮어 부름 – 사설시조

작금에 와 경제, 향제의 구분이 애매해지고 향제에서 내포제,[14] 완제,

---

12 향제에서 부르는 사설시조는 120년 전부터 불렸고 지방에서 유래되었다고 한다. 이양교 편저, 『시조창보』, 현대문학사, 1994, 19쪽.

13 장사훈, 『시조음악론』, 서울대학교 출판부, 1986, 484쪽.

14 충청도의 창제는 다시 공주, 청양을 중심으로 한 내륙 지방인 외포와 서산, 당진 등의 해안에 인접한 지역인 내포에서 각각 구분해서 불렀다고 한다. 오늘날에는 이 두 지역 간의 창제 구분이 어렵게 되었다. 또한 내포 지방 중 서산 지역에서 전승되었던 창제는 따로이 서판시조라고 불렀다고 하는데 이에 대한 창제도 거의 전승이 단절되어 있는 상태이다. 현재 내포제 시조는 충남 부여 지방에서도 지방문화재로 지정받아 전하고 있다. 문현, 앞의 책, 390쪽.

영제[15]의 구분이 명확치 못해 이에 대한 분류는 현실적으로 어려운 점이 많다. 경제는 전문가나 전공자들에 의해, 향제 중 완제(석암제)는 많은 일반 대중들에 의해 불리고 있는 것이 작금의 현실이다. 같은 시조라도 지방마다 다소 차이는 있다 해도 근본적인 틀이 같기 때문에 경제나 향제를 또 다른 종류로 세분하는 것은 큰 의미가 없을 것이다. 시조창의 분류는 경제 · 향제 구분 없이 시조라는 전체적인 틀 안에서 이루어져야 할 것이다.

## 2. 음악적 분류

### 1) 평시조 계열[16]

평시조는 시조의 원형, 정격시조이다. 원래는 '시조'의 명칭이었는데 소이시조가 생긴 이후부터 이와 구별하기 위하여 평시조라 불렀다. 전

---

15 현재 대구시 무형문화재로 지정되어 있는 영제 시조는 경상도 말투에서처럼 너무 꿋꿋하여 멋이 좀 적고, 경제 시조는 부드럽고 명랑하여 멋은 있으나 단단한 맛이 적어서, 절장보단하여 부드럽고 명랑한 부분과 꿋꿋한 영제의 부분을 취합한 것이 반영제 시조이다. '온령판'이란 이 반영제 시조에 대하여 순수 영판을 일컫는다. 이 반영제 시조는 실은 석암제의 모체가 되어, 현재 이 창제가 전국을 통일하다시피 했다. 석암제 시조는 '완제 시조'라는 명칭으로 전북과 광주에서 각각 도와 시 무형문화재로 지정되어 있다. 위의 책, 390쪽.

16 신웅순, 「시조창분류고」, 『시조학논총』 24집, 한국시조학회, 2006, 250~251쪽에서 발췌 보완했다.

이주환의 〈동창이 밝았느냐〉 평시조 악보

체를 평탄하게 부르는 시조로 평시조, 중허리시조, 우조시조, 파연곡을 들 수 있다. 평거시조, 향제 평시조, 경제 평시조 등의 명칭이 있으나 동시조 이명칭들이다.

중허리시조는 중장 중간 부분에서 높은 음이 있는 것 외에 초·종장은 평시조의 가락과 흡사하다. 가곡의 중거 형식에서 그 명칭과 형식을 땄다.

우조 시조는 계면조의 평시조에 우조 가락을 삽입한 시조로 평시조계열에 속한다. 우시조, 우조 평시조, 우평시조 등의 이명칭이 있으나 통상 우조시조로 통용되고 있다.

파연곡은 잔치가 끝날 때 부르는 시조창이다. 평롱의 가락과 흡사하며 선율 자체가 평시조 곡으로 평시조 계열에 속한다.

한국현대시조론

■ 평시조 계열 : 평시조, 중허리시조, 우조시조, 파연곡

## 2) 지름시조 계열[17]

지름시조는 가곡의 두거, 삼수대엽 창법을 모방하여 변조시킨 곡으로 두거 · 삼수시조라고도 한다. 초장의 첫째, 둘째 장단을 높은 음으로 질러대고 중 · 종장은 평시조 가락과 같다.

지름시조를 두거, 삼수시조라고 하는 외에 중허리지름시조, 중거 지름시조 등의 명칭이 있다. 지름시조는 처음부터 청태주로 질러댄다. 남창지름시조, 반지름시조, 중 · 종장도 지르는 가락으로 꾸며진 온지름시조도 있다.

우조지름시조는 가곡의 우조풍 가락을 섞어 부르는 지름시조로 계면조에 의한 지름시조의 각 장에 평조의 하나인 우조 가락을 섞어 부른다.

사설지름시조는 초장 초입을 남창지름시조에서와 같이 통목으로 높은 음을 질러 시작하고 중 · 종장에 리듬을 촘촘하게 엮어 부르나 곡마다 선율과 장단형이 조금씩 다르다. 이명칭으로 엇시조, 농시조, 엮음지름시조, 지름엮음시조, 언시조, 사설엮음지름시조 등이 있다.

사설지름시조 계열에 엇엮음시조인 수잡가가 있다. 세마치의 빠른 장단으로 엮어가는 시조라는 뜻에서 휘모리시조라고 한다. 처음에는

---

17 위의 책, 251~252쪽.

김경배 채보 여창지름시조 〈청조야〉

지름시조와 같이 부르다가 중간에서 요성 자리가 서도소리와 같이 중간음인 중려로 옮겨지고 다시 잡가조로 바뀌었다가 다시 시조 장단의 시조 창법으로 되돌아간다. 휘모리시조, 엇엮음시조, 언편, 엇편시조, 반시조 잡가반 등의 이명칭이 있다.

■ 지름시조계열 : 지름시조, 남창지름시조, 여창지름시조, 반지름시조, 온지름시조, 우조지름시조, 사설지름시조, 휘모리시조

### 3) 사설시조 계열[18]

평시조나 지름시조는 대개가 단시조로 구성되어 있으나 사설시조는 긴 자수의 장시조로 구성되어 있다. 가곡에 있어서의 '편', 잡가에 있어서의 '엮음', '자진'과 같은 형식과 비길 수 있다. 장단은 평시조의 틀로 구성되어 있고 평시조와는 달리 한 박에 자수가 많은 리듬을 촘촘하게 엮어서 부른다.[19] 엮음시조·편시조·주슴시조·습시조·좀는시조 등 많은 이름으로 불리고 있다. 특히 사설시조 중 130자 이상의 시조를 '주슴시조'라 하여 그 명칭을 구분하기도 한다. 음악적으로는 향제 평시조의 선율형과 비슷하다.[20]

반사설시조는 사설시조의 파생곡으로 평시조와 사설시조가 섞여 있는 시조를 말한다. 사설시조보다는 글자 수가 적고 평시조보다는 자수가 많다. 반각시조라 부르기도 하며 초장이 평시조이고 종장이 사설시조형인 선반각시조와 초장이 사설시조이고 종장이 평시조형인 후반각시조로 구분하기도 한다.

각시조는 특수한 창법으로 가사의 길이에 따라 장단에 신축성을 갖고 있다. 초장과 종장은 대체로 평시조형이고 중장은 지름시조형이다. 각은 중장, 종장 등에서 늘어난다. 전체적으로 보면 선율은 중허리시조 형태를 띠고 있다. 장단이 평시조나 지름시조 틀로 구성되어 있으

---

18 위의 책, 252~253쪽.
19 신웅순, 앞의 책, 30쪽.
20 문현, 앞의 책, 375쪽.

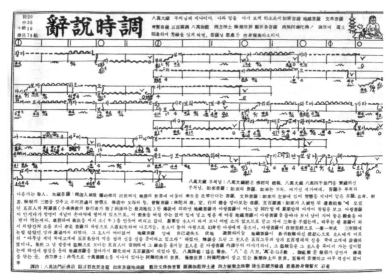

정경태 사설시조 〈팔만대장〉 시조 악보

나 리듬을 촘촘히 엮어 불러야 하기 때문에 사설시조 계열로 보는 것이 좋을 듯하다.

정경태는 반사설시조를 반각시조라 지칭하고 있다. 반각은 장단 용어의 하나로 한 장단의 절반을 가리키는 말이다. 정경태의 반각시조는 초·중·종장이 5·5·4각이다. 그러나 각시조는 초·중·종장이 5·9·4각이다. 중장에서만 거의 2배로 늘어난다.

반각시조는 사설시조의 초·중·종장에서 5·5·4각이 지켜지고 있지만 각시조는 사설시조의 각을 벗어난다. 그러나 리듬이 촘촘하고 중장이 지름시조 선율이고 초장과 종장이 평시조 선율이라 해도 이를 중허리시조로 보기에는 무리가 따른다. 각은 늘어나지만 촘촘히 가락을 엮어가는 것으로 보아 사설시조 계열로 봄이 좋을 듯하다. 외에 좀는

한국현대시조론

평시조가 있다. 평시조적이며 사설시조적인 시조이다.

■ 사설시조 계열 : 사설시조, 반사설시조, 각시조, 좀는평시조

## 3. 마무리

표로 정리하면 다음과 같다.

| 평시조 계열 | 평시조, 중허리시조, 우조시조, 파연곡 |
|---|---|
| 지름시조 계열 | 지름시조, 남창지름시조, 여창지름시조, 반지름시조, 온지름시조, 우조지름시조, 사설지름시조, 휘모리시조 |
| 사설시조 계열 | 사설시조, 반사설시조, 각시조, 좀는평시조 |

몇 가지 문제들이 처리되어야 한다. 같은 시조이면서 다른 명칭으로 불리고 있는 시조들의 명칭을 통일하는 문제와, 같은 종류의 시조창이 서로 섞였을 경우 어디의 계열에 둘 것인가의 원칙 문제이다. 또 하나는 서로 다른 종류이면서 같은 이름으로 불리고 있는 경우의 명칭 문제이다.

이런 문제들은 개념 확정을 거쳐 원칙을 세우고 고악보와 기존 이론과의 연계, 가곡과의 영향 관계 등을 고려하여 심도 있게 연구되어야 할 것이다. 배자, 형태, 음계, 타 장르와의 영향 관계 등 적지 않은 작업

들이 남아 있고 그에 대한 이론 축적이 시급한 실정에 있다. 시조창 이론의 일천으로 차후의 논문들을 기대해보아야 할 것이다.

(『시조미학』, 2015. 겨울호, 78~88쪽)

# 시조 분류론 : 문학

## 1. 들어가며

창하는 사람들은 시조를 특별히 시조창이라 하지 않고, 문학하는 사람들도 시조를 특별히 시조시라고 하지 않는다. '시조'는 문학·음악상의 명칭으로 통칭되어 쓰여왔기 때문이다. 시조가 창에서 독립하여 문학 양식으로 정착되었다고 하여 시조를 시조시로 쓰자는 이도 있으나,[1] 시조라는 용어 자체가 문학이었고 음악이었던 관계로 시조라는 용어의 통칭에는 재론의 여지가 없을 것 같다.

시조 분류 시에는 시조 자체의 장르가 달라진다. 그 명칭도 달라져 필자는 시조창 즉 음악상의 명칭으로 평시조 계열, 지름시조 계열, 사설시조 계열 등으로 분류한 바 있다.

이 글은 문학상으로서의 시조 분류에 관한 것이다. 지금도 문학상으

---

1  한춘섭, 『한국현대시조논총』, 을지출판사, 1990, 21~24쪽.

로서의 시조 분류를 평시조 · 엇시조 · 사설시조[2] 등으로 나누는 이들
이 있다. 이는 창법상의 명칭으로, 문학상의 명칭으로는 쓰기에는 적
절하지 못하다.

작금의 문학상의 분류 명칭으로 단형시조 · 중형시조 · 장형시조 혹
은 단시조 · 중시조 · 장시조 등이 있다. 평시조는 단형시조(단시조)가
아니다. 엇시조, 사설시조도 중형시조(중시조), 장형시조(장시조)가 아
니다. 평시조 · 엇시조 · 사설시조는 단형 · 중형 · 장형시조(단 · 중 ·
장시조)와 같은 자수 배열의 문제가 아닌 창법상의 문제[3]이기 때문이
다.

시조의 분류 문제가 재고되어야 하는 이유가 여기에 있다.


## 2. 기존의 논의

시조의 분류는 두 가지 방향으로 전개되어왔다. 음악적인 분류와
문학적인 분류이다. 평시조 · 엇시조 · 사설시조로, 또 하나는 단형시
조 · 중형시조 · 장형시조(단시조 · 중시조 · 장시조)가 그것이다.[4]

이병기는 시조는 그 창과 작과의 형태가 다르다고 했으며 그 창의 형

---

2  이병기, 『시조의 개설과 창작』, 현대출판사, 1957, 13쪽.
3  장사훈, 「시조와 사설시조의 형태고」, 『시조문학연구』, 정음문화사, 1988, 134쪽.
4  음악상의 용어는 '평시조 · 엇시조 · 사설시조'로, 문학상의 용어는 '단시조 · 중시
   조 · 장시조'로 이하 통일하여 쓰기로 한다.

태로 평시조, 중허리시조, 지름시조, 사설시조 네 가지를, 그 작의 형
태로는 평시조, 엇시조, 사설시조 세 가지를 들었다.[5] 창작 용어를 음
악 용어로 사용하고 있다. 조윤제는 시조를 단형·장형으로 나누어 단
형을 '시조'로, 장형을 '사설시조'로 불렀다.[6] 엇시조의 존재를 인정하지
않고 음악 용어와 문학 용어를 혼용하여 쓰고 있다. 그 외에 김종식, 김
사엽, 진동혁, 원용문 등이 있다.[7] 제씨들도 음악적 명칭과 문학적 명칭
을 구분없이 통칭하여 쓰고 있다.

　리태극은 문학 형태상 시조를 단시조·중시조·장시조로 3대별하
여 문학적인 명칭으로 기술하고 있으며,[8] 김대행도 단형시조·중형시
조·장형시조 또한 문학적인 명칭으로 기술하고 있다.[9] 최동원은 문학
형태상 시조를 정형과 파형으로 양대별하고 정형시조를 단시조, 파형
시조를 장시조로 그 명칭을 정립했다.[10] 문학적인 명칭으로 양대별하고
있다. 고정옥은 평시조와 장시조로 양대별하고 있다.[11] 음악 용어와 문

---

5　이병기, 『국문학개론』, 일지사, 1961, 116쪽.
6　조윤제, 『한국시가의 연구』, 을유문화사, 1948, 79쪽.
7　김종식, 『시조개념과 작시법』, 대동문화사, 1951, 88~89쪽.
　　김사엽, 『이조시대의 가요연구』, 대양출판사, 1956, 254쪽.
　　진동혁, 『고시조문학론』, 형설출판사, 1997, 23쪽.
　　원용문, 『시조문학원론』, 백산출판사, 1999, 92쪽.
8　리태극, 『시조개론』, 반도출판사, 1992, 71쪽.
9　김대행, 『시조유형론』, 이화여자대학교 출판부, 1989, 38~44쪽.
10　최동원, 『고시조론』, 삼영사, 1980, 207~278쪽.
11　고정옥, 「국문학의 형태」, 우리어문학회, 『국문학 개론』, 일성당서점, 1949, 24쪽.
　　평시조와 장시조로 2대별하고, 평시조는 연시조와 단시조로, 장시조는 엇시조와

학 용어를 혼용하여 쓰고 있다.

여러 설들을 정리하면 다음과 같다.

| | 2대별 | 3대별 | 4대별 |
|---|---|---|---|
| **음악적 분류** | | | 평시조, 중허리시조, 지름시조, 사설시조 |
| | | 평시조, 엇시조, 사설시조 | |
| | 시조, 사설시조 | | |
| **문학적 분류** | | 단시조, 중시조, 장시조 | |
| | | 단형시조, 중형시조, 장형시조 | |
| | 단시조, 장시조 | | |
| **음악 · 문학적 분류** | 평시조, 장시조 | | |

# 3. 문학적 분류

## 1) 평 · 엇 · 사설시조의 검토

시조는 문학이 음악을, 음악이 문학을 떠나서는 논의될 수가 없다.

---

사설시조로 각각 양대별하고 있다. 결국 엇시조와 사설시조를 구분하고 있는 것이다. 고정옥,『국어국문학요강』, 대학출판사, 1949, 394~396쪽.

시조시[12] 자체가 가곡이나 시조창이었으며 가곡이나 시조창 자체가 시조시였기 때문이다. 시조에 있어서 문학과 음악은 통칭되어 불려져왔다. 그러나 20세기 이후 시조가 음악과 문학이라는 서로 다른 장르로 정착된 이후에도 문학상의 명칭을 기존의 음악상의 명칭으로 그대로 쓰고 있는 것은 문제가 되지 않을 수 없다.

1926년 『동아일보』에 발표된 가람 이병기의 「시조란 무엇인고」라는 논문 이래로 지금까지도 국문학계에서는 평시조·엇시조·사설시조를 문학적 자수 배열에 의해 해석, 문학에서도 그 명칭을 그대로 수용하여 쓰고 있다.

문학적인 형태 면에서는 단형시조를 평시조, 중형을 엇시조, 장형을 사설시조라고 하지만, 음악적인 형태상으로 보면 이와 전혀 다르다.

'평'과 '엇'과 '사설'의 이름은 자수의 많고 적음에 있는 것이 아니고, 음악 형태와 관련이 있는 것이다. 가령 중형인 엇시조도 음악적인 형태를 바꾸면 사설(엮음)이 되고, 장형인 '사설'도 그 형태를 바꾸면 '엇'이 될 수 있다.[13]

이와 같이 평시조·엇시조·사설시조는 자수 배열에 의한 문학적인 갈래 형태인 단시조·중시조·장시조와는 아무 관련이 없다. 시조시를 노래하고 있는 가곡에서도 기본 장단에 정형시조가, 변형 장단에서는 변격시조가 구별되어 가창되지 않는다.

---

12 시조시라 함은 시조창과 구별하기 위하여 사용된 시조 용어이다.
13 장사훈, 『국악총론』, 세광음악출판사, 1985, 484쪽.

엇시조·사설시조의 창에서 보면 중형시조가 엇시조로 불리고 장형시조가 사설시조로 불린다는 구분은 없다. 중형시조도 음악 형태를 바꾸어 사설시조로 부르고, 장형시조도 음악 형태를 바꾸어 엇시조로 부르는 것이다.

이런 점으로 보아 음악 형태상의 3대별을 문학 형태상의 구분에 그대로 적용하고, 이 문학 형태의 차이를 자수의 많고 적음으로써 설명하려는 종래 방법이 음악과의 관련성에서 온 것이라고 하는 것은 이론적인 타당성이 없는 것이다.[14]

음악적인 용어와 문학적인 용어를 구별, 평·엇·사설시조의 용어 사용의 잘못을 지적하고 있다.

평시조는 높지도 낮지도 않은 중려로 전반적으로 평평하게 부르는 곡이며, 엇시조는 A+B의 형태로 처음은 높은 소리, 나중엔 흥청거리는 창법으로 부르는 곡이다. 사설시조는 장단 또는 리듬을 촘촘하게 엮어 부르는 곡이다. 창법 자체가 다르기 때문에 이를 문학적 용어인 단시조·중시조·장시조와 같이 문학적인 용어로 쓸 수가 없다.

■ 평시조·엇시조·사설시조(음악적 용어)

  ≠단시조·중시조·장시조(문학적 용어)

---

14 최동원, 앞의 책, 207~208쪽.

## 2) 단 · 중 · 장시조의 검토

시조 분류가 3대별이냐 2대별이냐 하는 것은 중시조의 존재를 인정하느냐 인정하지 않느냐의 여부에 있다.

중시조와 장시조의 구별에는 자수, 구, 음보 등이 활용되어왔으나 필자는 몇 가지 기존의 예시로 존재 여부를 확인해보고자 한다.

서원섭은 많은 시조에서 공통된 요소인 음수율을 만들고 그것을 근거로 해서 시조의 개념을 규정했다. 그 결과 「교본역대시조전서」에 수록된 3,335수 중 평시조는 2,759수가, 엇시조는 326수가, 사설시조는 250수가 된다고 하였다. 평시조는 각 장 내외 2구로 각 장 자수는 20자 이내로 된 시조, 엇시조는 삼장 중 초 · 종은 대체로 평시조의 자수와 일치하고 중장은 그 자수가 40자까지 길어진 시조, 사설시조는 초 · 종은 대체로 엇시조의 중장의 자수와 일치하고 중장은 그 자수가 무한정 길어진 시조로 규정했다.[15] 많은 사례를 조사하여 내린 결론이기 때문에 어느 정도 객관성을 갖고 있다고 볼 수 있다. 평시조가 82.7%, 엇시조가 9.8%, 사설시조가 7.5%이다. 이와 같이 엇시조와 사설시조를 자수의 길이에 의해 구별하고 있다. 자수 논리에는 다소 무리가 따르나 엇시조와 사설시조의 존재는 재론의 여지가 없다.

리태극은 단시조를 3장 6구 45자 내외로, 중시조를 단시조의 기준율에서 어느 한 구가 10자 이상 벗어난 시조로, 장시조는 두 구 이상이 각

---

15 서원섭, 「시조문학연구」, 형설출판사, 1991, 32~50쪽.

각 10자 이상 벗어난 시조로 규정하였다.[16] 음보의 처리가 명확하지 않지만 구에 자수를 보충한 견해를 제시해 중시조와 사설시조를 구별하였다.

김제현은 단시조를 3장 6구 12음보로, 중시조를 3장 가운데 한 장의 1구가 2, 3음보 정도 길어진 시형으로, 사설시조는 어느 한 장이 3구 이상 길어지거나 두 장이 3구 이상, 혹은 각 장이 모두 길어진 산문적 시형으로 규정했다.[17] 장에 관계없이 구와 음보의 길이로 중시조와 구분하였으나, 각 장 모두 길어진 것을 장시조로 뭉뚱그려 규정한 것은 무리가 따른다.

최동원은 엇시조와 사설시조의 구분이 형태상이나 내용상으로 모호하다는 점을 들어 정형인 단시조와 파형인 장시조로 2대별하고 있다.

> 종래 시조의 정형과 파형의 구분은 장의 신장에 두기도 하고, 구를 기준으로 하여 구분하기도 했다. 파형시조로서의 엇시조(중형시조)와 사설시조(장형시조)의 구분은, 장의 신장성에 기준을 둘 경우와 구를 기준으로 할 경우에 따라서, 한 작품이 엇시조도 되고 사설시조도 된다. …(중략)…
> 고시조의 작품들을 비교해 보면 많은 수가 개작 · 와전 · 오기 등에서 변개되어 혼란한 상태를 나타내고 있다. 시조가 가창을 통해서 전승해왔고, 또 가곡이나 시조창의 음악형태가 가사의 장단을 제약하지 않는다는 데에 이유가 있다고 하겠다. 이런 작품

---

16 리태극, 앞의 책, 71~74쪽.
17 김제현, 『시조문학론』, 예전사, 1992, 57~64쪽.

들은 비교하고 검토해서 올바른 복원이 필요하다고 생각되는 바이다. 엇시조로 규정되는 작품 가운데에는 이와 같은 복원을 꾀한다면 정형으로 되어야 할 작품이 많다고 본다.

이런 점으로 보아 정형에서 몇 자가 더 늘어난다고 해서 엇시조라 내세울 수도 없으며, 엇시조라는 중형의 설정 자체가 별다른 의의를 가지지 못한다고 하겠다.

종래의 문학 형태상의 3류별을 전제로 하고 엇시조와 사설시조를 내용면에서 검토해 보도라도 이질적인 차이를 찾아볼 수 없다. 사설시조가 지니고 있는 내용상의 특징은 엇시조에서도 두루 볼 수 있는 것이다.[18]

중시조와 사설시조의 경계가 불분명하다는 점을 들어 2대별하고 있다는 것이다.

중시조과 장시조의 경계가 확실하지 않다. 언급한 대로 하면 중시조는 정격에서 조금 벗어난 형태이며, 장시조는 중시조보다 더 벗어난 형태라는 점이다. 중시조와 장시조는 같은 3장을 유지하면서 구, 음보의 길이가 정해져 있지 않은 변격의 형태들이다. 이와 같이 중시조와 장시조의 구분들의 경계가 모호하고 비슷하면서도 제각각이다. 이렇게 되면 자수, 구, 음보 등으로 중·장시조를 구분한다는 것은 큰 의미가 없을 것이다.

요약하면 다음과 같다.

---

18 최동원, 앞의 책, 208쪽.

|  | 서원섭 | 리태극 | 김제현 | 최동원 |
|---|---|---|---|---|
| 평시조<br>(단시조) | 초·중·종<br>평시조 자수 | 3장 6구<br>45자내외 | 3장 6구 12음보 | 정형(단시조) |
| 엇시조<br>(중시조) | 초·종은<br>평시조의 자수,<br>중장은 그<br>자수가 40자까지<br>길어진 시조 | 한 구가 10자<br>이상 벗어난<br>시조 | 한 장의 1구가<br>2, 3음보 정도<br>길어진 시형 | 파형(장시조) |
| 사설시조<br>(장시조) | 초·종은<br>엇시조의 중장의<br>자수와 일치,<br>중장은 자수가<br>무한정 길어진<br>시조 | 두 구 이상이<br>각각 10자 이상<br>벗어난 시조 | 어느 한 장이 3구<br>이상 길어지거나<br>두 장이 3구<br>이상, 혹은 각<br>장이 모두 길어진<br>산문적 시형 | |

단시조·장시조로 나눈 2대별과 단시조·중시조·장시조로 나눈 3대별이다.

중·장시조를 포용한다면 시조의 정의는 '3장 형식의 우리 고유의 시가 문학 양식'쯤으로 정의되어야 할 것이다. 지금까지 장은 3장이되 6구와 12음보 그 이상으로 늘어난 중·장시조도 시조로 취급해왔기 때문이다.

중시조에 대해서는 기존의 논의가 있어왔다. 언급한 바와 같이 중시조와 장시조는 길이의 장단에 따라 구분하고 있는 것 외에는 별다른 내용의 특징을 찾아볼 수 없다. 그렇다고 길이의 장단이 엇시조나 사설시조 같은 음악 형태를 결정짓는 것도 아니다. 음악 형태인 엇시조, 사설시조가 중시조, 장시조인 문학 형태인 용어로 사용되어온 것이 문제의 발단이 되지 않았나 생각된다. 그리고 현대에 와서는 정격에서 벗어난 시조를 장시조(서설시조)라는 이름으로 창작되고 있지 중시조로는 창작되고 있지 않다.

이런 점에서 필자는 시조의 문학적 분류를 정격인 단시조와 변격인 장시조로 분류하고자 한다.

■ 시조 ┌ 단시조(정격)
　　　  └ 장시조(변격)

시조는 그 자체가 정격이다. 여기에 사실상 변격, 파격을 붙일 수는 없다. 그러나 지금까지 오랫동안 정격에서 벗어난 중시조(엇시조), 장시조(사설시조)를 시조의 장르로 인정해왔다. 필자는 일단은 이를 변격으로 명명하고 시조를 정격과 변격으로 나누고자 한다.

시조 자체에 이미 정형이라는 의미가 내재되어 있다. 시조는 그 형이 3장으로 정해진 하나의 정형시이다. 그렇기 때문에 단 · 중 · 장시조에 단형 · 중형 · 장형시조라는 '형'의 삽입은 정해진 3장의 틀에 다시 3장의 틀을 삽입하는 것과 같다. 의미를 강조하는 것 외에는 별다른 뜻이 없다. 시조 자체에 이미 3장이라는 형이 정해져 있기 때문에 단시조 · 중시조 · 장시조의 용어의 사용이 타당하다고 생각된다.

기존의 문학상의 시조 분류를 정리하면 다음과 같다.

| | 시조의 문학적 분류 | 정의 |
|---|---|---|
| 정격 | 단시조 | 3장 6구 12 음보 |
| 변격 | 중시조 | 3장이되 6구 이상 벗어난 형태 |
| | 장시조 | |

## 3) 연시조, 단장 · 양장 · 혼합시조의 검토

음악에 있어서 시조가 평시조로 그 명칭이 바뀐 것은 평시조의 대가되는 지름시조가 생겨난 이후의 일이다. 최초의 시조 악보는 정조 때의 학자 서유구의 『임원경제지』 중 『유예지』의 거문고보 뒤 끝에 실린 『양금보』이다. 이 양금보의 시조는 현재의 평시조에 해당되며[19] 이와 거의 같은 시대인 이규경의 『구라철사금보』의 시조 악보도 『유예지』의 시조 악보와 동일하다.

지름시조인 소이시조는 『삼죽금보』(1864)에 와서야 생겼다. 이후 지름시조와 구별하기 위해 시조를 평시조라 불렀다. 평시조와 지름시조가 시조의 하위 분류가 된 것이다. 사실 '시조'와 '평시조'는 같은 용어이고 또한 시조가 음악과 문학상으로 통칭되어 불렀으므로 문학상으로의 시조와 단시조도 동일한 용어라고 볼 수 있다.

■ 시조＝평시조＝단시조

---

19 장사훈, 「구라철사금자보의 해독과 현행 평시조와의 관계」, 『국악논고』, 314~334
쪽.

위는 시조가 통칭 명칭으로 쓰일 때의 등식이다. 1920~30년대 이후 음악·문학이었던 시조가 음악과 문학인 서로 다른 장르로 정착되어 감에 따라 같은 용어였던 평시조와 단시조는 장르 자체가 달라졌고 서로 다른 뜻을 갖게 되었다. 평시조, 단시조 등도 서로 다른 장르에서 시조의 하위 분류가 된 것이다.

■ 시조≠평시조≠단시조

1932년 11회에 걸쳐 연재된 「시조는 혁신하자」에서 가람은 부르는 시조보다 읽는 시조, 짓는 시조로 발전시켜나가야 한다고 하면서 연작시조의 도입을 주장했다. 과거의 각 수가 독립된 상태였던 것[20]을 제목의 기능을 살려 현대 시작법을 도입, 여러 수가 서로 의존하면서 전개 통일되도록 짓자는 주장이 제기되어 오늘날의 연시조라는 새로운 시조의 용어가 등장하게 된 것이다. 현대시조의 연시조는 'A'라는 같은 주제 아래 지어진 'A1+A2+A3…' 와 같은 형태들이다.

이러한 연시조를 문학상의 시조의 분류로 넣어야 할 것인지의 여부는 논의가 필요하다. 한 주제 아래 지어진 연이은 단시조의 형태들이기 때문이다.

단장시조는 4음보를 가진 한 장의 시조이다. 양장시조는 각 4음보를 가진 두 장의 시조이다. 혼합시조는 단장시조, 양장시조, 삼장시조들

---

20 맹사성의 「강호사시가」나 윤선도의 「오우가」 등 연시조라 부르는 고시조들은 지금의 연시조와는 다른 서로 주제가 다른 독립된 단시조들의 집합체이다.

이 결합한 4, 5, 6, 7장 등 다장으로 늘어난 시조이다.

지금도 이를 실험 삼아 창작하는 이들이 있다. 이는 시조의 3장에서 벗어나 있기 때문에 시조라고는 볼 수 없다. 적어도 변격시조라도 충족시키기 위해서는 장시조와 같이 3장 형식은 갖추어져야 하기 때문이다.


## 4. 마무리

문학상의 시조 갈래 명칭에 대한 논의가 이 글의 목적이다. 평시조·엇시조·사설시조가 음악상의 명칭임을 살피고 이에 대한 문학상의 명칭이 무엇인지를 논의해보았다.

다음과 같이 요약할 수 있다.

첫째, 평시조·엇시조·사설시조가 자수 배열에 의한 문학적인 갈래와는 아무 관련이 없다는 점이다. 평시조·엇시조·사설시조가 가곡이나 시조창으로 창사될 때는 그 형태를 바꾸어 시연될 수 있으며, 음악 형태를 바꾸면 엇시조가 사설시조가 되고 사설시조가 엇시조가 될 수 있다. 문학상의 자수 배열과의 관련은 어디에서도 찾아볼 수 없다.

둘째, 문학상의 분류로 정격인 단시조와 변격인 장시조로 2대별했다. 중시조와 장시조는 길이의 장단에 따라 구분하고 있는 것 외에는 서로 다른 내용의 특징이 없다는 점, 길이의 장단에 따라 엇시조나 사설시조와 같은 음악 형태를 결정지을 수 없다는 점, 현대에 와서 중시조는 창작되지 않는다는 점을 들었다.

셋째, 그러나 기존의 3분류는 다음과 같이 일단 정리했다. 시조의 3분류는 3장의 틀은 같지만 길이(구, 음보)의 장단에 따라 다르다는 전제하에 논의를 전개시켰다. 필자는 이를 단·중·장으로 하고 여기에 시조라는 말을 붙여 단시조·중시조·장시조로 했다. 이는 시조라는 명칭 자체에 이미 정형의 뜻이 있으므로 단형, 중형, 장형 시조로 강조하여 명칭을 붙이는 것보다는 단시조·중시조·장시조로 명명하는 것이 타당하다고 생각되었기 때문이다. 그리고 이를 정격과 변격으로 나누어 3장 6구 12음보를 정격, 3장이되 6구 이상이 벗어난 것을 변격으로 처리하여 정격을 단시조, 변격을 중시조·장시조로 정리했다.

넷째, 연시조의 문학상 하위 분류 여부에 관한 문제는 다음 기회의 논의로 남겨놓았다. 현대시조의 연시조는 'A'라는 같은 주제 아래 지어진 'A1+A2+A3…'와 같은 연이은 단시조의 형태들이기 때문이다.

다섯째, 단장·양장·혼합시조는 3장에서 벗어나 있어 시조로 볼 수 없다. 적어도 변격시조라고 해도 기존의 장시조와 같이 3장 형식은 갖추어져야 하기 때문이다.

(『시조미학』, 2016. 봄호, 86~98쪽)

# 현대시조의 음악성 고찰

## 1. 서론

이병기 선생은 1932년 『동아일보』에 「시조는 혁신하자」라는 논문을 발표했다. 부르는 시조보다 짓는 시조, 읽는 시조로 발전시키자는 것이 논문의 중심 골자였다. 그러나 짓는 시조, 읽는 시조를 강조한 나머지 부르는 시조와의 화해는 전혀 고려하지 않았다.[1] 오늘날의 시조도 창의 흐름이었다는 관념으로부터 완전히 자유스러울 수는 없다.

이는 현대의 시조문학이 창과 단절될 수 없는, 불가분의 관계를 말해주고 있다. 그러나 옛시조와는 달리 현대시조는 이미지 위주로 창작되어 대부분 시조창으로 부르기에는 적합하지 않은 것들이다. 그런 이유로 현대시조는 창으로 시연되지 않는, 옛시조의 기능을 잃어버린 정형시로서만 존재하는 문학 장르로 전락하고 말았다. 시조는 우리만의

---

1 『국어국문학 자료사전』, 한국사전연구사, 2002, 1723쪽.

호흡과 특수한 음악성 때문에 오랫동안 존립할 수 있었다. 이것이 사라진 시조는 시조의 근간을 송두리째 흔들고 있어, 시조의 전통적 기능을 포기할 수밖에 없는 상황에 이르렀다. 전통 고수냐 현대화 찬성이냐 간의 대립이 시대마다 있어온 것은 사실이다. 그러나 근간이 흔들린다면 고유 문화로 존속해야 할 이유가 없어진다. 현대시조에 대한 진단이 필요한 이유가 여기에 있다.

현대시조에서 음악성을 찾아보고자 하는 것도 이 때문이다. 가곡은 시조시를 노랫말로 해서 부르는, 연원이 가장 오래된 창곡 형태이다. 이는 만대엽·중대엽·삭대엽으로 이어져왔는데 가장 느린 만대엽은 영조 이전에 없어졌고 중대엽과 삭대엽만이 남았다가 『가곡원류』에 이르러 중대엽도 없어졌다. 이후 삭대엽이 발전하여 현재의 가곡 체계가 확립되었다.[2] 『양금신보』에는 만·중·삭대엽이 고려가요인 「정과정곡」(진작)에서 나왔다고 기록되어 있다. 시조시를 노랫말로 하고 있는 가곡의 연원을 짐작해볼 수 있는 대목이기도 하다.

시조창 역시 삭대엽과 같은 빠른 템포를 요구하는 시대와 맞물려 있다. 가곡의 느린 재래의 창법에 대해 같은 노랫말로 노래하되 좀 더 빠르고 단순해진 시조와 같은 새로운 창법이 필요했다. 이런 와중에서 18세기 후반 일단의 시조창의 틀이 짜여졌다.[3]

---

2  장사훈, 『한국음악사』, 정음사, 1976, 312~313쪽.
3  신웅순, 『현대시조시학』, 문경출판사, 2001, 24쪽.
   삼죽 선생이 고종 원년 무렵에 찬한 것으로 보이는 『삼죽금보』의 악보에는 시조가 가곡과 같이 5장으로 표기되어 있다. 여기에는 지금의 시조(평시조) 말고 소이시

시조시를 노랫말로 해서 부르는 가곡과 시조창에서 현대시조의 음악성을 찾아보고자 하는 것은 현대시조가 가곡, 시조창의 노랫말이라는 불가분성 때문만이 아닌, 가곡의 조종 격인 고려가요 「정과정곡」(삼진작)과 맞닿아 있기 때문이다. 이렇게 본다면 시조, 가곡, 삭대엽, 중대엽, 만대엽, 삼진작의 계보를 설정할 수 있을 것이다. 이는 시조가 음악을 떠나서는 존립할 수 없는 명백한 이유가 될 수 있다.

작금에 와 현대시조의 자유시화 경향이 도를 넘고 있다. 이것은 현대시조가 음악성을 고려하지 않은 채 읽는 시조, 짓는 시조에만 치중했기 때문에 일어난 기현상으로 파악된다. 이런 면에서 창 중심인 과거 시조와 이미지 중심인 현대의 시조는 형식과 내용 면에서 많은 차이를 보이고 있다. 과거 시조의 음악성이 현대시조의 이미지에 제어 역할을 못하고 있기 때문이 일어난 기현상으로 파악된다. 여기에 시조가 음악과는 별개라는 현대시조시인들의 인식과 시조창이 문학과는 별개라는 시조 창자들의 인식이 더해짐으로써 옛시조와 현대시조와의 간극은 심각하리만큼 커져가고 있다. 창이자 문학인, 고유하고도 독특한 시조의 추가 각기 한쪽으로만 기울어진 탓에 시조 본래의 기능이 흔들려 생긴 결과이다.

창과 문학이 결합되었던 시조가 창과 문학이 분리됨으로써 시조문학

----

조(지름시조) 두 곡이 있다. 5장으로 기보되어 있는 것으로 볼 때 시조는 가곡에서 파생되었다고 보인다. 실제로 명칭이나 형태 면에서 보면 시조가 가곡의 영향을 받아 이루어진 것은 사실이다. 신웅순, 『문학·음악상에 있어서의 시조연구』, 푸른사상사, 2006, 101쪽.

에 음악성이 제거되었다. 이는 옛시조의 창과 문학의 결합을 현대시조에서는 창과 문학의 소통의 문제로 인식해야 할 단계에 와 있음을 말해주고 있다. 이것은 직접적으로 시조의 새로운 현대적 복원이라는 새로운 패러다임을 요구하기에 이르렀다.

시조의 자유시화는 현대시조의 실험이라는 미명 아래 시조의 음악성이 도외시된 채 창작되고 있어 문제의 심각성은 더해지고 있다. 작금에 와 시조의 정체성에 대한 문제가 제기되고, 이슈화되어가고 있는 것도 이러한 우려에서 비롯되고 있다.[4]

작금의 시조문학은 창[5]으로 시연되기가 어렵다. 그러나 원래 시조의 뿌리가 음악이었고 문학이었던 그 불가분성 때문에 시조문학은 시조음악 즉 창을 떠나서는 논의될 수가 없다.[6]

가곡과 시조창에서 현대시조의 음악성을 찾아보고자 하는 것도 이러한 연유에서이다. 현대시조의 음악성 고구는 시조의 정체성에 대한 검토에 다름 아니다.

---

4  필자가 2006년에 창간한 『시조예술』도 이러한 맥락에서 출발했다. 현대시조가 이미지로만 흘러 시조인지 자유시인지 구별할 수 없을 정도가 되어, 시조의 정체성을 찾고자 창간된 것이 『시조예술』이었다.
5  창은 시조시를 노랫말로 하는 가곡과 시조창을 말한다. 현대시조에서 잃어버린 음악을 찾고자 시도하는 시도들이 계속되고 있다. 중요무형문화재 김영기, 월하재단 같은 곳에서 해마다 공연하고 있다.
6  요즘 시조를 쓰는 시인들 중에는 시조가 이미 창에서 떠난 지가 오래라고 생각하는 이들이 많다. 그러나 시조창이 시조시 발상의 도출에 원용된다는 것은 하나의 철칙(?)인 것이다. 정완영, 『시조 창작법』, 중앙일보사(중앙신서 96), 1981, 17쪽.

이 글의 목적은 가곡 4장과 시조 종장 첫 음보, 시조 음보와 시조창의 각에서의 음악성을 찾아 이를 현대시조에서 검증해보자 하는 데에 있다.


## 2. 가곡 4장과 시조 종장 첫 음보

시조창은 3장으로 가곡은 5장으로 불린다. 둘 다 시조시를 노랫말로 하고 있다.

가곡 1, 2장은 시조의 초장 1, 2음보와 3, 4음보에 해당하고 가곡의 3장은 시조의 중장에, 가곡 4장은 시조 종장의 1음보에 해당하고 가곡 5장은 시조 종장의 2, 3, 4음보에 해당된다.

> 가곡 :  대여음                                      시조 :
> 　　　　1장 : 동창이 밝았느냐　　　　　┐
> 　　　　2장 : 노고지리 우지진다　　　　┘            1장
> 　　　　3장 : 소 치는 아희 놈은 상기 아니 일었느냐    2장
> 　　　　중여음
> 　　　　4장 : 재 너머                                3장
> 　　　　5장 : 사래 긴 밭을 언제 갈려 하느니

가곡에서의 각 장은 시조에서의 2음보 이상으로 배분되고 있는데 가곡 4장만은 시조 종장 1음보로만 배분되어 있다. 3음절인 시조 종장 첫 음보의 불문율이 가곡에서는 하나의 장으로 처리되고 있는 것이다. 이

는 시조사적으로도 그럴 만한 이유가 있을 것으로 판단된다.

　김준영은 시조 3장을 『균여전』의 제8 「역가공덕분(譯歌功德分)」에 실려 있는 '삼구육명(三句六名)'의 '삼구'에서 찾았다.

「도천수관음가(禱千手觀音歌)」 현대어역

| | | |
|---|---|---|
| 1名 | 무릎을 곧추며 두 손바닥을 모아 | 1句 |
| 2名 | 천수관음 전에 빌어 사뢰나이다 | |
| 3名 | 천손 천눈을 하나를 내놓고 하나를 덜어 | 2句 |
| 4名 | 둘이 없는 나라 하나만 그윽이 고치옵소서 | |
| 5名 | 아야야 | 3句 |
| 6名 | 내게 끼쳐주신다면 놓았으되 쓴 자비는 (얼마나) 큰고 | |

　3구(句)는 시조 3장에 해당된다.

　제5명(名)은 감탄사 하나로 1명이 되는데 그 '명'이나 '구'가 가사의 가의상(歌意上) 단락을 말하는 것이지 장단을 뜻하는 말은 아니다. 그것은 향가의 제5명 이외의 다른 구나 명도 어떤 노래는 그 음절 수로 헤아리면 제각기 큰 차이가 있지만 그것도 각각 1명이고 또 후구 처음에 오는 그 감탄사는 가의상으로 앞뒤 구와는 아무 관계 없는 독립적인 것이기 때문에 그것도 1명이 된다.[7]

　제5명은 가곡 4장 즉 시조 종장 첫 음보에 해당된다. 제5명은 1음보로 3, 4음보를 갖고 있는 다른 명과는 다르다. 1음보를 갖고 있으면서 3, 4음보를 갖고 있는 다른 음보과 같은 값으로 노래하고 있는 것이다.

---

7　김준영, 『한국고시가연구』, 형설출판사, 1991, 131~132쪽.

물론 6명은 2, 3, 4음보에 해당된다.

진동혁은 10구체 향가의 '아야(阿也), 아야야(阿耶也)' 등과 같은 감탄사가 여음으로 쓰이기 시작하여 이 여음이 고려가요와 경기체가를 거쳐 시조에 이어졌다고 보고 있다. 고려가요 중 「사모곡」, 백제가요 「정읍사」도 여음구만을 제하면 시조 형식으로 돌변된다고 보았다.[8]

정서가 지은 고려가요 「정과정곡」도 10구체의 노래로 '아소 님하'라는 낙구의 위치가 정통 향가와는 다르기는 하나 시간적 거리를 감안한다면 10구체 향가의 잔존 형태로 간주할 수 있다.[9]

『양금신보』에서는 시조시를 노랫말로 하고 있는 가곡의 전신인 만·중·삭대엽이 모두 정과정 진작인 삼기곡에서 나왔다[10]고 말하고 있다. 진작의 낙구도 시조와의 불가분의 관계가 있음을 짐작할 수 있는 대목이다.

이렇게 본다면 향가나 고려가요의 독립 어구들이 시조의 종장의 첫 음보로 굳어지고 가곡에서는 독립된 장으로 불려져 작금에 이르렀을 것으로 보인다.

봄에는 삼라만상의 새싹을 틔우고 여름에는 왕성하게 자라고 가을에는 오곡백과가 결실을 맺게 하고 겨울에는 그 모습을 감추게 된다. 이러한 대자연의 섭리에 따라 시조 형식도 만들어졌으

---

8 진동혁, 『고시조문학론』, 형설출판사, 1997, 20쪽.
9 장덕순, 『한국문학사』, 동화출판사, 1978, 116쪽.
10 장사훈, 『음악대사전』, 세광음악출판사, 1984, 658쪽. 삼기곡은 3틀로 된 「정과정곡」의 음악적 형식을 가리키는 말.

니 초장에서는 그 시상을 시작하고, 중장에서는 그 시상을 전개하면서 발전시키고 종장 첫구에 와서는 3 · 6조로 껑충뛰면서 절정에 이르게 하고, 둘째구에 와서는 4 · 3조로 자연스럽게 내리막길을 달리면서 종결을 짓는다. 그러니까 종장의 첫째구 3 · 6조는 절기에 있어서는 오곡백과가 결실을 맺는 9, 10월에 해당하게끔 배치했으니 시조 형식의 절묘함을 통감하지 않을 수 없다.[11]

위 인용문도 가곡 4장의 중요성을 말해주는 하나의 근거가 될 수 있다. 시조 종장 첫 구는 시상 반전의 축으로, 모든 시상을 결집시켜주는 곳이다. 시조에서 매우 중요한 역할을 하는 부분이다. 이러한 이유 때문에 시조 종장의 첫 음보가 가곡에서는 하나의 장으로 독립되어 불리는 것이 아닌가 생각된다.

나이가 든 사람이면 누구나가 다 알겠거니와 옛날 밤을 새워가면서 잣던 할머니의 물레질, 한번 뽑고(초장), 두 번 뽑고(중장), 세번째는 어깨 너머로 휘끈 실을 뽑아 넘겨 두루룩 꼬투마리에 힘껏 감아주던(종장) 것, 이것이 바로 다름 아닌 초 · 중 · 종장의 3장으로 된 우리 시조의 내재율이다.
이만하면 초 · 중장이 모두 3, 4, 3, 4,인데 왜 하필이면 종장만이 3, 5, 4, 3인가 그 연유를 알고도 남을 것이다. 이런 시조적인 3장의 내재율은 비단 물레질에만 있는 것이 아니라 우리 생활 백반에 걸쳐 편재해 있는 것이다.
설 다음 날부터 대보름까지의 마을 누비던 농악의 자진마치에서도 숨어 있고, 오뉴월 보리타작 마당 도리깨질에도 숨어 있고,

---

11 원용문, 『시조문학원리』, 백산출판사, 1999, 194쪽.

우리 어머니 우리 누님들의 다듬잇 장단에도 숨어 있었던 것이다. 다시 말해서 우리 모든 습속, 모든 행동거지에도, 희비애락에도 단조로움이 아니라 가다가는 어김없이 감아 넘기는 승무의 소매자락 같은 굴곡이 숨어 있다는 사실이다.[12]

종장의 반전은 우리의 모든 생활 습속에 걸쳐 있다는 것이다. 시조는 우리의 생활이요 문화이며 디엔에이이다. 생활 자체가 시조의 형식과 같다는 말에 다름 아니다. 전통 가곡에서 시조 종장의 첫 음보를 가곡에서 독립된 장으로 부르는 것도 우리 생활의 반전의 습속이 자연스럽게 반영되어 이루어진 것으로 보인다. 가곡의 5장에서 3개의 음보로 마무리를 하고 있는 것도 4장이 급한 시상 전환 때문에 다소 많은 나머지 2, 3, 4음보가 필요했을 것으로 보인다.

가곡은 처음엔 전주곡의 형태를 띤 대여음이 연주되고 그리고 가곡 1, 2, 3장을 부르고 간주곡 형태인 중여음이 연주된다. 그리고는 4, 5장을 부른다. 시조의 종장 첫 음보인 가곡 4장에 앞서 중여음이 연주된다는 것은 4장의 반전을 앞두고 어떤 준비, 예비가 필요하기 때문일 것으로 보인다.[13] 이는 4장의 중요성을 말해주는 하나의 근거가 될 수 있다.

일련의 이러한 독립어적 요소, 시상 전개의 전환구, 생활 습속 등이

---

12 정완영, 앞의 책, 15, 16쪽.
13 평시조에서도 중장을 다 부르고 가곡의 중여음과 같은 역할을 하는 4박을 쉬었다가 종장의 첫 음보에서 갑자기 청황종으로 올라가 긴장을 유발한다. 그리고 종장의 2, 3음보에서 중려의 전성으로 이어지면서 잦은 변화를 주다가 긴장을 풀면서 종결된다.

후대에 내려오면서 우리 민족의 호흡인 시조 종장의 첫 음보로 굳어지고 그 중요성이 더해져서 이것이 가곡에서 독립된 장으로 불려온 것이 아닌가 생각된다.

시조는 초장의 도입, 중장의 전개, 종장의 전환, 결말로 이루어지는 시조의 패턴에서 시상 전개에서 가장 중요한 축이 되는 것이 감탄적 어사, 종장의 첫 음보이다. 기능 종결 기능[14]의 단추 역할을 하는 이 부분이 제대로 작동되지 않는다면 시조로의 맛과 멋, 시조다움은 사라질 것이다. 시상의 반전, 전환은 시조 종장의 첫 음보에 달려있다.

필자는 이를 시조의 음악성의 하나로 보고자 한다. 이것이 시상 전환의 축인 종장의 첫 음보가 가곡에서 독립된 4장으로 불리고 있는 이유이다. 이 종장 첫 음보의 역할에 따라 시조의 정체성 즉 음악성의 여부가 달려 있다고 말할 수 있다.

■ 시조의 음악성＝가곡의 4장, 시조 종장의 첫 음보의 역할 : 시상
　반전

---

14 조동일, 『한국민요의 전통과 시가 율격』, 지식산업사, 1996, 232쪽.
　종장에서 제1음보의 소음보는 상당수가 감탄적 어사로 되어 있고, 마지막 제4음보의 소음보는 대부분 감탄적 종결형으로 되어 있다는 점을 중요시하며 그 기능을 살핀 결과 감탄적 어사로 시작되는 제1음보와 제2음보 연속은 '제시부'라고 할 수 있으며 감탄적 종결형으로 끝나는 제3음보와 제4음보의 연속은 '종결부'라고 할 수 있다. 그러면서 제시부인 소음보와 과음보의 연속 때문에 호흡상 긴장이 되었다가 이 긴장이 평음보와 소음보의 연속으로 된 종결부에서 해소된다고 했다. 이것이 종장의 종결 기능이다.

시조는 종장의 첫 음보와 둘째 음보에서 시상의 전환을 이룰 만한 변화를 보여야 하는 정형율의 까다로운 형식이다. 이 형식을 충족시켜 줄 수 있느냐의 여부는 바로 시조의 음악성과 직결된다고 말할 수 있다.

향가나 고려가요, 고시조의 감탄구 같은 음악성은 고시조, 개화기 시조, 현대시조로 내려오면서 시조에서 반드시 지켜져야 할 하나의 불문율이 되었다.


## 3. 시조 음보와 시조창의 각

시조 음보와 시조창의 각과의 관계는 중요한 문제이다. 시조와 그 시조시를 노랫말로 하는 시조창과의 불가분의 관계 때문이다.

시조창의 각·박자와 시조의 음보 관계는 다음과 같이 정리할 수 있다.

| 초·중장 | 시조 | 제1음보 | 제2음보 | 제3음보 | 제4음보(3/4, 1/4) |
|---|---|---|---|---|---|
| | 시조창 | 제1각 | 제2각 | 제3각 | 제4(3/4), 5각(1/4) |
| 종장 | 시조 | 제1음보 | 제2음보 | 제3음보(3/4, 1/4) | 제4음보 × |
| | 시조창 | 제1각 | 제2각 | 제3(3/4), 4각(1/4) | 제5각 × |

정경태의 평시조 본텍스트 '청산은 어찌하여……'의 배자, 음보를 표시하면 다음과 같다.[15]

---

15 신웅순, 「평시조 '청산은 어찌하여…' 배자·음보 분석」, 『한국문예비평연구』 제18

| 장 | 초 장 | | | | | | | |
|---|---|---|---|---|---|---|---|---|
| 박자 | 1 ◐ | 2 | 3 \| | 4 ○ | 5 | 6 ○ | 7 \| | 8 |
| 1각, 1구1음보 | 청산 ○ | × | × | 은 ○ | × | | | |
| 2각, 1구2음보 | 어찌 ○ | × | × | 하 ○ | × | 여 ○ | × | × |
| 3각, 2구3음보 | 만고 ○ | × | × | × | × | 에 ○ | × | △ |
| 4각, 2구4음보 | 푸르 ○ | × | × | 르 ○ | × | | | |
| 5각, 2구4음보 | 며 ○ | × | × | × | 여음 × | | | |

| 장 | 중 장 | | | | | | | |
|---|---|---|---|---|---|---|---|---|
| 박자 | ◐ | | \| | ○ | | ○ | \| | |
| 1각, 1구1음보 | 유수 ○ | 는× | × | ○ | × | | | |
| 2각, 1구2음보 | 어 ○ | × | × | 찌 ○ | × | 하 ○ | × | 여△ |
| 3각, 2구3음보 | 주야 ○ | 에△ | × | × | × | 굿지 ○ | × | × |
| 4각, 2구4음보 | 아 ○ | 니△ | × | 는 ○ | × | | | |
| 5각, 2구4음보 | 고 ○ | × | × | × | × | × | 여음 × | |

| 장 | 종 장 | | | | | | | |
|---|---|---|---|---|---|---|---|---|
| 박자 | ◐ | | \| | ○ | | ○ | \| | |
| 1각, 1구1음보 | 우 ○ | × | 리 ○ | 도 ○ | × | | | |
| 2각, 1구2음보 | 굿지지 ○ | × | × | 말 ○ | × | 아 ○ | × | △ |
| 3각, 2구3음보 | 만고 ○ | × | × | 상 ○ | × | | | |
| 4각, 2구3음보 | 청 ○ | 여음 × | | | | | | |

시조의 초 · 중 · 종장은 4 · 4 · 4음보로 되어 있고 시조창의 초 · 중 · 종장은 5 · 5 · 4각으로 되어 있어 음보와 각의 수는 일치하지 않는다.

집, 2005, 167쪽.

시조 초·중장의 1, 2, 3째 음보는 시조창의 1, 2, 3째 각과 대응되고 시조 종장의 1, 2째 음보도 시조창의 1, 2째 각과 대응된다. 시조의 초·중장 4째 음보는 시조창의 4, 5째 각에 시조 종장의 3째 음보는 시조창의 3, 4째 각에 대응되어 있다.

일치하지 않는 것은 시조 초·중장의 4째 음보와 시조창의 4, 5째 각 그리고 시조 종장의 3째 음보와 시조창의 3, 4째 각이다. 시조창 초·중장의 4, 5째 각이 시조의 초·중장의 4째 음보의 3/4와 1/4로 배분되어 있다. 시조창 종장의 3, 4째 각도 시조 종장의 3째 음보의 3/4, 1/4로 배분되어 있다. 시조의 한 음보가 시조창의 두 개의 각을 감당하고 있으며 음보의 각에 대한 배분양은 3/4, 1/4로 각각 같다.

시조창에서는 시조 종장 4째 음보와 시조창의 5째 각은 생략되어 있다. 시조의 3장 6구 12음보는 시조창의 3장 5·5·4 각에 균등하게 배분되어 있으며 시조의 각각의 음보는 시조창의 각각의 각을 침해하지 않는다.

시조에서 과음보나 결음보는 시조 음보와 시조창의 배자에 문제가 생겨 시조 음보와 시조창의 각과의 균형을 유지하기가 어렵다. 음보와 각과의 관계가 같은 값으로 대응되어 있어야 음악성을 유지할 수가 있다. 시조가 한 음보에 많은 자수를 허용하지 않는, 음보율이면서 음절수도 지켜야 하는 정형(整形)의 율격임을 알 수 있다.

성은 사물의 바탕이나 성질, 본질을 말한다. 시조에 있어서 시조의 정체성에 다름 아니다. 음보나 각은 의미의 마디나 음악의 마디를 의미한다. 이것이 대응되어야 시조의 음악성을 제재로 갖추었다고 볼 수 있으며 그렇지 않다면 그것은 이미 시조라고 말할 수 없다.

| | | | | | |
|---|---|---|---|---|---|
| 시조 초장 | — | — | — | — | |
| 시조창 초장 | — | — | — | — | — |
| 시조 중장 | — | — | — | — | |
| 시조창 중장 | — | — | — | — | — |
| 시조 종장 | — | — | — | × | |
| 시조창 중장 | — | — | — | — | × |

■ 시조의 4음보＝시조창의 각＝시조의 음악성

시조는 시조 음보와 시조창의 각이 대응되어야 한다. 이것이 시조 형식이다. 시조의 과음보 결음보는 시조창의 각으로 대응되지 못하기 때문에 시조창으로서의 시연은 불가능해진다. 3장 6구 12음보의 시조 형식을 제대로 갖추었을 때에 시조창으로서의 시연이 가능해진다. 이것이 시조의 음악성으로 볼 수 있는 또 하나의 이유이다.


## 4. 현대시조의 음악성 검토

시조의 음악성을 획득하기 위해서는 3장 6구 12음보의 형식에서 종장의 반전구가 반드시 지켜져야 하며 각 장 4음보가 제대로 지켜져야한다.

현대시조의 예를 통해 이를 검증해보기로 한다. 이것은 현대시조에서 시조의 전통성과도 직결되어 있을 뿐만 아니라 시조의 정체성 어부가 여기에 달려 있기 때문이다.

> 시조는 3장으로 구성되어야 한다. 장이 3개라는 의미는 곧 장은 하나의 의미체가 되어 세 개의 의미체가 유기적으로 결합됨으로써 하나의 시조 작품이 이루어진다는 뜻이므로 장의 개념이 고시조의 그것과 달라질 수 없는 노릇이다. 그럼에도 불구하고 시조 전문지에 발표되고 있는 작품 중에는 장의 구실을 못하는 것을 장이라고 내세움으로써 3장 구성과 거리가 먼, 시조 아닌 것을 시조라고 우기는 경우가 등장하고 있다.[16]

위 인용문은 의미체의 유기적 결합은 고시조의 그것도 달라질 수 없다고 했다. 고시조는 창으로 시연될 수 있다. 창으로 시연될 수 없는 형식을 갖고 있지 않다면 음악성을 획득할 수 없게 되는 것은 당연하다. 시조의 음악성은 3장 6구 12음보의 형식에서 종장에서의 반전구의 여부와 4음보의 준수에 달려 있다.

> 햇빛이 기울 때면 어둠이 찾아들고
> 빈 벽의 기호들은 보란 듯이 서성이고
> 소박한 우리 마음을 영화처럼 보여준다
>
> ― 남복희, 「빈벽」

위 시조의 종장의 반전구는 '소박한'이다. 위 시조가 종장에서 의미

---

16 임종찬, 『현대시조의 탐색』, 국학자료원, 2004, 36쪽.

가 반전하지 않는 것은 아니나 느슨한 데에 문제가 있다. 가곡에서는 '소박한' 3음절로 1장을 긴장감 있게 소화해내야 하며 시조창에서도 팽팽하게 음이 올라가는 부분이다. 전체적으로 기막힌 반전구가 되어야 하는데 이 시조는 그렇지 못해 창으로 시연한다 해도 반전구에서 맥이 풀려버린다. 시조의 음악성이란 시조 형식과 직결되는 것이지만 내용 면에서도 반전이 이루어져야 한다. 위 시조는 시조의 형식은 제대로 갖추었으나 내용의 느슨한 반전구로 시조의 음악성에서는 다소 멀어져 있다.

> 어릴 적 /두레박에 /퍼 올리던/ 달빛 하나//
> 아직도/ 저 우주로 /떠나지 못하고//
> 장독대/ 정안수 안에/ 잠이/ 들어 있구나
>
> — 장효순, 「보름달」

위 시조를 음보별로 표시한 것이다. '시조는 결코 열린 형식이라 할 만큼 자유스럽지는 않다. 오히려 시조는 어떠한 경우에도 3장으로 완결해야 하는 닫힌 형식이며, 각 장도 4음보격으로 혹은 4개의 통사·의미 마디로 구성해야[17] 한다.

위 시조는 결음보로 중장에서 4개의 통사 마디를 구성하지 못했다. '떠나지 못하고'는 한 음보이지 두 음보로 읽혀지지 않는다. 음보는 적어도 최소한의 단어 하나로 이루어져야 하는데 위 시조 '떠나지 못하

---

17  김학성, 「시조의 정체성과 현대적 계승」과 이솔희, 「현대시조의 내일에 대한 전망」, 『화중련』, 2014 상반기, 31쪽.

고'는 하나의 단어가 두 개의 음보로 나누어져 있어 음보에 문제가 생겼다. 중장에서 4개의 통사·의미 마디를 구성하지 못했고 또한 3음보를 4음보로 나누어져 있어 시조의 음악성에서 벗어났다.

> 산골을 거닐다가 문득 깨쳐들고 보니
> 어데서 꺾어왔는지 꽃이 손에 쥐었네
>
> — 장하보, 「춘조」의 4연

이 시조는 4음보 두 줄(장)으로 이루어져 있다. 중장을 생략한 형태로 초장과 종장으로 되어 있다. 각 장은 두 개의 의미체로 이루어져 있으나 시조라고는 할 수 없다. 한 장이 모자라 시조 형식인 각 장 4음보를 갖추지 못해 시조의 음악성을 완전히 상실하고 말았다. 외에 절장시조, 혼합시조(?)도 실험되고 있으나 물론 이도 시조의 음악성은 획득할 수 없으므로 시조라고 말할 수 없다.

> 소나무, 단풍나무, 참나무, 오동나무…
> 촉촉하게, 푸르게 살아 있는 동안은
> 나−무라 불리우지 않는다
> 무슨무슨 나무일 뿐이다.
>
> — 김동찬, 「나−무」 1연

위 시조는 3장이 두 개의 의미체로 이루어져 있다. 초장과 중장이 하나의 의미체이고 종장이 하나의 의미체이다. 장 하나에 하나의 의미체를 갖추고 있어야 가곡이나 시조창으로 시연될 수 있다. 시조창에서

한 장이 하나의 의미체로 시연되지 두 장이 하나의 의미체로 시연되지 않는다.[18]

고시조나 현대시조의 장마다 의미체로서의 자질을 갖추고 있어야 한다. 음악성의 자질은 악곡으로 보완할 수 없는 부분을 배행의 자유를 통한 격조의 변화로 보완해야 하는데 이런 점에서 음악성에서 멀어져 있다.[19]

질 고운 비단 고르듯
풀섶
지나온
바람
길목을 지키고 앉아
적요를 즐기노니
활활활 타오른다고 해서
그게
불꽃만은
아니다

— 한분순, 「단상 7」 2연

시조 형식에 있어 고시조가 현대시조로 넘어오면서 빠진 악곡을 대

---

18 시조창에서 초장, 중장 끝에는 반드시 여박이 있다. 이는 일단의 의미의 종결을 의미한다. 의미가 종결되지 않고 쉴 수가 없기 때문이다. 이것이 지켜지지 않는다면 가곡이나 시조창으로 시연되기 어렵다. 현대시조라도 창으로 불리지 않지만 창으로 시연될 수 있는 형식은 갖추고 있어야 음악성을 획득할 수 있다.
19 이솔희, 앞의 책, 30쪽.

한국현대시조론

체하기 위해 시도한 것이 배행의 자유이다. 장별 배행은 고시조에서 사용하던 방식이므로 현대시조에서 새롭게 도입된 것이 구별 배행과 음보별 배행이라 할 수 있다. 그러나 이 배행의 자유가 무한 허용된 것은 아니다. 무한하게 허용할 경우 자유시와의 경계가 무너지기 때문이다. 따라서 음보를 넘어선 음절 단위의 배행은 하지 않아야 할 것이다.[20]

위 시조는 초장의 '풀섶/지나온 바람'인 두 개의 음보를 '풀섶/지나온/ 바람'인 세 개의 음보로 배행했고 또 종장의 원래의 '그게 /불꽃만은 아니다' 의 두 개의 음보를 '그게 /불꽃만은/아니다'인 세 개의 음보로 배행했다. 이럴 경우 두 개의 음보가 세 개의 음보로 읽혀져 두 개의 음보가 되는 자유시 같은 형태가 되어버렸다. 작가의 의도가 있을 것으로 보이나 시조음악상으로 볼 때 가락이 끊겨 있고 시조 형식에서도 멀어져 있다.

가곡이나 시조창에서 음보는 매우 중요하다. 창에는 각이나 박자라는 것이 있어서 한 음보를 배행하게 되면 박이나 각을 음보가 침해하게 되어 음악성을 상실하게 된다. 현대시조라 해도 한 음보를 몇 개의 행으로 배행하게 되면 시조 율독에도 지장이 있을 뿐만 아니라 본래 시조의 맛은 사라지고 시조 고유의 음악성은 상실하게 된다. 물론 의도적으로 어떤 이미지를 얻기 위해 시도한 것으로도 볼 수 있으나 이럴 경우 시조의 음악성에 문제가 되어 음악성과 문학성의 경계가 허물

---

**20** 이솔희, 앞의 글, 31쪽.

어져 자유시가 되어버리는 결과를 초래하게 된다.

산으로 난 오솔길
간밤에 내린 첫눈

노루도 밟지 않은
새로 펼친 화선지

붓 한 점 댈 곳 없어라
가슴속의 네 모습

— 장순하, 「첫눈」

위 시조는 종장 첫 음보인 전환구의 의미 반전이 제대로 이루어져 있고 각 장의 의미 완결성뿐만 아니라 4음보의 시조의 형식을 정확히 지키고 있다.

현대시조이지만 종장 첫 음보의 전환구 역할과 각 장 4음보의 형식도 하등 다를 게 없다. 위 시조는 시조의 형식을 그대로 지키고 있으면서 내용 면에서도 신선한 이미지를 유지하고 있다.

그러나 현대시조가 전통 가곡이나 시조창으로 불리지 않는다고 해서 현대시조가 전통 가곡과 시조창과의 결별을 의미하는 것은 아니다.

정수자:창하는 분들은 '배자'가 맞아야 부르기가 좋다며 현대시조가 이미지 위주라서 창으로 하기 어려운 점은 갖고 있다고 하던데요. 물론 창에 맞춰서 시조를 쓰며 과거방식으로 회귀하자는 게 아니고, 시조의 멋이나 격조를 창으로 보여줄 수 있지 않을

까 해서요. …(중략)…

　제 생각은 시조를 낭송하고, 그것을 또 창으로 한다든지 좀 다른 방법을 찾아 보자는 것이죠. 물론 창을 위해서 시조를 쓰는 것은 아니니까 문학성을 노래성에 내어줄 수는 없지요, 하지만 노래성에 대한 고민도 다시 할 필요가 있다고 봅니다. 이미지 위주에서 놓친 언어의 율감이나 가락의 멋스러움 같은 측면 말이죠.[21]

　이미지 위주로 흐르고 있는 시조문학에 창의 율감이나 가락을 얹어 시조의 멋과 격조를 높일 필요가 있다는 견해를 제시하고 있다. 이는 현대시조라 할지라도 시조문학이 전통 가곡과 시조창이 별개일 수 없다는 것을 말해주고 있는 것이기도 하다.

　서론에서 언급한 바와 같이 음악성을 제대로 갖춘 현대시조는 전통 가곡이나 시조창으로 충분히 시연될 수 있다. 이는 과거로부터의 회귀가 아닌, 옛시조의 창과 문학의 결합을 떠나 현대시조의 창과 문학의 소통 문제로 인식해야 함을 말해주고 있다.


## 5. 결론


　본 논문은 시조의 음악성을 두 가지로 정의했으며 이 음악성이 현대시조에서 어떻게 나타나고 있는가를 몇 가지 예를 들어 검토해보았다.

---

21　이지엽, 『한국 현대시조문학사 시론』, 고요아침, 2013, 327~329쪽.

첫째, 가곡 4장 즉 시조 종장의 첫 음보에는 시상 반전이 있어야 한다.

가곡은 5장으로 불리는데 각 장들은 시조의 2, 3음보 혹은 4음보가 가곡의 한 장으로 불리는 데 반해 가곡 4장만은 종장의 첫 음보인 1음보만 불리고 있다. 시조 종장의 첫 음보가 시상 반전의 축이 되기 때문이며 이것이 제대로 작동되어야 시조로서의 음악성을 유지할 수가 있다.

둘째, 시조 4음보와 시조창의 각이 의미의 완결성과 함께 그것이 같은 값으로 대응되어야 한다.

시조의 음보가 지켜지지 않으면 각 장의 의미의 완결성에도 문제가 생기고 시조창의 각에도 문제가 생겨 시조창의 시연이 불가능하게 된다. 각 장의 의미의 완결성, 음보와 각과의 관계가 같은 값으로 대응되어야 시조의 음악성을 유지할 수가 있다.

다음으로 이 음악성이 현대시조에서 어떻게 나타나고 있는가를 검토해보았다.

시조 종장 전환구에서의 느슨한 의미 반전, 통사 마디를 구성하지 못하는 단시조에서의 결음보와 양장시조의 예 그리고 음보를 넘어선 음절 단위의 배행 등의 예를 통해 검토해보았다.

필자가 제시한 이 두 가지 음악성은 이미 고시조를 통해서 검증된 것들이다. 그러나 현대시조에 와 이미지 위주로만 창작하다 보니 이러한 음악성이 무시되어 시조의 정체성이 심각하게 훼손되어가고 있다.

시조는 음악성이 생명이다. 현대시조가 이미지 위주로 창작된다 해도 음악성이 없는 시조는 시조라고 말할 수 없다. 현대시조가 창으로 시연되고 있지는 않지만 창으로 시연될 수 있는 형식을 갖추고 있어야 한다. 그래야 시조의 음악성을 유지할 수가 있다. 이제는 시조창과 시조문학과의 결합을 떠나 소통의 문제로 현대시조를 인식해야 할 시점에 이르렀다고 사료된다.

# 현대시조의 시조 정체성 문제

## 1. 서론

이병기의 1932년 「시조는 혁신하자」는 시조론은 '부르는 시조보다도 읽는 시조로 발전시키자' 는 것이 중심 골자였다. 짓는 시조, 읽는 시조를 강조한 나머지 시조와의 화해를 고려하지 못했다. 이는 온당한 태도가 아니다. 오늘날에도 시조의 과거가 창의 흐름이었다는 관념으로부터 완전히 자유로울 수 없기 때문이다.

또 하나는 연작의 문제인데 과거에는 각 수가 독립된 상태였던 것을 제목의 기능을 살리고 현대시조 작법을 도입하여 여러 수가 서로 의존하면서 전개, 통일되도록 짓자는 주장이었다. 이러한 주장을 실천하여 완성한 이가 이병기 자신이었고 이것이 오늘날 연시조 형태로 발전되었다. 이는 엄격히 보면 시조의 전통적 연작법과는 어긋나는 것이다.[1]

---

1   이응백 외 감수, 『국어국문학자료사전』, 한국사전연구사, 2002, 1723쪽.

현대시조에서 '시조창'과 '연작 시조'의 개념과 이에 관련된 문제는 해명되어야 한다. 시조는 창에서 자유스러울 수 없고 연작 시조는 시조[2]에서 자유스러울 수 없기 때문이다.

정체성은 일관되게 유지되어야 할 고유한 실체이다. 이 실체가 변형되거나 달라지면 전통의 계승 차원에서도 재고해야 할 문제가 생기게 된다. 시조는 통상 3장 6구 12음보[3]로 정의된다. 장시조는 3장이되 6구 12음보에서는 벗어나 있다. 그러나 우리는 그것을 받아들여 시조의 한 갈래로 정착시켜왔다. 장시조에서는 3장은 지켜졌지만 6구 12음보는 지켜지지 않았으니 시조의 정체성에 일부 변화가 일어난 것이다. 시조의 자격은 이미 3장이 마지노선이 되었다.

작금에 이르러서 현대시조가 시조의 정체성에서 멀어지고 있다는 것에 많은 이들이 깊은 우려를 표하고 있다.[4] 일부에서는 시조의 보편적 질서를 도외시한 채 시조인지 자유시인지 구별할 수 없는 명목상의 시조들을 생산해내고 있는 것 또한 부인할 수 없다. 시조의 정체성 문제를 제기하지 않을 수 없는 이유가 여기에 있다. 현대시조의 시조 정체

---

2  이 시조는 3장 6구 12음보의 단시조를 말한다.

3  3장 6구 12음보는 단시조이나, 3장은 지켜지고 있지만 1, 2장이 벗어나는 장시조도 시조로 인정되고 있음은 주지의 사실이다. 정격이나 변격이냐를 놓고 서로 다른 의견들도 있다. 단시조, 장시조도 시조창으로 불리고 있다.

4  이러한 취지에서 2012년 4월 7일 대전에서 전국 시조시인들이 시조의 전문화, 시조의 대중화, 시조의 세계화를 목적으로 한국시조사랑운동 발기인 대회를 가진 적이 있다. 현대시조 바르게 세우기 운동, 시조의 현대적 복원 등을 시조 강령으로 채택하고 있다.

성의 문제는 어디까지 받아들여져야 하는가. 본고에서는 '시조창과 연작 시조'의 문제에 한정하기로 한다. 시조가 '창의 흐름'에서 자유스러울 수 없고, 연작 시조가 '시조'에서 자유스러울 수 없기 때문이다.

시조는 우리 민족이 오랜 세월 동안 삶의 현실과 부딪쳐서 얻어진 결과이다. 이것은 우리 민족의 미적 감수성과 사고 양식, 여기에 창이라는 음악적 요소까지 가미되어 형성된 민족시의 가장 정제된 형식이다.[5]

현대시조가 필자가 제시한 시조의 정체성에서 얼마나 멀어져 있는가. 이는 검토되어야 할 시조 전통의 계승과 단절의 문제이기도 하다. 현대시조의 시조 정체성의 문제를 어디까지 인정해야 하는가를 검토해보는 것이 본고의 목적이다. 고시조와 현대시조와의 거리 정도를 가늠할 수 있으리라는 생각에서이다.

## 2. 시조창과 현대시조

가곡창이나 시조창과 같이 우리는 더 이상 악공과 가창자를 시조 향수 현장에 동반하지 않는다. 시인이나 독자가 눈으로 읽고 마음으로 읽고 소리 내어 낭독하거나 낭송하는 현대 서정시로서 시조를 향수한다. 가곡창과 시조창은 현대시조와는 분야를 달리한다. 다만 현대시조에서 창을 기반으로 한 음악적 연행은 사라졌으나[6] 현대 서정시로서의 시조는 문자언어로써 그 음악성을 최

---

5  이응백 외 감수, 앞의 책, 1720쪽.
6  오늘날 연행되는 시조창과 가곡창의 향수는 전통 음악예술로서 현대 시문학 예

대한 구현해낼 수 있어야 한다. 문자언어로써 음악성을 구현해야
만 옛시조가 지닌 격조를 현대시조 또한 획득할 수 있다.[7]

현대시조에서 창을 기반으로 한 음악적 연행은 사라졌으며 현대 서
정시로서의 시조는 문자언어로써 음악성을 최대한 구현해낼 수 있어
야 한다고 말하고 있다. 고시조를 음악적 연행으로, 현대시조를 문자
언어의 음악성[8]으로 파악하고 있는 것 같다. 현대시조는 이미 음악이
거세된, 음악과는 별개의 분야라는 것이다.[9]

과연 현대시조에서 창을 기반으로 한 음악적 연행은 사라졌는가. 그
것은 그렇지 않다. 3장 6구 12음보가 지켜지는 한은 얼마든지 연행할
수 있다. 음악적 연행이 사라진 것이 아니라 연행하지 않고 있을 뿐이
다. 현대시조를 음악과 문학으로 파악하지 않고 문학으로만 파악하고
있기 때문에 생긴 결과이다. 연행할 수 있는 현대시조가 있고 연행할
수 없는 현대시조가 있을 뿐이다.

---

술인 현대시조와는 분야가 다르다.

7  홍성란, 「우리시대 시조의 나아갈 길」, 『화중련』 제11호(2011 상반기), 57쪽.
8  문자언어의 음악성이 무엇인지, 시조창의 각, 박자과 관련이 있는 것인지 아니면
   문자언어의 음보, 음절을 말하는 것인지 등의 해명이 필요할 것으로 보인다.
9  언급한 바대로 현대시조는 창의 연행이 전제될 필요가 없는 고시조와는 별개의
   장르로 보는 견해가 있다. 그러나 전통적인 측면에서 볼 때 현대시조라 할지라도
   결코 창에서 자유스러울 수는 없다. 시조는 태생적으로 음악이자 문학이기 때문
   이다. 필자가 고시조와의 연장선상에서 현대시조를 파악하고자 하는 이유가 여
   기에 있다. 시조의 정체성 문제는 시조의 태생인 가곡이나 시조창을 제외하고는
   논의하기 어렵기 때문이다.

시조가 창에서 탈각(?)하기 시작한 것은 1920~1930년대 시조 부흥 운동, 시조 혁신 운동 이후부터이다. 언급한 바와 같이 이 운동은 짓는 시조, 읽는 시조를 강조한 나머지 시조가 창의 흐름인 전통시조와의 화해를 고려하지 못했다. 이로부터 현대시조는 시조창으로부터의 단절을 가져오게 되었다.

음악적 연행을 위해서는 현대시조가 3장 6구 12음보의 형식을 지키고 있어야 하고 적어도 3장의 장시조 형태는 유지하고 있어야 한다.[10] 이 시조 형식에 의해 가곡이나 시조창이 연행될 수 있기 때문이다.

## 1) 평시조의 각, 박자와 시조의 음보, 음절

평시조의 예를 들어보도록 한다. 시조의 음보, 음절과 시조창의 각, 박자와의 관계를 표시하면 다음과 같다.[11]

**초장**

| 시조 | 음보 | 1 | 2 | 3 | 4 | 4 |
|---|---|---|---|---|---|---|
| | 음절 | 동창이 3 | 밝았느냐 4 | 노고지리 4 | 우지진 3 | 다 1 |
| 시조창 | 각 | 1 | 2 | 3 | 4 | 5 |
| | 박자 | 5 | 8 | 8 | 5 | 8(실박 6, 여박 2) |

---

10  시조창의 경우 평시조, 지름시조, 중허리시조, 우시조 같은 시조들을 말하지만 예외적으로 그렇지 않은 것도 있다. 우조질음, 각시조, 엮음지름 같은 것들도 있다.

11  신웅순, 『시조예술론』, 박문사, 2011, 84쪽 참조.

중장

| 시조 | 음보 | 1 | 2 | 3 | 4 | 4 |
|---|---|---|---|---|---|---|
| | 음절 | 소치는 3 | 아희놈은 4 | 상긔아니 4 | 일었느 3 | 냐 1 |
| 시조창 | 각 | 1 | 2 | 3 | 4 | 5 |
| | 박자 | 5 | 8 | 8 | 5 | 8(실박 4, 여박 4) |

종장

| 시조 | 음보 | 1 | 2 | 3 | 4 |
|---|---|---|---|---|---|
| | 음절 | 재넘어 3 | 사래긴밭을 5 | 언제갈 3 | 려 1 |
| 시조창 | 각 | 1 | 2 | 3 | 4 |
| | 박자 | 5 | 8 | 5 | 8 |

시조의 음보·음절과 시조창의 각·박자는 몇 가지 공통된 원칙을 보여주고 있다.

첫째, 시조의 음보는 반드시 시조창의 각으로 마무리되고 있다.

둘째, 과음절(3음절)은 5박에 다음절(4, 5음절)은 8박에 배치되고 있다.

셋째, 맨 마지막 각은 한 음절로 마무리되고 있다.

① 초·중장 1, 2, 3 음보=초·중장 1, 2, 3각, 종장 1, 2음보=종장 1, 2각 초·중장 4음보=초·중장 4각(3/4음절), 5각(1/4음절)
    종장 3음보=종장 4각(3/4음절), 5각(1/4음절)
② 과음절 : 다음절=5박 : 8박
③ 각 장 마지막 1음절=8박

시조의 음보·음절과 시조창의 각·박자가 대응되고 있다. 이 원칙에는 변함이 없으며 한두 음절이 더 많고 적음에 따라 가락에 일부 변화가 생길 수 있다. 단 각 장의 마지막 1음절은 뻗는 음으로 여박과 함께 8박을 감당하고 있는 점이 다르다.

시조의 율격이 음수율이냐 음보율이냐를 놓고 갑론을박하는 경우가 많은[12] 시조와 시조창에서는 음보율, 음수율이 두루 적용되고 있음을 볼 수 있다. 음보는 각에 대응되고, 음수는 음절의 과다에 따라 박자에 대응되고 있기 때문이다.

현대시조도 이러한 조건만 갖추면 얼마든지 창으로 연행될 수 있다. 1970년도 판 석암 정경태의 『증보주해 선율보 시조보』에 장면, 정경태, 이은상 등의 현대시조들이 기보되어 있다. 그리고 전통 가곡에 현대시조를 얹어 부르는 시도를 하는 이도 있다.[13] 이러한 기록과 시도들은 시조가 음악에서 자유스러울 수 없다는 것을 증명해주는 사례들이다. 여기에 문제가 없는 것은 아니다. 현재 전하고 있는 가곡은 남창 26곡 여

---

12 시조에는 음보율만이 있는 것은 아니다. 음수율도 있고 장시조에는 내재율도 존재한다. 미세하게나마 강약률, 고저율, 장단율도 발견할 수 있다. 소리의 반복 양식은 아니지만 의미율도 생각해볼 수 있다. 어느 것이라고 단정할 수는 없으나 국어는 첨가어로서 언어의 특성상 시조는 음수율보다는 음보율에 가깝다고 보는 것이 필자의 견해이다. 신웅순, 『현대시조시학』, 문경출판사, 2001, 118~136쪽.

13 2010년 4월 6일 국립국악원 우면당에서 중요무형문화재 제30호 김영기 여창가곡 독창회가 열렸다. 이때 필자의 「내 사랑은 42」가 이벤트곡으로 우조 두거로 올려졌다. "바람은/눈과 비를/데려올 수/있지만//산 너머/그리움은/데려오지 못하네//그때에/불빛은 생겼고/그림자도/그때 생겼지". 『시조예술』 7호(2010, 가을호), 권두 에세이 12쪽 참조.

창 15곡으로 총 41곡이 있고 시조에는 평시조, 사설시조, 남창지름, 여창지름, 중허리시조, 사설지름, 우조지름, 엮음지름, 우시조 등 여러 곡들이 있다. 그러나 이러한 곡들은 가락들이 한정되어 있어서 다양한 현대시조들을 이 곡들에 맞추어 부른다는 것은 한계가 있다. 현대시조는 전통의 현대적 계승과 변용, 전통적 맥락과 근대의 새로운 삶의 맥락과 조화를 깊이 고민해야 하는 장르적 문제를 안고 있는 것도[14] 이러한 선상에서 생각하지 않을 수 없다.

가곡이나 시조창은 10여 세기 혹은 수세기에 걸쳐 우리만의 호흡으로 만들어진 우리 고유의 음악·문학 장르이다. 그 창의 가사가 바로 시조이다. 지금도 3장 6구 12음보의 우리만의 호흡으로 현대시조들이 창작되고 있다. 이는 현대시조라 해도 의식·무의식적으로 창과의 흐름 속에서 창작되고 있음을 말해준다. 가곡이나 시조창의 연행 여부는 고시조와 현대시조와의 정체성 거리의 가늠자 역할을 할 수 있을 것이다. 시조는 태생적으로 음악이고 문학이기 때문이다.

대부분의 시조시인이나 평론가들은 시조가 창과 관련이 있음을 인정하면서도 이를 염두에 두고 창작하거나 평론을 하지 않는다. 현대시조가 창과는 별개의 문제로 보고 있는 것이다. 그 결과 본질을 떠난 시조들이 양산되고 이 양산된 시조를 대상으로 본질을 떠난 평론을 하게 되는 우를 범하게 되는 것을 볼 수 있다. 시조를 창작한다기보다는 시조시를 창작하고 시조를 평론한다기보다는 시조시를 평론한다고 보아

---

14 이정환, 『늑골과 견갑골』, 고요아침, 2011, 6쪽.

야 한다. 음악이 거세된 시조가 창작이나 평론의 대상이 될 때 자칫 시조의 본질에서 멀어질 우려가 있다.[15] 현대시조의 변용 · 실험이라는 미명 아래 창작된 시조들과 이러한 창작된 시조들을 대상으로 하는 비평에서 문제가 생기고 있음을 종종 볼 수 있다.


## 2) 현대시조의 시조창 유무

돌해태
콧등에 지는,

산 복사꽃
몇 닢

— 박시교, 「적멸궁」 전문


그리움 꼬옥 묶은 열 손가락 풀어헤치니
단심이 새겨져 있네 달쪽 같은 손톱에…
— 이효정, 「봉선화 물들이기」 전문


전자는 종장 한 장으로 시조 한 수를 마무리했고 후자는 시조 2장으로 시조 한 수를 마무리했다. 의도야 어떻든 둘 다 시조의 정체성을 염

---

15 현대시조를 시로서만 볼 때 시조의 정체성 즉 시조만의 고유한 율격, 음악성 같은 것을 알아내기 어렵다. 생명이나 다름 없는 시조의 첫 음보 3음절을 음절만 맞추었을 뿐 이를 소홀이 다루어 통사적으로 맞지 않을 경우 시로서는 훌륭할 수 있어도 시조로서는 문제가 있을 수 있다는 것을 알아낼 수 있어야 한다.

두에 두고 창작하지 않았다. 전자는 시조 종장 한 장의 짧은 시이며 후자는 두 장 분량의 짧은 시이다. 둘 다 가곡이나 시조창으로 연행할 수 있는 형식을 갖추고 있지 않다. 시조의 형식에서 멀어진 시조 아닌 시라고밖에는 달리 말할 수가 없다.[16]

시조 삼장＝∅ + ∅ + 종장
시조 삼장＝∅ + 중장(?) + 종장

아래는 단시조로 시조의 형식을 제대로 지키고 있고 가곡으로도 시조창으로도 연행될 수 있는 시조이다.

소리를 짊어지고
누가 영을 넘는가
이쯤해 혼을 축일
주막집도 있을 법한데
목이 쉰
눈보라 소리가
산 같은 한 옮긴다

— 이상범, 「남도창」

시조창의 각은 초장 5각 중장 5각 종장 4각으로 되어 있다. 박자는

---

16 시조는 3장이 갖추어져 있어야 한다. 3장이 있어 시조이지 한 장, 두 장이 있어도 이를 시조라고 말할 수는 없다. 시조창은 3장이어야 연행이 가능하다. 창으로 연계하여 문제 삼는 것은 한 장, 두 장도 시조라는 명칭을 붙여 시조라는 이름으로 창작하고 있기 때문이다.

　　　　　　　　　　　　한국현대시조론

초장 '5 · 8 · 8 · 5 · 8', 중장 '5 · 8 · 8 · 5 · 8', 종장 '5 · 8 · 5 · 8'이다. 시조창에서 각장의 첫 음보는 각장의 둘째, 셋째 음보보다 통상 음절이 적고 각장 넷째 음보는 3, 4음절에서 크게 벗어나지 않는다. 물론 이를 벗어나는 것들도 있다. 결론적으로 형식으로는 3장 6구 12음보는 반드시 지켜야 할 생명선이다. 이 생명선은 각 장의 1음보가 3, 4음절이 원칙이고 단 종장의 첫 음보는 3음절이고 둘째 음보는 5음절 이상이 원칙으로 되어 있다. 1음보는 3, 4음절이 기본이되 반드시 3, 4음절이어야 하는 법은 없다. 언어 특성상 혹은 사안에 따라 음보에서의 일부 음절의 과다는 허용될 수 있다. 창에서도 기본 음절에서의 한두 글자의 진폭은 자연스럽게 받아들여지고 있는 실정이다.

필자가 역대 교본 시조 사전과 비교하면서 가곡 악보로 전해지고 있는 김기수 편의 정가 남창 100선, 여창 88선의 주제를 분석해본 결과 주로 자연과 인생, 사랑의 주제가 73%나 되었다. 타 주제에 비해 월등히 많았다.[17] 현대시조는 창으로 연행할 수는 있지만 주제의 다양성으로 인해 정서상 가곡이나 시조창에 맞지 않는 것들이 많다. 다음의 인용시 같은 것은 형식은 갖추어져 있으나 시조창 가락에 어울리지 않아 연행하기에는 적당하지 않은 시조라고 볼 수 있다.[18]

---

17 신웅순, 「가곡의 시조시 주제연구」, 『시조학논총』 22집, 한국시조학회, 2005, 103쪽.

18 시조창에는 시조 영시라는 것이 있어 이를 보면 정서상 어울리지 않는 현대시조들이 있다. 시조 영시는 초장의 1각 한운출수(閒雲出岫) 2각 연비여천(鳶飛戾天) 3각 한상효월(寒霜曉月) 4, 5각 잔연고등(殘烟孤燈), 중장은 1각 묘입운중(杳入雲中) 2각 장강유수(長江流水) 3각 고산방석(高山放石) 4, 5각 평사낙안(平沙落雁), 종장의 1

도심에 높이 서는 신축 건물 뼈대 위로

혈우병 앓는 여자가 공사장을 넘보다가

이레 전 죽은 얼굴로 기중기에 걸려 있다

　　　　　　　　　　　— 정해송, 「기중기에 걸린 달」


무슨 한이 있었길래 산자락을 싹뚝 잘라

천형의 해진 하늘 기중기로 들어올려

간음을 당한 한 시대를 수술대 위에 올려놓나

　　　　　　　　　　　— 신웅순, 「한산초 32」


　한계야 있겠지만 현대시조 모두를 시조창으로 불러야 할 필요는 없
다. 시조창으로 부를 수 없다고 해서 현대시조로 보기 어렵다는 것과
는 다른 문제이다. 형식은 갖추어져 있어도 내용이 시조창의 가락에
어울리지 않기 때문에 부를 필요가 없다는 것이다. 시조창의 종류별
가락에 어울리는 시조를 골라 부르면 될 것이다. 외국에서 현대시를
읊조리면 별 관심을 주지 않던 사람들도 시조창을 하게 되면 깊은 관
심을 표명하는 것은 무엇을 의미하는가? 이는 고시조와 현대시조를 아
우르고 나아가 음악적인 측면에서 시조창을 겸비하는 종합적인 차원
의 검토[19]가 필요한 이유가 될 것이다. 우리 전통 문화의 특성을 가장

---

각은 원포귀범(遠浦歸帆) 2각은 동정추월(洞庭秋月) 3각, 4각은 완여반석(完如磐石)
으로 되어 있다.
위 인용시는 시조 영시에 어울리지 않아 시조창 연행에는 맞지 않는다. 신웅순,
『시조예술론』, 박문사, 2011, 54쪽.

19 이완형, 「고시조와 현대시조, 그 이어짐과 벌어짐의 사이」, 『시조학 논총』, 한국시
조학회, 2008, 127쪽.

잘 나타내줄 수 있는 장르가 음악과 문학인 시조이기 때문이다.

평시조는 대체로 각장이 율려[20] 12~18조 정도이고 사설시조는 각장 18~38조 정도이다.[21] 조가 많다는 것은 리듬의 변화가 많다는 것을 의미한다. 평시조는 음절 수가 많지 않으니 율려의 조 수가 적고 사설시조는 음절이 많아 리듬이 촘촘하기 때문에 율려의 조 수가 많다.

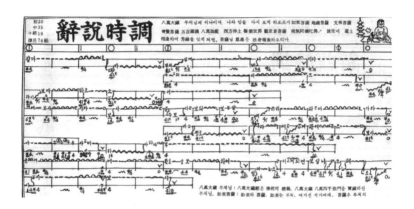

팔만대장 부처님께 비나이다. 나와 임을 다시 보게 하오소서
여래보살 지장보살 문수보살 보현보살 오백나한 팔만가람 서
방정토 극락세계 관세음보살 남무아미타불
후세에 환토상봉하여 방연을 잇게 되면 보살님 은혜를 사신보

---

20 12율의 양률(陽律)과 음려(陰呂)를 통틀어 일컫는 말이다. 황종·태주·고선·유빈·이칙·무역을 양률이라 하고, 대려·협종·중려·임종·남려·응종을 음려라고 한다. 조(組)는 양의 율과 음의 려의 짜임을 말한다. 율려 변화, 가락의 변화를 말한다. 리듬이 촘촘하면 조의 수가 늘어나고 리듬이 성기면 조의 수가 줄어든다.

21 석암 정경태, 『수정주해 선율선 시조보』, 명진문화, 2004 참조.

시하오리다.

위 사설시조는 초장이 율려 20조 중장이 35조 종장이 19조이다. 사설시조는 위와 같이 중장이 많이 늘어난 것이 대부분이나 「명년삼월 오시마더니」와 같은 사설시조는 초장이 37조, 중장이 34조, 종장이 18조로 초장이 중장보다 더 늘어나 있다.[22] 현대 장시조도 고시조와 같이 적당량의 음절 수를 유지하고 가락에 맞는 주제라면 사설시조로의 음악적 연행은 가능하다.

장시조는 3장에서 1장이 벗어난 형태이지만 그래도 3장만은 제대로 갖추었다. 당시에는 대단한 파격이었으나 선인들은 서민들의 애환이 담긴 작자 미상의 장시조들을 무리없이 소화해냈다. 장시조는 지금도 많은 시조 애호가들에 의해 사랑을 받고 있으며 사설시조로 많이 불리고 있다.

시조가 3장으로 이루어졌다 함은 세 개의 의미 단위가 유기적으로 연결되어 한 작품을 이루어낸다는 뜻이다. 한 장 안에 구가 두 개 들어 있어서 모두 6구로 되어 있는데 구는 장보다는 작은 의미 단위로서 두 구가 결합될 때 보다 큰 의미 단위의 장이 이룩된다.[23]

---

22 명년삼월에 오시마더니 명년이 한이 없고 삼월도 무궁하다. 양유청양유황은 청황변색이 몇 번이며 옥창앵도 붉었으니 화개화락이 얼마인고 한단침 빌어다가 장주호접이 잠간되어 몽중상봉하잤더니, 장장춘일 단단야에 전전반측 잠 못이뤄 몽불성을 어이하리? 가지어 양안원성 제부진허고 야월공산두견성에 겨우 든 잠 다 깨는가 하노라.

23 임종찬, 「현대시조의 진로 모색과 세계화 문제 연구」, 『시조학논총』 23집, 한국시

작은 방
창 너머엔
매미 우는 환한 푸름

그 풍경에 머리 두고
너는 꿈꾸는 창이

시일까
행복한 소나기
잠시 흥건하다

— 김일연, 「낮잠」 전문

종장 '시일까'는 중장에 '창이' 다음에 붙어야 통사구조가 맞다. 그렇게 되면 종장은 4음보가 되지 못한다.[24] 종장 3음절은 문학에서도 마찬가지이지만 가곡이나 시조창에서 매우 중요한 역할을 하는 곳이다. 특히 가곡에서는 종장 첫 음보는 장으로 독립하여 부르는, 가락이 전환되는 부분이다. 또한 3장 뒤 중여음 후 불리는 4장으로 가곡에서 가장 클라이맥스에 이르는 핵심이 되는 곳이다. 시조 창작 이전에 선수 과목으로 가곡이나 시조창의 이해가 필요한 것도 이러한 이유에서이다. 시조의 특수성 때문에 현대시조는 읽고 짓는 시조로만 그 기능을 다하기에는 부족하다. 아무리 출중한 시조라도 시조의 본질에서 어긋난다면 시조로서의 기능을 다했다고 볼 수 없기 때문이다.

---

조학회, 2005, 37쪽.
24 위의 책, 38쪽.

물론 언급한 시조는 가곡이나 시조창으로 연행하기에는 적합하지 못하다.

현대시조에서의 시조창의 연행의 유무는 다음과 같다.

|  | 단장 시조 | 양장시조 | 단시조 | 장시조 |
|---|---|---|---|---|
| 현대시조 | × | × | ○× | ○× |
| 시조창 시연 유무 | × | × | ○ | ○ |

현대시조에서 창으로 연행될 수 있는 것은 단시조와 장시조뿐이다. 단장과 양장 시조는 장 자체가 빠져 있기 때문에 시조라는 것을 증명할 수도 없고 창으로도 부를 수 없다. 그것은 시조 한 장의 4음보, 시조 두 장의 8음보 분량의 짧은 시일 뿐이다.

현대시조의 단시조와 장시조는 형식과 분량이 적당하면 얼마든지 시조창으로 연행될 수 있다. 그러나 주제의 다양성과 형식의 파격으로 창으로 연행할 수 없는 한계를 지니고 있는 것 또한 사실이다.


## 3. 시조와 연작 시조

### 1) 시조와 연작 시조

시조는 문학적 분류와 음악적 분류로 나눌 수 있다. 전자는 단시조 · 중시도 · 장시조로 나누어지고 후자는 평시조류 · 지름시조류 · 사설시

조류로 나누어진다.[25]

　문학적인 분류로 단시조는 정격에 중시조, 장시조는 변격에 해당된다. 시조는 3장 6구 12 음보의 율격을 갖춘 우리 고유의 시가 형식이다. 이것이 정격이다. 중시조와 장시조는 3장은 갖추었으나 6구 이상으로 길어져 있기 때문에 변격에 해당된다. 언급한 바와 같이 시조의 본질은 3장이다. 장시조도 시조의 본질인 3장을 유지하기 때문에 거부감 없이 시조의 한 갈래로 인정되어왔다. 그러면 정격 시조의 중첩인 연작 시조는 어떻게 처리해야 하는가. 지금까지 이 연작 시조는 아무런 제재 없이 암묵적으로 현대시조의 주역으로 행세해왔다.

　시조 부흥 운동 후 연작 시조의 개념에 대해 학계에서 구체적으로 논의해본 적이 없는 것 같다. 현대의 연작 시조는 맹사성의 「강호사시가」나 윤선도의 「오우가」, 이이의 「고산구곡가」와 같은 고시조의 형식과는 다르다. 현대시조의 연작 시조는 하나의 주제로 여러 수가 서로 의존하면서 전개, 통일되도록 지어진 시조이고, 「강호사시가」나 「오우가」, 「고산구곡가」와 같은 고시조는 각 수마다 각각 독립되도록 지어진 시조들이다. 전통적으로 시조는 독립된 시조 한 수로 마무리되기 때문에 현대시조의 연작 시조의 작법과는 그 형태가 다르다.

　현대시조의 연작 시조는 의미가 연결되어 있는 단시조들의 집합체이다. 이러한 연작 시조도 장시조처럼 문제 제기 없이 오늘날까지 암묵

---

25　신웅순, 「시조분류고」, 『한국문예비평연구』 제15집, 한국현대문예비평학회, 2004, 164쪽 참조. 신웅순, 「시조창분류고」, 『시조학논총』 24집, 한국시조학회, 2006, 254쪽 참조.

적으로 시조로 인정해왔다. 3장 6구 12음보의 단시조의 연작이 시조의 한 부류로 행세해온 것이다. 현대에 와서는 오히려 단시조보다 연작 시조가 주류를 형성하고 있는 실정이다.

연작 시조는 단시조의 이체라 할 수 있는, 단시조의 집합체로 시조창으로 연행하기에는 적합하지 않다. 애초부터 창의 연행을 염두에 두지 않았고, 그와 관계없는 읽는 시조, 짓는 시조로부터 출발해왔기 때문이다. 여기서부터 창의 연행이 사라지기 시작했다는 것은 언급한 바와 같다. 시조가 창의 관념으로부터 결코 자유스러울 수 없음에도 현대시조는 그것을 도외시한 채 시, 소설, 희곡 등과 같은 등가의 문학적인 반열로서만 존재해왔다. 시로서 시조가 존재하고 있는 것이지 시조로서 시조가 존재하고 있는 것은 아니다. 음악이 도외시된 현대의 연작 시조는 시조의 정체성에서 얼마나 멀어져 있는가.

어느날 어느 별에
가누어 온 목숨이냐

실바람 기척에도
굽이치는 마음 있어

네 향기 그 아니더면
산도 어이 깊으리

산기슭 무거움에
실뿌리를 내리고서

생각은 골 깊어도
펼쳐든 하늘 자락

검보다 푸른 줄기에
날빛 비껴 서거라

정토 저 아픔이
얼마만큼 멀다 하랴

산창에 빛을 모아
고쳐 앉은 얼음 속을

장삼도 먹물에 스며
남은 날이 춥고나

— 석성우, 「산란」

위 시조에서 한 연을 떼어낸다면 충분히 창으로서의 시연이 가능하다. 그러나 한 수를 떼어내어 부른다면 전통적 시조 작법에, 시조 창법에 어긋나기 때문에 본래의 시조창의 맛은 사라지고 만다.

한 수로서 창으로 연행될 수 있는 독립된 시조만이 시조의 정체성을 갖고 있는 것인가. 그러면 창으로 연행되기 어려운 단시조와 연행될 수 없는 연작 시조는 시조의 정체성에서 벗어난 것인가.

## 2) 시조와 장시조의 연작

카메라 눈빛 번뜩이는 횡단보도 정지선 앞
오늘도 정해진 궤도 거침없이 달려와
더운 숨 몰아쉬면서 한 호흡을 고른다.

내 멈추어서자 ▶버튼 누른 것처럼

가로수는 까치발 든 채 앞서겠다고 티격태격, 간판 글씨가 소
리 내어 한 자씩 또박또박, 자전거 바퀴살이 햇살 감아 차르르,
하이힐 신은 아가씨 종종걸음으로 또각또각, 후라이드 치킨이 고
소하게 바삭바삭, 계집아이 웃음소리가 스타카토 까르르, 노인이
지팡이 쥔 채 천천히 아주 천천히

달려온 속도를 잰다. 비로소 내가 보인다
— 노영임, 「정지선이 머무는 동안」 전문

위 형태는 시조의 연작 시조보다 시조의 정체성 면에서 더 멀어져 있
다. 단시조는 정격이지만 장시조는 변격이다. 그런데 연작 시조는 '정
격+정격…'인 데 반해 시조와 장시조의 결합은 '정격+변격…'의 형태
로 '정격+정격…'보다 더 멀어져 있다. 당연히 시조창으로는 연행할 수
없다.

위 작품은 단시조도 중시조도 장시조도 아니다. 물론 가곡으로도 사
설시조로도 부를 수 없다. '단시조+장시조'가 결합된 실험 시조(?)이다.
단시조의 연작도 아닌 단시조와 장시조가 결합된 새로운 양식이다. 단

시조의 연작은 1920년대부터였으나 이러한 단시조, 장시조가 결합된 시조는 최근 들어서이다. 시조의 몇 종류를 조합해서 만든 연이은 3장 시조들이다.

그리움도 한 시름도 발묵(潑墨)으로 번지는 시간
닷되들이 동이만한 알을 열고 나온 주몽
자다가 소스라친다. 서슬 푸른 살의를 본다

하늘도 저 바다도 붉게 물든 저녁답
　비루먹은 말 한 필, 비늘 돋은 강물 곤두세워 동부여 치욕의 마을 우발수를 떠난다. 영산강이나 압록강가 궁벽한 어촌에 핀 버들꽃 같은 여인, 천체의 아들인가 웅신산 해모수와 아득한 세월만큼 깊고 농밀하게 사통한, 늙은 어부 하백의 딸 버들꽃 아씨 유화여, 유화여. 태박산 앞발치 물살 급한 우발수의, 문이란 문짝마다 빗장 걸린 희디흰 적소에서 대숲 바람소리 우렁우렁 들리는 밤 발 오그리고 홀로 앉으면 잃어버린 족문 같은 별이 뜨는 곳, 어머니 유화가 갇힌 모략의 땅 우발수를 탈출한다.
　말갈기 가쁜 숨 돌려 멀리 남으로 내달린다

아, 아 앞을 가로막는 저 검푸른 강물
　금개구리 얼굴의 금와왕 무리들 와와와 뒤쫓아 오고 막다른 벼랑에선 천리준총 발 구르는데, 말채찍 활등으로 검푸른 물을 치자 꿈인가 생시인가, 수 천년 적막을 가른 마른 천둥 소리 천둥 소리…. 문득 물결 위로 떠오른 무수한 물고기, 자라들, 손에 손을 깍지 끼고 어별 다리 놓는다. 소용돌이 물굽이의 엄수를 건듯 건너 졸본천 비류수 언저리에 초막 짓고 도읍하고, 청룡 백호 주작 현무 사신도 포치하는, 광활한 북만대륙에 펼치는가 고구려의 새벽을….

둥 둥 둥 그 큰 북소리 물안개 속에 풀어놓고.

— 윤금초, 「주몽의 하늘」

인용한 시조는 '단시조+장시조+장시조'의 형태이다. 이러한 시조 형태를 옴니버스 시조 혹은 혼합 연형 시조 형태라고 말하는 이가 있다. 급변하는 오늘날의 시대에 적응하기 위해서는 인간들의 사고와 심리의 중층 구조를 표현하기 위해서는 '표현 영역의 확대'는 필수적이라고 말하고 있다.[26] 물론 복잡한 현대 생활을 담기 위해서는 불가피한 조치일 수도 있으나 시조는 어디까지나 음악의 관념으로부터 자유스러울 수 없는, 시조만의 특별한 양식이 있는 우리 고유의 음악·문학 장르이다. 그 때문에 시조 형식의 파격은 매우 신중하게 처리할 필요가 있다. 시조의 정체성을 벗어날 수 있는 소지를 갖고 있기 때문이다.

장시조도 변격인데 이런 변격이 두 번이나 조합되어 장시조의 개념 자체를 혼란스럽게 만들어놓고 있다. 이런 형식의 조합이라면 '장시조+장시조+장시조'도 나오고 '장시조+장시조+단시조+단시조+장시조' 같은 것들도 나올 법하다. 윤금초는 혼합시조의 개념을 다음과 같이 정의한 바 있다.

평시조·사설시조·엇시조·양장시조 등 다양한 시조 형식을 모두 아우르는 혼합 연형시조 형태를 말한다. "형식이 내용을 지

---

26 윤금초, 『현대시조쓰기』, 새문사, 2003, 40쪽.

배하는 것이 아니라, 내용이 형식을 지배한다"는 전제 아래 1970
년대 이후 시도된 새로운 시조 형태이다.[27]

인용문은 몇 가지 모순점을 갖고 있다. 일단 '평시조 · 사설시조 · 엇
시조'의 용어 선택이 잘못되어 있다. '평시조 · 사설시조 · 엇시조'는 음
악상의 시조 분류이지 문학상의 시조 분류가 아니다. 언급한 바와 같
이 시조창은 '평시조류 · 지름시조류 · 사설시조류'로 나누어지고 문
학은 '단시조(단형시조) · 중시조(중형시조) · 장시조(장형시조)로 나누
어지는 것이 통상으로 되어 있다. 또한 '양장시조'는 시조 3장을 갖추
지 못한 2장을 가진 짧은 시로 시조라고 볼 수 없다. 동등한 시조 자격
으로는 쓸 수 없는 용어들의 조합이 또 하나의 새로운 양식 실험의 대
상이 된다는 것은 논리에도 맞지 않는다. 용어의 혼동은 시조를 공부
하고자 하는 시인이나 학자들에게 혼선을 줄 소지가 있어 신중을 기할
필요가 있다. 굳이 써야 할 이유가 있다면 왜 써야 하는지 용어에 대한
개념이 충분히 설명되어야 한다.

물론 이러한 시조들은 현행 시조창으로는 연행할 수 없다.

이를 표로 정리하면 다음과 같다.

|  | 연작 시조 | 혼합시조 |
|---|---|---|
| 시조창 연행 | × | × |
| 시조의 유무 | ○ | × |

---

27 위의 책, 40쪽.

연작 시조와 혼합시조는 본래의 시조 작법과는 어긋나 있다. 그리고 시조창으로도 연행될 수 없다. 연작 시조가 전통적 연작법과는 다르기는 하나 현대시조에서 연작 시조가 허용되는 것은 3장 6구 12음보의 단시조의 연속 때문이 아닌가 생각된다. 이에 반해 혼합시조는 단시조와 장시조의 혼합으로 연작 시조보다 정체성 면에서 더 멀어져 있다. 용어 자체도 모호하고 심지어는 시조가 아닌 양장시조(?)까지 결합된다고 한다면 이는 이미 시조일 수 없다. 3장에서 벗어날 뿐만 아니라 5, 7, 10장도 가능하기 때문이다.

## 4. 결론

본 연구의 목적은 현대시조의 정체성의 문제를 제기하고 현대시조가 시조의 정체성에서 얼마나 멀어져 있는가를 점검해보고자 하는 데에 있다.

본 논의는 1920~1930년대 이후 부르는 시조에서 읽는 시조로의 전환, 독립된 시조에서 연작 시조로의 전환에 따른 시조의 정체성에 지금도 논란의 여지를 남겨두었던 문제들이다.

전자는 오늘날에도 시조의 과거가 창의 흐름이었다는 관념으로부터 완전히 자유로울 수 없다는 전제하에 짓는 시조, 읽는 시조를 강조한 나머지 과거의 시조와의 화해를 고려하지 못했다는 점에서 문제 제기를 했다. 후자는 여러 수가 서로 의존하면서 전개, 통일되도록 짓자는 연작 시조의 작법이 각 수가 독립된 상태로 지었던 시조의 전통적 작시법과는 어긋난다는 점에서 문제를 제기했다.

이는 고시조·개화기 시조와 1920~1930년 이후의 현대시조의 정체성 비교로 귀결되는 문제이며 시조 전통의 계승과 단절의 문제이기도 하다.

필자는 '시조창의 연행 유무'와 '3장 6구 12음보'의 시조 형식에 원칙을 두고 '시조창과 시조'의 관계를 다루었고 '시조와 연작 시조'의 관계를 다루었다.

이를 표로 정리하면 다음과 같다.

| | 단장시조 | 양장시조 | 단시조 | 장시조 | 단시조 연작 | 단·장시조 연작 | 단·장·장시조 연작 |
|---|---|---|---|---|---|---|---|
| 3장 6구 12음보의 유무 | × | × | ○ | △ | ○○ | ○△ | ○△△ |
| 시조창의 시연 유무 | × | × | ○× | ○× | × | × | × |

위 시조들은 현재 창작되고 있는 시조들이다. ○표는 정격으로 3장 6구 12음보를 갖추고 있는 것, 시조창으로 시연될 수 있는 것을 말하고 △는 변격으로 3장만을 갖춘 것을 말한다. ×는 시조 3장도 갖추지 않은 것, 시조창으로도 연행할 수 없는 것을 표시한 것이다.

현재 지어지고 있는 '단시조·장시조' 형식은 고시조의 '시조·장시조' 형식과 같으며 '단시조의 연작, 장시조·단시조의 연작, 단시조·장시조·장시조의 연작'은 고시조의 '시조(단시조) 연작'과는 다르다.

위 표는 '시조창의 연행 유무'와 '3장 6구 12 음보와 3장의 유무'로 시조의 정체성을 판단해본 논의의 결과물이다. 위 표는 시조의 정체성에서 현대시조가 얼마나 멀어져 있는가를 수치로 보여주고 있다.

창으로 연행할 수 있고 3장 6구 12음보로 창작되는 것을 ○(정격)으로 두고 △(변격)를 0.5로 ×를 1로 두면 다음과 같은 거리를 산정해낼 수 있다.

고시조 단시조 0＝0    현대시조 단장 시조 1＝1

　　　장시조 0.5＝0.5　　　　양장 시조 1＝1

　　　　　　　　　　　　　　단시조 0＝0

　　　　　　　　　　　　　　장시조 0.5＝0.5

　　　　　　　　　　　　　　단시조 연작 0+0+… ＝0+

　　　　　　　　　　　　　　단·장시조 연작 0+0.5+…＝0.5+…

　　　　　　　　　　　　　　단·장·장시조 연작 0+0.5+0.5+…＝1+…

여기서 '0과 0.5'는 시조의 정체성을 유지하고 있는 시조들이다. 그러나 '0+, 0.5+…, 1, 1+…'의 시조들은 정체성이 문제될 수 있는 시조들이다. 그러나 이도 문제가 없는 것은 아니다. 전통 작법으로 재단하면 문제가 될 수 있는 것은 단시조의 연작과 단시조·장시조의 연작, 단시조·장시조·장시조의 연작이다.

단장시조, 양장시조는 아예 3장조차 갖추고 있지 않기 때문에 문제가 되지 않는다. 그런데 단시조의 연작은 별 제제 없이 1920~1930년대 이후 지금까지 현대시조의 주류를 형성해왔다. 이를 인정한다면 현대시조는 각기 독립된 시조의 연작인 전통적인 작법에서 각 수들이 하나의 주제로 통일되어 지어지는 단시조들의 결합인 현대적 작법으로 변천되었다고 볼 수 있다. 이런 논리라면 단시조 · 장시조 연작, 단시조 · 장시조 · 장시조 연작도 언젠가는 시조로 인정해야 할지도 모르는 사태가 벌어질지 모른다.

시조 형식은 시조의 존립 자체이다. 그렇기 때문에 시조가 '창'이어야 하며 '시조'이어야 한다는 정체성의 잣대를 들이대지 않을 수 없는 것이다. 창의 연행과 3장 6구 12음보의 형식은 변할 수 없는 시조의 정체성이자 생명선이다. 적어도 시조로 창작된 것은 창으로 시연될 수 있는 형식이어야 한다. 3장 6구 12음보를 갖추어야 비로소 창으로 시연될 수 있기 때문이다. 이는 현대시조가 창으로 반드시 시연되어야 한다는 것을 의미하지는 않는다. 창으로 부를 수 있는 형식이 되어야 한다는 것을 의미한다. 이는 시조가 시조이어야지, 시조가 시이기는 하지만 시로서만 존재해서는 안 된다는 것을 말해준다.

숙제 하나가 남는다. 현대시조의 주류를 형성하고 있는 단시조의 연작은 어떻게 처리해야 하는가이다. 이는 고시조의 연작법에서도 어긋나고 창으로도 연행될 수 없는 형식을 갖고 있다. 각 수들의 주제는 독립되지 못하고 형식은 독립된 형태를 유지하고 있는 어정쩡한 형식으로 되어 있다.

연시조라고 하는 이 어정쩡한 연작 시조가 현대시조의 주역이 되고 있다는 것은 무엇을 말하고 있는가. 시조를 음악과 문학으로 보지 않고 문학으로서만 보았기 때문에 생긴 결과가 아닌가 생각한다. 시조의 딜레마가 여기에 있다. 시조는 수백 년에 걸쳐 정제되어 만들어진 우리 민족만의 고유한, 3장의 노래, 3장의 음악과 문학 장르이다. 그렇다고 해서 시조 형식에 대한 맹목적인 고수나 무조건적인 파괴는 현대시조가 취할 바가 아니라고 본다.

정체성은 변하지 않는 고유한 실체이다. 이 실체는 '창의 연행'과 '3장 6구 12음보'의 형식이다. 이것이 변한다면 그것은 이미 시조에서 멀어진 시조라고 말할 수밖에 없다. 현대시조가 창에서 탈각되었다면 남은 것은 3장 6구 12음보의 시조 형식밖에 없다. 장시조는 3장이되 6구 12음보를 이미 넘어섰다. 6구 12음보는 무너졌어도 지금도 엄연히 창으로 시연되고 있다. 지금까지 시조로서의 인정은 3장까지이다. 이 3장이 최후의 보루가 된 셈이다.

일부 식자들은 현대시조는 창에서 탈각되었고 대신 문자언어로의 음악성을 최대한 구현할 수 있어야 한다고 말하고 있다. 그러면 문자언어의 음악성이 무엇인지가 먼저 규명되어야 하는데 그것을 제시하지 못하고 있는 것 같다. 이것이 규명된다면 현대시조가 창의 흐름이라는 것이 증명되고, 시조가 창에서 탈각되었다는 것도 자연스럽게 증명될 수 있을 것이다. 또한 고시조와 현대시조의 맥락은 어디까지이며, 현대시조의 정체성이 무엇이고, 무엇이어야 하는 것도 아울러 밝혀질 것이다. 또한 이는 시조의 전통 계승과 단절의 문제를 논하는 데에 있어서도 미래 시조의 바른 방향 제시가 될 수 있지 않을까 생각한다.

일부 시조시인들의 새로운 시조 양식(?) 실험으로 시조가 본연의 모습을 잃어가고 있다는 것은 많은 시조시인들이 공감하고 있는 실정이다. 본고는 이에 대한 하니의 작은 담론에 불과하다. 올바른 시조의 방향을 제시하기 위해 현대시조에 대한 정체성의 문제는 앞으로도 지속적이면서 심도 있게 논의되어야 할 것이다.

# 음악 · 문학으로서의 시조,
# 그 치유 가능성에 대한 일고

## 1.

시조는 음악과 문학이다. 음악 없이 시조가 없고 문학 없이 시조가 없다. 문학인들은 시조 하면 문학을 생각하고 음악인들은 시조 하면 노래를 생각한다. 음악과 문학이 하나인데도 서로 다른 장르로 인식하고 있다. 이유야 있겠지만 이러한 인식은 1920, 30년대의 시조 부흥, 시조 혁신 이후부터 시작되지 않았나 생각된다. 시조의 현대화는 결국 시조를 문학과 음악으로 서로 다른 길을 가게 만든 것이다.

시조는 歌이면서 詩이다. 이것이 시조의 정체성이다. 함께 다루어야할 이유가 여기에 있다. 시조는 지구상의 어디에도 없는 우리만의 고유한 시가이다. 시조는 음악이자 문학이기 때문에 이를 독립된 학문으로 다룬다면 자칫 오류의 소지가 있을 수 있다.

치료에는 문학 치료, 음악 치료, 스포츠 치료, 연극 치료 등 많은 방법이 있을 것이다. 그러나 시조는 문학과 음악을 함께 다룰 수 있는 여

건을 갖고 있어 타 치료 장르보다 나은 효과를 거둘 수 있지 않나 생각
된다. 본고는 이러한 이유에서 하나의 문제 제기라고 볼 수 있다.


## 2.

본 연구는 시조 치유의 이론이나 실제에 관한 방법을 모색해보는 것
이 아니라, 시조문학과 시조음악을 동시에 치료할 수 있는 방법의 가
능성을 모색해보고자 하는 데에 대한 소고이다.

시조는 자신의 삶이자 그 시대의 역사이다. 누구에게나 자신의 환경
이나 자신의 삶처럼 느껴질 수 있는 문학이며 음악 장르이다. 또한 은
유, 상징과 같은 이미지가 있을 뿐만 아니라, 3장 6구 12음보라는 우리
만의 고유 운율로 이루어져 있어 누구나 친숙하게 느껴지는 장르이기
도 하다.

원동연 외 2인이 저술한 『시조 삶의 언어, 치유의 노래』(김영사,
2006)에서 인간 활동의 5가지 영역 '심력, 지력, 체력, 자기관리력, 인
간관계' 등 5가지 구성요소를 설정하고 거기에 DQ테스트를 실시, 어
느 요소가 강하고 약한지를 판별하여 시조 치료의 커리큘럼을 세울 수
있다고 했다. 그리고 시조 치료를 '동일화, 카타르시스, 표출, 통찰, 적
용' 등 5단계를 거쳐 실행할 수 있다고 했다.

먼저 편의상 논의 전개를 위해 책에서 시조문학 치료로 제시한 적용
방법을 소개하기로 한다.

다음은 자기 관리력의 '시간 관리와 시조 치료' 항목에 나오는 남구 만의 시조 「동창이 밝았느냐…」의 시조 치료 5단계이다.[1]

## 제1단계 : 동일화

### 원리

제1단계 동일화는 나와 지은이 남구만을 동일시하는 단계를 말한다. 즉 읽고 있는 시조 속으로 들어가서 남구만이 되어 보는 것이다. 시조는 픽션이 아니라 지은이의 체험이 농축된 장르이기 때문에 시조를 읽으며 지은이의 주관성에 쉽게 접근할 수 있다.

### 실행

① "동창이 밝았느냐 노고지리 우지진다."로 시작되는 이 시조 를 내가 지은 시조라 생각하고 소리내어 읽어보자. 읽을 때는 시 조 특유의 운율과 곡조를 살려서 읽어보자. 가능하면 큰 소리로 여러 번 읽어보자. 암기해보는 것도 좋다.

② 이 시조에서 나의 이야기라고 생각되는 시어나 음보, 구나 장이 있다면 그것이 무엇인지, 왜 그런 생각을 하게 되었는지 적 어보자.

## 제2단계 : 카타르시스

### 원리

제2단계 카타르시스는 나의 감정을 시조를 통해서 밖으로 토

---

1  원동연 외 , 『시조 삶의 언어, 치유의 노래』, 김영사, 2006, 142~149쪽.

해 놓는 발산의 단계를 말한다.

### 실행

나의 감정과 감성을 넣어서 다시 써보자. 혹 바꾸고 싶은 구나 음보가 있다면 바꾸어 써보자.

## 제3단계 : 표출

### 원리

제3단계 표출은 카타르시스 단계에서 발산된 나의 감정을 나 자신의 언어로 표현하면서 내가 직면한 문제를 재구성해보는 단계이다.

### 실행

① 이 시조에서 부지런한 생활을 알려주는 시어는 무엇인지 적어보자.

② 게으름 피우는 아이를 묘사한 장은 몇 장인가?

③ 초장의 '노고지리'가 상징하는 것이 무엇인지 적어보자.

④ 이 시조를 읽고 나서 드는 개인적인 느낌이 있다면 써보자.

## 제4단계 : 통찰

### 원리

제4단계 통찰은 앞에서 본 '동일화→카타르시스→표출' 단계를 거치면서 재발견하게 된 나 자신의 문제를 객관적으로 인식하는 단계이다.

### 실행

① 살아오면서 시간 관리가 엉망이 되는 느낌을 받은 것이 있었다면 언제였는지 적어보자.

② '시간은 금이다.' 하는 생각이 든 적이 있었다면 적어보자.

③ 시간이 참 빠르다고 절감한 적이 있었다면 언제였는지 적어보자.

④ 이 시조에서 나에게 특별한 의미로 다가서는 장이나 구 또는 음보가 있다면 그것이 무엇인지, 왜 그런지 써보자.

⑤ 다음에 주어진 문장을 완성해보자

예전에 내가 가장 많은 시간을 투자했던 곳은……이었다.

지금 내가 가장 많은 시간을 투자하는 곳은……이다.

## 제5단계 : 적용

### 원리

제5단계 적용은 앞에서 본 '동일화→커타르시스→표출 →통찰' 단계를 거치면서 도출된 결론을 나 자신에게 적용하는 단계를 말한다.

### 실행

① 효과적인 시간 관리를 위해 나의 마음을 어떻게 변화시켜야 할까?

② 효과적인 시간 관리를 위해 바꾸어야 할 나의 행동은 무엇인가?

③ 5차원 시조 치료에서는 이 시조를 일차적으로 자기 관리력과 관련된 시조로 분류하였다. 그렇지만 이 시조가 심력, 지력, 체력, 인간관계력 등과도 연관 관계가 있다고 생각되면 그것이 무엇인지 왜 그렇게 생각하는지 써보자.

④ 이 시조를 권하고 싶은 사람이 있다면 그 사람이 누구인지, 왜 그런 생각을 하게 되었는지 써보자.

위 긴 인용문은 책의 시조문학 치료의 실행의 예이다. 이를 시조창에도 적용하자는 것은 아니다. 적부 여부를 떠나 시조문학에 이러한 치료 이론이 있다는 것을 소개하기 위해서 인용한 것이다.


## 3.

필자가 소개하고자 하는 것은 시조음악이다. 언급한 시조 '동창이 밝았느냐'는 평시조로 부른다. 가곡으로는 초삭대엽으로 부르고 있다. 기본이 되는 이 음악을 어떻게 시조 치료에 적용할 수 있을까 그 가능성을 생각해보기로 한다.

어떤 이는 시조창을 함으로써 우울증이 사라졌다고 한다. 정서가 불안한 아이가 성격이 차분하게 바뀌었고 예절도 바르게 되었다고 하는 예도 있다. 실제로 필자가 이 두 사례를 확인해보기도 했다. 필자는 정가를 15년 이상 불러왔다. 실제 본인이 불러도 마음이 차분해지며 이를 듣는 사람들도 그렇게 편안하게 느껴진다고 말한다. 시조를 불러본 사람이면 시조를 듣는 사람이면 누구나 다 느끼는 감정들이다.

시조는 양반, 선비들의 향유 문화였다. 판소리나 민요는 자신의 감정을 밖으로 드러내지만 시조는 자신의 감정을 밖으로 드러내지 않는다. 선비들은 이러한 시조를 자신의 인격 수양의 도구로 활용해왔다. 말하자면 선비들은 마음 치료를 위해 오래전부터 시조를 불러왔던 것이다. 이에 대한 치료 이론이 존재하지 않았던 것 뿐이다. 작금에 와 시조창은 문화 유산의 산물로 치료 이론도 체계화하지 못한 채 건강을 위해 어른들이나 부르는 철지난 노래로 전락해버리고 말았다.

시조창의 평시조는 보통 황종(도)와 중려(파)의 두 음으로 이루어졌다. 그리고 이 두 음으로 뻗고 떨고 때로는 흔들고 막고 약간의 장식음을 가하여 유려하게 부른다. 어떤 마음가짐으로 불러야 맛나게 부를 수 있을까는 시조에 영시라는 것이 있어 이를 참고하면 될 것이다. 시조 영시는 주로 향제 평시조를 표준으로 그 악상을 말한 시이다. 초ㆍ중ㆍ종장의 가락 진행법과 표현 방법을 한시로 묘사한 것이다.

음악 치료에 도움이 될 듯하여 평시조 악보와 함께 소개한다.

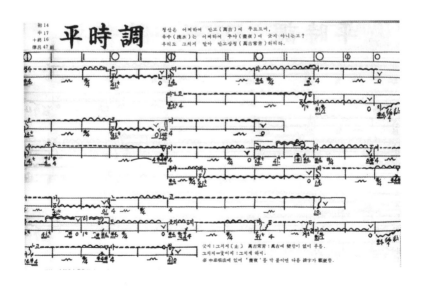

장과 각과 시조 영시는 다음과 같다.[2]

초장 : 1각(5박)　　　　　　　閒雲出峀 (한가한 구름 산에 떠오르는 듯)

　　　2각(8박)　　　　　　　鳶飛戾天 (나르는 솔개 창공을 선회하듯)

　　　3각(8박)　　　　　　　寒霜曉月 (찬서리 내린 새벽 달처럼)

　　　4각(5박) 5각(8박)　　殘烟孤燈 (외로운 등불에 하늘거리는 연기처럼)

중장 : 1각(5박)　　　　　　　杳入雲中 (아득히 구름 속으로 들어가듯)

　　　2각(8박)　　　　　　　長江流水 (길고 긴 강의 흐르는 물처럼)

　　　3각(8박)　　　　　　　高山放石 (높은 산에 돌 굴러내리듯)

　　　4각(5박) 5각(8박)　　平沙落雁 (모래사장에 사뿐 내리는 기러기처럼)

종장 : 1각(5박)　　　　　　　遠浦歸帆 (먼 포구에서 돌아오는 돛배처럼)

　　　2각(8박)　　　　　　　洞庭秋月 (넓고 넓은 동정호에 뜬 달처럼)

　　　3각(5박) 4각(8박)　　完如磐石 (맺음은 움직일 수 없는 반석처럼)


　　초장의 1각 한운출수(閒雲出峀) 2각 연비여천(鳶飛戾天) 3각 한상효월(寒霜曉月) 4, 5각 잔연고등(殘烟孤燈), 중장은 1각 묘입운중(杳入雲中) 2각 장강유수(長江流水) 3각 고산방석(高山放石) 4, 5각 평사낙안(平沙落雁), 종장의 1각은 원포귀범(遠浦歸帆) 2각은 동정추월(洞庭秋月) 3각, 4각은 완여반석(完如磐石)으로 되어 있다.

　　각마다 영시가 다르게 되어 있으나 초·중장의 4, 5각과 종장의 3, 4각은 두 각이 합쳐 하나의 영시로 되어 있다. 이를 표로 나타내면 다음과 같다.

---

2　신웅순, 『시조예술론』, 박문사, 2011, 54~55쪽.

**초장**

| 1각 閒雲出峀 5박 | 2각 鳶飛戾天 8박 |
| | 3각 寒霜曉月 8박 |
| 4, 5각 殘烟孤燈 5박, 8박(4박은 여박임) | |

**중장**

| 각 杳入雲中 5박 | 2각 長1江流水 8박 |
| | 3각 高山放石 8박 |
| 4, 5각 平沙落雁 5박, 8박(2박은 여박) | |

**종장**

| 1각 遠浦歸帆 5박 | 2각 洞庭秋月 8박 |
| 3, 4각 完如磐石 5박, 8박(7박은 여박) | |

언급한 책에서 제시한 5개의 영역을 그대로 적용시켜야 할 것인가 말 것인가는 필자로서는 연구한 바도 없고 알 수도 없다. 물론 사안에 따라 다른 표준 영역을 만들 수도 있을 것이다. 창의 종류에 따라, 악상에 따라 어떤 영역에서 효과가 있는가는 시조 전문가들과 함께 논의할 필요가 있다.

시조창에는 평시조 계열, 지름시조 계열, 사설시조 계열 등 많은 시조의 종류들이 있다. 평시조 계열로는 평시조, 중허리시조, 우시조, 파연곡 등이 있고, 지름시조 계열로는 지름시조, 남창지름시조, 여창지름시조, 반지름시조, 온지름시조, 우조지름시조, 사설지름시조, 휘모리시조 등이 있으며 사설시조의 계열로는 사설시조, 반사설시조, 각시조, 좁는평시조 등이 있다.[3] 본고에서는 대표되는 몇 가지만 소개한다.

평시조는 단형시조를 얹어 평탄하게 부르는 시조이다. 주음은 황종과 중려이며 처음에는 높지도 낮지도 않은 중려로 소리를 낸다.

다음은 경제 평시조 「동창이 밝았느냐」 악보이다.

동창이 밝았느냐 노고지리 우지진다
소치는 아희놈은 상긔아니 일었느냐
재넘어 사래긴 밭을 언제 갈려(하느니)

가곡은 시조창이 생기기 이전부터 시조시를 노랫말로 해서 부르는

---

3  신웅순, 『문학·음악상에 있어서의 시조 연구』, 푸른사상사, 2006, 138~142쪽.

한국현대시조론

정가이다. 현재 남창 26곡 여창 15곡이 남아 있다. 이 가곡은 만·중·삭대엽을 거쳐 1151년 삼진작까지 거슬러 올라갈 수 있다. 시조가 가곡에서 분화되었다고 본다면 시조는 900여 년이나 이어져온 셈이다. 시조야말로 우리의 DNA라 해도 지나친 말이 아니다.

시조는 3장으로 부르나 가곡은 5장으로 부르는 것도 다르다. 가곡을 클래식으로 본다면 시조는 세미클래식인 셈이다. 요새 빠르기로 보면 가곡은 뽕짝 속도요 시조는 서태지 속도로 생각하면 될 것이다. 1800년 전후하여 시조가 생겼는데 당시로서는 시조가 얼마나 빠른 음악이었는지를 알 수 있다. 또한 가곡은 16박으로 부르고 시조는 5·8박으로 부른다. 빠르기의 속도를 짐작할 수 있다.

시조는 보통 2개의 음으로, 가곡은 5개의 음으로 구성되어 있다. 단순한 시조의 악상보다 가곡 악상이 얼마나 세련되어 있고 섬세한가를 알 수 있다. 가곡은 웬만한 전문 가객이 아니면 부르기가 어렵다. 그러나 시조는 가곡처럼 악상이 복잡하지 않고 단순하기 때문에 대중음악처럼 누구나 다 부를 수 있다.

다음은 시조를 노랫말로 하여 부르는 남창가곡[4] 초삭대엽 「동창이 밝았느냐」를 소개한다. 시조창과 가곡이 어떻게 다른지 보기 위해서이다.

---

4  우리나라 성악곡은 정가와 속가로 나뉘어진다. 정가는 가곡, 가사, 시조를 말하고 속가는 판소리, 민요, 잡가 등을 말한다. 정가는 선비층이 속가는 서민층이 향유했던 음악이다. 가곡은 시조시를 노랫말로 하여 불리는 정가곡이다.

4.

외에 몇 가지 더 소개해보기로 한다.

남창지름시조는 가곡의 두거 또는 삼수대엽, 창법을 모방하여 평시조를 변조시킨 곡으로 두거 혹은 소이시조라고도 한다. 처음부터 청황종, 청대려로 높이 질러댄다. 중장은 평시조 가락과 비슷한 반면 종장은 평시조와 같다. 여창 지름시조는 처음부터 높은 통목으로 가성 창법없이 부르는 반면 여창 지름시조는 처음에는 평시조처럼 평평한 음으로 시작하다 둘째 각에서부터는 속청으로 높은 음을 뽑아낸다. 속청

을 남창지름시조보다 많이 쓰며 초장 창법이 다르다.[5]

다음은 남창지름시조「푸른 산중 백발옹이」이다.

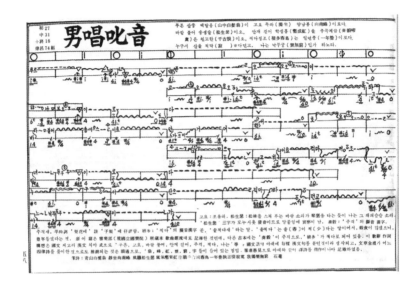

푸른 산중 백발옹이 고요 독좌 향남봉이로다

바람 불어 송생슬이오, 안개 걷어 학성홍을 주곡제금은 천고한

이오, 적다정조는 일년풍이로다.

누구서 산을 적막타던고, 나는 낙무궁인가(하노라)

사설시조는 긴 자수의 장시조로 구성되어 있다. 가곡에 있어서는
'편', 잡가에 있어서는 '엮음', '자진'과 같은 형식에 비길 수 있는 시조
창의 종류로 장단은 평시조의 틀로 구성되어 있고 평시조와는 달리 한

---

5  위의 책, 162, 164쪽.

박에 자수가 많은 리듬을 촘촘하게 엮어 부른다.

다음은 사설시조 「팔만대장」이다.[6]

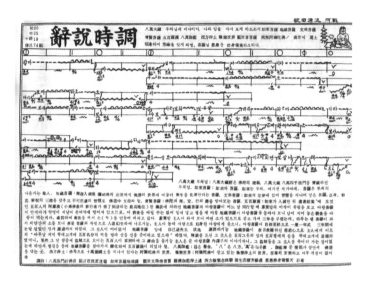

팔만대장 부처님께 비나이다
나와 임을 다시보게 하소서

여래보살 지장보살 문수보살 보현보살 오백나한 팔만가람 서
방정토 극락세계 관세음보살 남무아미타불

후세에 환토 상봉하여 방연을 잇게되면 보살님 은혜를 사신보
시 하오리다

---

6  위의 책, 158쪽.

## 5.

외에 중허리시조와 우조시조를 소개한다.

중허리시조는 가곡에서 가운데를 든다는 의미를 가진 중거와 상통한다 해서 붙여진 이름이다. 중허리시조는 가곡 중거의 형태를 본받아 평시조에서 변형된 시조창이다. 이 시조창은 중장 쯤에 높은 음이 있는 것 외에는 초·종장은 평시조의 가락과 거의 같다. 가운데를 든다는 가곡의 중거 형식에서 그 명칭과 형식을 땄다. 중장 제2각과 3각에서 청황종과 청중려로 높이 드러낸다.[7]

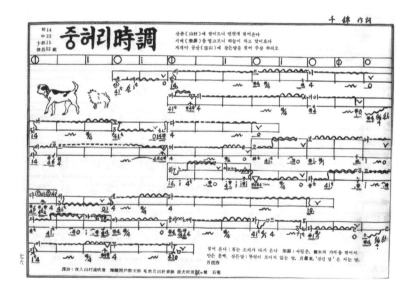

---

7   위의 책, 170쪽.

산촌에 밤이 드니 먼뒷개 짖어온다
시비를 열고 보니 하늘이 차고 달이로다
저 개야 공산에 잠든 달을 짖어 무삼하리오

우조시조는 계면조의 평시조에 가곡의 우조 가락을 군데군데 삽입하여 부르는 평시조 계열의 시조이다. 5음 음계의 평조 가락과 3음 음계의 계면조 가락이 뒤섞여 있는 곡으로 기녀 사회에서는 부르지 않고 주로 서울 우대, 유각골 일대의 가객들이 즐겨 불렀다.[8]

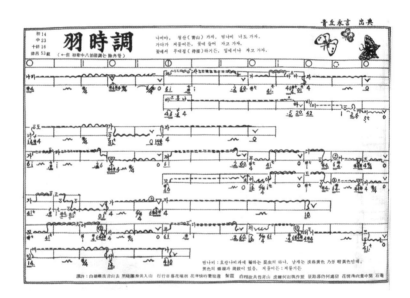

나비야 청산 가자 범나비 너도 가자
가다 저물거든 꽃에 들어 자고 가자

8  위의 책, 178쪽.

6.

지금까지 전해지고 있는 가곡으로는 남창 26곡 여창 15곡이 있고, 사설 수는 남창가곡 100수, 여창가곡 88수이다. 필자는 이 188수를 역대 시조의 주제와 비교하여 분석한 적이 있다. 우리 조상들이 어떤 시조들을 가곡으로 불러왔는가를 알 수 있는 하나의 지표이기도 하다. 이는 시조 치료를 하는 데에 있어서 어떻게 대상을 구성해야 하는가를 제시해주는 하나의 주제 지표로도 활용할 수 있을 것이다.[9]

| | 교본역대시조사전 | 남창가곡 | 여창가곡 |
|---|---|---|---|
| 남녀간의 사랑 | 14% | 13% | 58% |
| 자연의 즐거움 | 36% | 31% | 10% |
| 인생의 즐거움과 무상 | 10% | 19% | 15% |
| 임금과 나라의 충절 | 9% | 15% | 3% |
| 학문과 도덕 | 11% | 6% | 5% |
| 고사회고 | 5% | 4% | 6% |
| 추모송축 | 6% | 3% | 3% |
| 기탁 · 풍유 · 해학 | 3% | 3% | 0% |
| 기타 | 16% | 6% | 0% |

9  신응순, 앞의 책, 74쪽.

필자는 시조를 연구하고 시조창을 하면서 시조문학과 시조음악을 어떻게 하면 시조 치료에 접근할 수 있을까를 생각해왔다. 필자는 시조 치료이론에는 문외한이다. 본고는 필자가 생각하고 있었던 시조의 과학적이고 체계적인 치료의 이론에 보탬이 되었으면 하는 가능성의 바람에서 출발했다.

시조는 하늘·땅·사람의 삼재를 모태로 한 성리학적인 철학을 바탕으로 하고 있다.[10] 시조는 각 장 4음보의 4계절과 전 12음보의 12달을 품고 있는 하나의 소우주이기도 하다. 시조는 하늘이고 땅이며 인간이다. 하나의 자연 그대로이다.

필자의 우매한 생각일지 모르나 시조 치료를 과학적인 이론으로 체계화할 수 있다면 어느 장르보다 더 좋은 치료 효과를 기대할 수 있을 것이라 사료된다. 시조 치료는 우리 조상들이 오래전부터 자신의 건강을 위해 해왔던, 다만 이를 이론화하지 않았을 뿐 우리의 대체의학이었다. 이제 시조 치료가 과학적 이론을 근거로 자체 개발될 수 있다면 세계에 수출할 수 있는 미래의 인기 있는 한류 상품이 될 수 있지 않을까도 기대해보는 것이다.

---

10  원용문, 『시조문학원론』, 백산출판사, 1999, 175~209쪽.

# 시조는 시조다워야 한다

### 1.

가곡은 시조시를 노랫말로 해서 불리고 있는 시조음악이다. 가곡 이전에는 삭대엽, 중대엽, 만대엽이 있었다. 광해군 2년 1610년 양덕수가 엮은 『양금신보』에는 만·중·삭대엽이 고려가요인 진작에서 나왔다고 기록되어 있다. 만·중·삭대엽은 현 정가인 가곡의 조종격이다.[1] 진작은 「정과정곡」의 다른 이름으로 의종 5년 1151년 정서가 동래로 유배당했을 때 지은 곡이다.

시조창은 1800년 전후에 생겼다. 시조의 명칭은 신광수의 『관서악부』(1762)에 처음 보이고 악보로는 서유구(1764~1845)의 『유예지』와 이규경(1788~?)의 『구라철사금보』에 처음 보인다. 그 이전에는 시조가 시조 대신 가곡의 명칭으로 불렸다. 가곡은 시조를 노랫말로 해서 5장

---

1 신웅순, 『시조예술론』, 박문사, 2011, 150쪽.

으로 부르는 정가 음악이다.[2]

이렇게 가곡, 시조는 창을 전제로 해서 불렸다. 이것이 1920년대 시조 부흥 운동 이후 시조 현대화라는 미명 아래 시조는 하나는 시조창으로 하나는 정형시로 갈라져 오늘에 이르렀다.

아무리 현대시조가 음악으로부터 탈각되었다 하나 시조는 태생적으로 음악을 떠나 존재할 수 없다. 이를 인식하고 있다면 단장시조이니 양장시조이니 혼합시조이니 하는 말은 아예 존재할 수가 없다. 시조 자체가 3장인데 시조의 3장을 갖추지 못했으니 그것은 이미 시조일 수 없다. 5장 가곡으로도, 3장 시조로도 부를 수 없다. 가곡이나 시조로 부를 수 없다면 그것은 이미 시조라고 말할 수 없다.

법당은
기척도 없고

댓돌 위에 앉은
햇살

— 박석순, 「고요」 전문[3]

박석순의 절장시조집 『벌집』에 있는 시조(?)이다. 1장만 있다. 내용은 차치하고서라도 2장이 모자란다. 장이 모자라니 시조일 수 없다. 이것

---

2  위의 책, 150쪽. 가곡은 시조의 초장을 1, 2장으로 중장을 3장으로 종장 첫 음보를 4장으로 종장의 둘째, 셋째, 넷째 음보를 5장으로 부른다.
3  박석순, 『벌집』, 한국동시조사, 2011, 48쪽.

은 짧은 시일 뿐이다. 물론 가곡으로도 시조창으로도 부를 수 없다. 가곡으로는 고작해야 2장을, 시조로는 1장밖에 부를 수 없다. 그 무엇으로도 시조라는 것을 증명할 수 없다.

현대시조라 해도 가곡이나 시조창으로 부를 수 있는 형식적인 조건들이 충족되지 않으면 시조라고 말할 수 없다. 시조는 음악성이 거세된 정형시가 아니기 때문이다. 시조 형식을 갖추고 있다면 단장·양장·혼합시조도 시조로 인정받을 수 있다. 그러나 이는 현실적으로 불가능하다. 시조가 시조이게 하는 것은 가곡 5장, 시조 3장으로 부를 수 있는 형식 때문이다.

> 야 하압! 날카롭게 바람 가르며 가르며
> 한 줄기 푸른 섬광 번개처럼 춤추었지.
> 모조리 내 실핏줄이 자리러지고 자지러졌지.
>
> 신검 우는 소리에 싸울아비 고개 들었지
> 백개 칼을 재단하고, 백 개 칼을 부러뜨리고, 한 치 틈도 허용 않는 만 번 담금질했지. 만 덩이 숯재가 되도록 풀무질 풀무질 거푸 했지. 달아오른 칼 빛으로 이글거리는 메질꾼 눈, 살과 뼈 칼 속에 넣고 정신을 정신없이 두드리면 시간의 샛강 물도 낮과 밤 가로질러 소리 죽여 흘러갔지.
> 하늘엔 새털구름 자락 초가을 비질했지.
>
> — 윤금초, 「신검」 부분[4]

---

4  윤금초, 『무슨 말 꿍쳐두었니?』, 책만드는 집, 2011, 60쪽.

위 시조는 단시조와 장시조가 섞인 시조(?)이다. 원 텍스트는 '단시조 +장시조+장시조'이다. 지금까지 보지 못했던 혼합시조(?)이다. 가람은 '단시조+단시조+…'로 연시조(?)라는 것을 창안해냈다. 이 연시조는 단시조가 연이어진 것으로 엄밀히 말하면 연이어진 연단시조이다.

시조의 문학적 분류는 '단시조(단형시조), 중시조(중형시조), 장시조 (장형시조)'[5]로 분류되는 것이 일반적이다.[6] 장시조는 3장에서 1장이 벗어난 형태이지만 그래도 3장만은 제대로 갖추었다. 당시에는 대단한 파격이었고 반란이었다. 그러나 우리 민족은 서민들의 애환이 담긴 작자 미상의 장시조들을 무리없이 소화해냈다. 장시조는 지금도 많은 시조인들에 의해 사랑을 받으며 사설시조로 불리고 있다.

위 작품은 단시조도 중시조도 장시조도 아니다. 물론 가곡으로도 사설시조로도 부를 수 없는 형식을 갖고 있다. 시조라는 것을 증명할 방법도 없고 증명할 수도 없다. 축구로 말하면 자격을 잃은 레드 카드에 해당된다. 표지에도 시조집이라 하지 않고 시집이라고 했다. 시조의 종류별 몇 개를 조합함으로써 연이은 3장 시조를 만들어낼 수 있다고 생각하고 있는 것 같다. 누군가가 '단시조+장시조+절장시조+양장시조'도 4종류를 조합하여 시조라고 실험하려 들지도 모른다. 시조는 하

---

5 필자는 단시조, 중시조 장시조의 용어를 사용하였다. 이미 시조 자체 3장이 정형인데 거기에 형자를 더 붙여 단형시조, 중형시조, 장형시조라고 할 필요가 없기 때문이다.

6 중시조는 사실상 명확한 정의도 불분명하고 지금에 와서 쓰여지지도 않는다. 엄밀히 말한다면 단시조와 장시조로 나뉜다고 볼 수 있다.

루아침에 이루어진 것이 아니다. 수백 년에 걸쳐 만들어진 우리 민족의 역사이며 삶이며 철학이다. 수백 년에 걸쳐 정제되어 만들어진 우리 민족의 고유한, 우리 민족만의 3장의 창조물이다.


## 2.


시조가 3장을 갖추었다 해서 다 시조라고 말할 수 있는 것인가. 이는 시조만의 정밀한 질문일 수 있다. 시조는 시조다워야 시조로서 대접을 받을 수 있다.

시조에는 음보율만이 있는 것은 아니다. 음수율도 있고 장시조에는 내재율도 존재한다. 미세하게나마 강약률, 고저율, 장단율도 발견할 수 있다. 소리의 반복 양식은 아니지만 의미율도 생각해 볼 수 있다.[7] 시조를 음보율로만, 음수율로만 몰고 갈 수 없는 이유가 여기에 있다. 시조가 음수율이냐 음보율이냐 하는 것은 아직도 고구해보아야 할 문제이다. 정격의 시조라면 대체로 음보율에 무게를 두고 논의하는 것이 설득력이 있지 않나 생각한다. 3장 6구 45자 내외는 음수율에 기반을 둔 개념이고 3장 6구 12음보는 음보율에 기반을 둔 개념이다.

필자는 시조 음보와 시조창·가곡의 박자와의 상관관계에 대해 연구한 바가 있다. 「시조 음보와 시조창·가곡의 박자 상관 고」라는 논문에

---

7  신웅순, 『현대시조시학』, 문경출판사, 2001, 118~136쪽.

서 가곡과 시조창의 각[8]과 시조의 음보가 서로 대응, 시조가 음보율임을 간접적으로 증명해 보였다.[9] 이로 본다면 시조의 형식은 3장 6구 12음보가 설득력을 갖고 있지 않나 생각하고 있다.

> 반딧불 서신처럼 외로운 산정 초소
> 괴정고개를 넘다 문득 아·름·다·운 꽃으로 서 있는 병사를 보았다. 하얀 들꽃 한 무리 가을이 오는 바다로 흔들림 없는 총을 겨누고 깜빡이는 어둠 사이로 별을 쏘아 올리며 꼿꼿한 그리움들을 직각으로 꺾고 있었다.
>
> — 박권숙, 「신기산 기슭 2」 전문[10]

이 시조는 제12회 중앙시조대상 신인상 수상작이다. 필자의 과문한 탓인지 몰라도 이 작품은 아무리 읽어도 시로 읽혀지지 시조로 읽혀지지 않는다. 위 시조는 세 문장으로 이루어져 있다. 첫 행이 한 문장으로 되어 있고 2행이 두 개의 문장으로 되어 있다. 아마도 작자는 '꼿꼿한/그리움들을/직각으로/꺾고 있었다'를 종장으로 생각한 모양이다. 장과 구, 음보의 처리에 혼선이 있었던 같다.

언뜻 보기에는 장시조처럼 보이나 그도 아니다. 아예 종장이 없다. 두 장밖에 없다. "하얀 들꽃 한 무리 가을이 오는 바다로 흔들림 없는

---

8 시조는 5, 8박이 각각 1각으로 되어 있고 가곡은 11박이 원각, 5박이 반각으로 되어 있다.
9 신웅순, 『시조예술론』, 박문사, 2011, 86, 89쪽.
10 홍성란 편, 『중앙시조대상 수상작품집』, 책만드는 집, 2004, 75쪽.

총을 겨누고 깜빡이는 어둠 사이로 별을 쏘아 올리며 꼿꼿한 그리움들을 직각으로 꺾고 있었다." 여기에서 종장을 분리해내야 되는데 분리해낼 수가 없다. 주어는 '하얀 들꽃 한 무리'이다. 이 '하얀 들꽃 한 무리'가 '총을 겨누고', '별을 쏘아올리고', '그리움들을 직각으로 꺾고 있었다'와 호응되고 있다. 이를 분리해 내려면 하나의 문장을 떼어낼 필요가 있다. 그러면 의미의 경중을 떠나 종장이 자연스럽게 형성된다.

> 괴정고개를 넘다 문득 아·름·다·운 꽃으로 서 있는 병사를 보았다. 하얀 들꽃 한 무리 가을이 오는 바다로 흔들림 없는 총을 겨누고 깜빡이는 어둠 사이로 별을 쏘아 올리고 있었다.
> 꼿꼿한 그리움들을 직각으로 꺾고 있었다.

이쯤이면 형식적으로는 장시조의 형식을 갖춘 꼴이 된다. 필자는 본고에서 형식만을 문제 삼았다. 필자가 인용한 시조(?)들의 작품성은 뛰어나나 이것이 시조다운 것인가는 의문의 여지가 있어 정밀하게 읽어본 것이다. 인쇄 상 종장이 떨어져 나간 것인지, 그렇지 않다면 이 작품은 시조라고 보기 어려울 것 같다.

> 언 강에
> 돌을/
>
> 던진다 /겨우내/ 떠 있는 돌// 강물이/풀릴 때까지/ 무게를/ 못 버리고// 새봄의/ 양수 속으로/ 가라앉았다/

뜨는

돌

— 박기섭, 「뜨는 돌」 전문[11]

얼핏 행 배열을 보면 자유시 같은 느낌이 든다. 초 · 중 · 종장이 제대로 구획되어 지고 통사 배열, 주술의 호응도가 정확하다. 초장의 1음보와 종장의 1음보를 연(장?)으로 독립시켰다. 시조시인들이라면 머릿속에서 이를 초 · 중 · 종장의 시조 형식으로 바르게 읽어낸다. 이 시조는 아무리 뒤틀어놓아도 시조로 읽혀질 수밖에 없는 숙명을 갖고 있다. l장을 재구성한다면 형식상으로는 충분히 창으로도 부를 수 있다. 이 두 시조로 시조는 시조다워야 한다는 말이 저절로 증명이 된 셈이다.

아무리 시, 시조라 한들 장, 구, 음보와 문장과의 관계를 정확히 해둘 필요가 있음을 상기해야 한다. 자칫 잘못하면 시로 오인하기 십상이다. 시조의 시로서만 창작되었다해도 시조로 부를 수 있는 것이 있고 없는 것이 있음을 유념할 필요가 있다.

정완영 선생님과 민병도 님의 대화 중 정완영 선생님의 말을 인용하면서 논지를 맺고자 한다.

일본은 말할 것도 없거니와 미국과 캐나다의 시인들이 찾아와 시조에 대한 깊은 관심을 갖곤 하는데 우리가 우리 자신에 대해 자신감을 지니지 못하는 것이 안타까운 일이지요.(조용히 하이쿠

---

11 박기섭, 『달의 문하』, 작가, 2010, 45쪽. '/', '//'은 필자가 음보를 표시한 것이다.

두 편을 암송하셨다.)

낡은 못이여 개구리 뛰어드는 퐁당 물소리

조용하구나 바위에도 스며드는 저 참 매미소리

이렇듯 일본인들은 하이쿠를 6백~7백 년이 되어도 하나도 흐트리지 않고 지키려고 애쓰고, 영국의 소네트도 그런데 우리만이 왜 자꾸 앞질러 버리려고 애쓰는지 모르겠습니다. 우리 것을 지키면서 조금씩 더하는 게 진정한 우리 것이 아니겠어요.[12]

---

12 『월간문학』, 2012.4, 100~101쪽.

# 시조 정체성 소고(小考)

## 1.

  향가는 신라의 멸망과 함께, 여요는 고려 멸망과 함께, 가사는 조선의 멸망과 함께 사라졌다. 고려·조선을 거쳐 이어져왔던 한시도 사라졌고 신체시, 언문풍월도 잠시 있다 사라졌다. 시조만은 지금까지 살아남아 800~900여 년을 민족과 함께 고락을 같이해왔다.[1] 현대시조를 고시조와의 연장선상에서 보아야 하는 이유가 여기에 있다.

    가곡창이나 시조창과 같이 우리는 더 이상 악공과 가창자를 시조 향수 현장에 동반하지 않는다. 시인이나 독자가 눈으로 읽고

---

1  광해군 2년(1610) 양덕수가 엮은 『양금신보』에는 만·중·삭대엽이 고려가요인 진작에서 나왔다고 기록되어 있다. 만·중·삭대엽은 현 정가인 가곡의 조종격이다. 또한 시조가 가곡에서 분화되었다고 본다면 시조창의 연원은 가곡, 만·중·삭대엽을 거쳐 「정과정곡」 삼진작(1151)까지 거슬러 올라갈 수 있다.

마음으로 읽고 소리 내어 낭독하거나 낭송하는 현대 서정시로서 시조를 향수한다. 가곡창과 시조창은 현대시조와는 분야를 달리한다. 다만 현대시조에서 창을 기반으로 한 음악적 연행은 사라졌으나 현대 서정시로서의 시조는 문자언어로써 그 음악성을 최대한 구현해낼 수 있어야 한다. 문자언어로써 음악성을 구현해야만 옛시조가 지닌 격조를 현대시조 또한 획득할 수 있다.[2]

현대시조에서 창을 기반으로 한 음악적 연행은 사라졌으며 현대 서정시로서의 시조는 문자언어로써 음악성을 최대한 구현해낼 수 있어야 한다고 말하고 있다. 고시조를 음악적 연행으로, 현대시조를 문자언어의 음악성으로 파악하고 있는 것 같다. 현대시조는 이미 음악이 거세된, 음악과는 별개의 분야라는 것이다.

고시조 : 음악 + 문학(음악적 연행)
현대시조 : 문학(문자언어로서의 음악성)

인용문에서 두 가지 문제가 설명될 수 있어야 한다. '현대시조에서 창을 기반으로 한 음악적 연행은 사라졌는가'와 '현대시조의 문자언어로서의 음악성은 무엇인가'이다.

정체성은 일관되게 유지되어야 할 고유한 실체이다. 실체가 변형되거나 달라지면 전통의 계승 차원에서도 재고해야 할 문제가 생긴다.

이 두 문제가 설명된다면 시조의 정체성 규명에 하나의 실마리를 제

---

2 홍성란, 「우리시대 시조의 나아갈 길」, 『화중련』 제11호, 2011년 상반기, 57쪽.

공할 수 있을 것이다. 시조의 태생이 창이고 그것이 현대시조로 이어지면서 문자언어로서의 음악성으로 대치되었다고 생각하기 때문이다.


## 2.

가곡은 시조창이 불리기 이전부터 만대엽 · 중대엽 · 삭대엽으로 이어져온 우리의 전통인 정가 음악으로 시조시를 노랫말로 해서 5장으로 불리는 노래이다. 시조 3장 중 초장의 첫째, 둘째 음보가 1장으로 셋째, 넷째 음보가 2장으로, 중장은 3장으로, 종장은 첫째 음보가 4장으로 둘째, 셋째, 넷째 음보가 5장으로 불린다. 그리고 대여음은 노래를 시작하기 전 전주곡, 노래를 부른 후 후주곡으로 중여음은 중장과 종장 사이에 간주곡으로 연주된다.

|  |  |  | (대여음) |
|---|---|---|---|
| 초장 | 1구(1, 2음보) | — | 가곡 1장 |
|  | 2구(3, 4음보) | — | 2장 |
|  | 여박 |  |  |
| 중장 | 1, 2구(1, 2, 3, 4음보) | — | 3장 |
|  | 여박 |  | (중여음) |
| 종장 | 1음보 |  | 4장 |
|  | 2, 3, 4음보 | — | 5장 |
|  |  |  | (대여음) |

표에서 보면 가곡에서의 장은 반드시 시조의 장이나 음보로 마무리 되고 있다. 시조가 음보율임을 간접적으로 증명해주는 사례이기도 하다. 중장과 종장 사이에는 중여음이 있어 시조 종장의 첫째 음보인 가곡 4장으로 이어진다. 종장 첫 음보인 3음절로 4장을 부르는 것이다.[3] 시조를 노랫말로 한 홍난파의 가곡 〈그리움〉, 〈옛동산에 올라〉, 〈사랑〉도 이러한 형식으로 되어 있다.[4] 이도 중장을 노래하고 간주 4마디가 연주된 후 시조 종장으로 이어진다. 가곡의 중여음, 시조 중장 다음의 여박, 근대가곡의 시조 중장 다음의 간주가 다 같은 형식으로 되어 있다.

중장에서 종장으로 넘어가기 전에 가곡의 중여음, 시조창의 여박, 근대가곡의 간주가 이루어진다는 것은 무엇을 말하는가. 시조는 중장에서 종장으로 넘어갈 때 시상의 반전이 일어나야 한다는 시조의 형질을 방증해주는 것이 아닌가 생각된다. 홍난파도 전통 가곡의 근대가곡 수용 과정에서 이러한 현상이 나타난 것을 보면 근대가곡 1세대인 홍난파의 머리 속에서도 당시 시조 의식이 잠재해있었던 것이 아닌가 생각된다. 이렇게 시조의 초·중장과 종장 사이의 공간은 시조에 있어서 가락이나 의미가 반전되는 매우 중요한 곳이다. 이런 공간이 있어 시와는 또 다른 시조만의 특수성이 있는 것이다. 이는 시조의 정체성 문

---

3  신웅순, 「시조 음보와 시조창·가곡의 박자 상관 고」, 『한국문예비평연구』 26호, 2008, 331쪽 참조.

4  신웅순, 「근대가곡의 시조, 전통 가곡 수용 고」, 『시조학 논총』 30호, 2009, 95~96쪽 참조.

제와도 직결되며 그렇지 못하다면 그것은 시조시이지 진정한 시조라 고는 볼 수 없다.

인용문에서 처럼 현대시조에서 창을 기반으로 한 음악적 연행은 사라졌는가.

그렇지 않다고 본다. 3장 6구 12음보가 지켜지는 한은 얼마든지 연행할 수 있다. 음악적 연행이 사라진 것이 아니라 연행하지 않고 있을 뿐이다. 현대시조를 음악과 문학으로 파악하지 않고 문학으로만 파악하고 있기 때문에 생긴 결과가 아닌가 생각된다.[5] 현대시조가 창으로 연행하기 위해서는 3장을 갖추어야 하고 각 장 4음보를 갖추고 있어야 한다. 이러한 형식을 갖추고 있으면 얼마든지 음악적 연행은 가능하다. 다만 시조창의 가락들이 한정되어 있어 주제가 다양한 현대시조들을 수용하는 데에는 시조창으로서의 한계를 지적할 수 있다.

무슨 한이 있었길래
산자락을 싹둑 잘라

천형의 해진 하늘
기중기로 들어올려

간음을 당한 한 시대
수술대에 뉘어 놓나

— 신웅순, 「한산초 32」 전문

---

5 한국시조학회 52차 학술대회 발표문에서.

위 시조는 단시조로서 평시조로 연행할 수 있다. 그러나 환경 파괴를 주제로 한 생태 시조를 시조창의 가락으로 부른다는 것은 무언가 어색하다. 이렇게 시조창에 어울리지 않는 다양한 현대시조들이 있어 이런 것들이 현대시조의 딜레마로 지적될 수는 있다. 그렇다고 해서 현대시조에서 시조창 연행이 사라졌다고 단정하여 말할 수는 없다. 시조의 뿌리가 음악이고 문학이기 때문이다. 이러한 시조의 뿌리를 도외시한 채 현대시조를 다룬다는 것은 시조의 정체성 규명에도 적잖은 문제를 야기할 수 있고 문자언어로서의 음악성도 설명하기 어려울 것이다.

현대시조가 전통적인 시조작법[6]에서 멀어져가고 있는 것은 사실이다. 그러나 궁극적으로 현대시조는 가곡이나 창에서 결코 자유스러울 수 없다는 것 또한 부인할 수 없다. 시와는 또 다른 독특한 고유성과 특수성이 시조에는 있는 것이다.

장시조는 사설시조로 지금도 불리고 있다. 현대 장시조도 고시조와 같이 적당량의 음절 수를 유지하고 가락에 맞는 주제라면 사설시조로의 음악적 연행은 가능하다. 장시조는 3장에서 1장이 벗어난 형태이지만 그래도 3장만은 제대로 갖추었다. 당시에는 대단한 파격이었으나 선인들은 서민들의 애환이 담긴 작자 미상의 장시조들을 무리없이 소화해냈다. 장시조는 지금도 많은 시조 애호가들에 의해 사랑을 받고 있으며 사설시조로 많이 불리고 있다. 적어도 시조창으로 연행하기 위해서는 최소한 3장은 갖추어져 있어야 한다.

---

6  단시조 창작과 시조창으로의 연행이다.

시조는 통상 3장 6구 12음보[7]로 정의된다. 장시조는 3장이되 6구 12음보에서는 벗어나 있다. 그러나 우리는 그것을 받아들여 시조의 한 갈래로 정착시켜왔다. 장시조에서는 3장은 지켜졌지만 6구 12음보는 지켜지지 않았으니 시조의 정체성에 일부 변화가 일어난 것이다. 시조의 자격은 이미 3장이 마지노선이 되어버렸다.[8]

문제는 연이은 단시조인 연시조라 불리는 연단시조가 문제가 될 수 있다. 이 현대시조의 연단시조는 시조창으로는 연행할 수 없을 뿐만 아니라 전통 시조 작법과도 어긋난다. 1920년대 이후 읽는 시조, 짓는 시조인 연단시조로의 이행을 현대시조에서 어떻게 수용해야 하는 가는 미래의 담론으로 남겨두어야 할 것 같다.


3.


인용문에서처럼 현대시조를 고시조와는 다른 장르로 인식하는 이들이 있다. 고시조는 음악 · 문학 장르이고 현대시조는 문학 장르라는 것이다. 그러면서 현대시조는 1920~1930년대 이후 창에서 탈각된 문자언어이며 문자언어로서의 음악성은 최대한 구현해낼 수 있어야 한다

---

7  3장 6구 12음보는 단시조이나, 3장은 지켜지고 있지만 1, 2장이 벗어나는 장시조도 시조로 인정되고 있음은 주지의 사실이다. 단시조, 장시조도 시조창으로 불리고 있다.

8  한국시조학회 52차 필자의 학술대회 발표문에서.

라고 다소 상반된 말을 하고 있다.

문자언어로서의 음악성은 무엇을 말하는 것인가. 이에 대해서는 구체적으로 설명된 바가 없다. 음악성에 대해서만 언급했지 그것이 무엇을 뜻하는 것인지에 대해서는 지금으로서는 규명되지 않은 것 같다.

고시조와 현대시조가 형식면에서 크게 다르지 않다. 이유야 어떻든 시조의 태생이 음악이고 보면 읽는 시조이냐 노래하는 시조이냐의 차이로 서로 다른 장르라고 예단하기에는 아직 이르다. 이 시조음악이 현대시조에 와서 문자언어로서의 음악성으로 대치되었다면 음악성의 개념이 무엇인지가 구체적으로 설명되어야 한다.

필자는 문자언어로의 음악성을 시조의 율격으로 파악하고자 한다.

율격은 반복 양식이다. 압운은 소리 반복이 기저가 되지만 율격은 단위를 구성하는 요소가 그 기저가 된다. 양식을 이루기 위해서는 구성 요소가 필요하기 때문이다. 강약을 구성요소로 하면 강약률이 되고 고저를 구성 요소로 하면 고저율이 된다. 음절을 기본 요소로 하면 음수율이 되고 음보를 구성 요소로 하면 음보율이 되는 것이다.[9]

필자는 강약, 고저, 음절, 음보들과 같은 구성 요소들의 반복을 문자언어의 음악성으로 보고자 하는 것이다. 소리의 반복인 압운만으로는 시조의 음악성을 구현하기 어렵다. 요소들이 어떻게 반복되는가 하는 반복 양식인 율격이 문자언어로서의 음악성을 구현해낼 수 있지 않을까 생각한다. 그 반복 양식에 따라 시조의 율격들이 달라지기 때문이다.

---

9  신웅순, 「운율론」, 『새국어교육』 62호, 2001, 202쪽.

시조에는 강약률이 존재한다. 시조가 4박자라면 시조는 '강·약·중강약·약'의 강약 4음보로 율독된다. 미세하지만 고저율도 존재한다. 사안에 따라 다르지만 대개 고·저·중고·저'로 읽혀진다.

또한 장단율도 인정할 수 있다. 고, 이 장으로 발음되어 생길 수 있는 경우와 등장성 등시성으로 인해 장단음이 생길 수 있는 경우를 생각해볼 수 있다.

시조의 음수율은 흔히 초장 3·4 4·4, 중장 3·4 4·4, 종장 3·5 4·3이라고 하나 그 타당성을 입증하기는 어렵다. 음절 수가 고정적이고 가변적이어서 음절량에 의해 구성되는 등시성에 따른 음보율이 더 합리적이기 때문이다.

음보는 강약, 장단, 음절량에 의해 구성되는 율격 형성의 최저 단위이다. 단시조 한 장에는 이러한 최저 단위가 4개가 반복된다. 시조는 3장 12음보로 되어 있다.

시조의 내재율은 단시조에서는 존재하지 않지만 중, 장시조에 있어서는 내재율이나 산문율이 존재할 수 있다. 장시조는 대부분 중장에서 길어지며 이럴 때 중장에서 나름대로의 내재율이 은폐되어 존재한다.

시조의 의미율도 존재한다. 연시조나 장시조 같은 것들은 중층 구조로 의미를 배치, 반복시켜 의미의 다양화를 꾀하고 있다. 이때 의미율을 얻을 수 있다. 시조에는 그 의미들이 일정한 리듬을 가지고 나름대로 외형율과 결합, 진행됨을 볼 수 있다.[10]

시조에서 강약, 고저, 장단, 음수, 음보, 내재, 의미 등과 같은 구성요소들로 소리가 반복되면 강약률, 고저율, 장단율, 음수율, 음보율,

---

10 위의 글, 217~218쪽.

내재율, 의미율이 되는 것이다. 이러한 구성 요소들 때문에 시조의 율격을 무엇이다라고 단정하여 말할 수는 없다. 지금까지 연구로는 음수율보다는 음보율을 대표 율격으로 내세울 수 있지 않을까 조심스럽게 말할 수 있을 뿐이다. 어쨌든 시조는 시조만이 갖는 독특한 율격들의 최적화를 통해 시조의 음악성을 최대한 구현해내야 하지 않을까 생각한다. 어떻게 최적화를 할 수 있는지는 다양하고 심층적인 율격에 대한 연구가 필요할 것으로 본다.

필자의 생각으로는 율격이 최적화된 시조는 낭송하기에 좋고 읽기도 용이해야 하며 또한 시조창으로도 부를 수 있는 그런 현대시조로서의 서정시가로 단시조의 정체성을 잘 살린 시조가 아닌가 생각하고 있다.

현대의 삶이라는 것은 예나 지금이나 크게 다를 바가 없다. 예술이 인생의 표현이라면 전통적인 작법으로 현시대에도 시조의 정체성을 지키면서 맛깔스러운 시조만의 아름다운 맛을 낼 수 있다. 그렇다고 시로서의 시조가 필요 없다는 말은 아니다. 그것도 다양한 시조 현대화를 위해 실험할 필요는 얼마든지 있어야 한다고 본다. 그러나 그것이 시로서만 치달아 시조의 맛을 전혀 느낄 수 없는 지경에까지 이른다면 결국 시조의 정체성을 잃어버린 시조가 되고 말 것이다. 시를 쓰면 될 것을 실험이라는 미명 아래 정체성도 없는 국적없는 시조로 써야 할 필요는 없다고 본다. 이러한 시로서의 시조는 지양되어야 한다.

현대시조에 와 시조의 정체성에 대한 고구는 앞으로도 계속되어야 한다. 필자의 시조 정체성에 대한 생각이 미래의 작은 담론이라도 되었으면 좋겠다는 소박한 생각을 해보는 것이다.

시조음악과의 관련 속에서 시조 율격의 고구는 본고에서는 제외하기로 한다. 별도의 논문으로 다시 정리해야 할 필요가 있다고 생각되기 때문이다.

# 현시대의 시조 아이덴티티

## – 윤재근, 홍성란 님의 「왜 시조인가」를 읽고

### 1.

1920~1930년대의 시조 부흥론, 시조 혁신론은 시조사에 있어서 매우 중요한 시기이다. 부르는 시조에서 짓는 시조, 읽는 시조로 넘어가는 분수령이 되기 때문이다. 이러한 시조 부흥, 혁신 운동이 시조를 현대화하는 데에는 성공했을지 모르지만 그로 인해 시조가 시조창과 멀어지게 된 계기가 되었음은 부인할 수 없다.

여기에는 가람의 시조 연작이라는 현대화 시조 작법이 중요한 인자로 자리하고 있다.

> 짓는 시조, 읽는 시조를 강조한 나머지 부르는 시조와의 화해를 전연 고려하지 않은 태도는 온당치 못하다. 왜냐하면 오늘날에도 시조의 과거가 창의 흐름이었다는 관념으로부터 완전히 자유로울 수 없기 때문이다. 연작의 문제에 있어서는 과거의 것은 각수가 독립된 상태였던 것을 제목의 기능을 살리면서 현대시조

작법을 도입하여 여러 수가 서로 의존하면서 전개 통일 되도록 짓자는 주장이었다. 이런한 주장을 창작으로 실천하여 완성한 이가 이병기 자신이었고 오늘날 형태의 발전으로 불리기도 하였다. 그러나 이는 엄격히 보면 시조의 전통적 연작법에서 어긋나는 것이다.[1]

시조는 형식이 3장 6구 12음보이다. 이것이 시조의 아이덴티티이다. 그런데 이를 연작으로 서로 의존하면서 전개 통일되도록 짓자는 주장이 이병기의 연작법이었다. 이는 언급한 바와 같이 전통적 연작법에서는 어긋나는 것이다. 이로 인해 3장 6구 12음보인 시조 독립체는 사실상 와해되기 시작했다. 동시에 시조가 창의 흐름이라는 의식이 제거되기 시작한 것이다.

시조 부흥론, 시조 혁신론은 결국 문학이며 음악인 시조를 서로 다른 장르로 갈라놓은 장본인이 된 것이다.

여기에 윤재근 님의 시조 보법을 상기해볼 필요가 있다.

「왜 시조인가」를 읽고 시조는 무엇보다도 먼저 〈무아의 자연과 시조창〉을 떠나서는 있을 수 없는 운명을 타고 있음을 밝혀둔다.[2]

시조가 의식의 날카로움을 박살내고 하염없는 휴식을 즐겨 누리도록 읊게 하고 부르게 하는 쪽으로 복귀한다면 현대시처럼 따

---

1 이응백 외 감수, 『국어국문학자료사전』, 한국사전연구사, 2002, 1723쪽.
2 윤재근, 「왜 시조인가?」, 『화중련』 제10호, 2010년 하반기, 37쪽.

**154**                                             한국현대시조론

돌림을 당하지 않을 터이다. 그러므로 시가로서 시조가 〈무아의 자연〉을 외면하거나 떠날 수 없는 것이다.[3]

요지는 시조가 창(시조창)과 휴식(무아의 자연)이 기반이 되어야 한다는 것이다. 이는 현대시조와는 거리가 멀다. 현대시조는 창을 기반으로 하지 않을 뿐만 아니라 내용도 반드시 휴식을 기반으로 하지 않기 때문이다. 윤재근 님이 우려하고 있는 것은 현대시조가 시조창(歌)과는 상관없이 Modern poetry 정신(詩)으로 창작을 하고 있다는 점이다. 시조는 시가(詩歌)여야 하는데 현대시조는 그렇지 않다는 것이다.

홍성란 님은 다음과 같이 현대시조를 말하고 있다.

가곡창과 시조창은 현대시조와는 분야를 달리한다. 다만 현대시조에서 창을 기반으로 한 음악적 연행은 사라졌으나 현대서정시로서의 시조는 문자언어로써 그 음악성을 최대한 구현해낼 수 있어야 한다. 문자언어로써 음악성을 구현해내야만 옛시조가 지닌 격조를 현대시조 또한 획득할 수 있다.[4]

시조는 음률을 기반으로 한 노래시라는 점에서 시어의 음악성을 떠나서는 말할 수 없다. 가람이 말과 소리가 합치하여 내는 성향에 주목하였듯이 악곡으로서의 음악성이 아닌 문자언어로써 음악성과 리듬감이 실리는 격조있는 시어를 구사해야 한다.[5]

---

3   위의 글, 41쪽.
4   홍성란, 「왜 시조인가?」, 『화중련』 제11호, 2011년 상반기, 57쪽.
5   위의 글, 60쪽.

홍성란 님은 가곡이나 시조창은 현대시조와 분야가 다르다고 했다. 이미 현대시조에서 창을 기반으로 한 음악적 연행은 사라졌다는 것이다. 다만 문자언어의 음악성을 최대한 구현해낼 수 있어야 현대시조가 옛시조가 지닌 격조를 획득할 수 있다고 말하고 있다.

여기서 윤재근 님과 홍성란 님의 사고의 충돌이 생긴다.

윤재근 님은 현대시조도 읊거나 창이 있는 시를 써야 한다고 하고 홍성란 님은 창이 사라진 대신 음악성이 실린 격조 있는 시를 써야 한다고 생각하고 있다. 홍성란 님은 이미 시조는 창으로는 실릴 수 없고 현대성과 음악성을 담지한 문자언어로서의 현대시조를 써야 한다고 말하고 있다.


## 2.


홍성란 님은 현대시조가 100여 년 전에 창이라는 음악적 기반을 떠났다고 생각하고 있다.[6]

100여 년 전이라면 국권침탈과 시조 부흥 운동 전이 될 것이다. 이때는 개화기 시조에서 현대시조로 넘어가는 과도기였다. 시조에서 음악적 기반을 떠나기 시작한, 시조사에 있어서 매우 중대한 변화가 일어

---

6  현대시조는 창이라는 음악적 기반을 떠나 인쇄매체를 통해 시각적으로 수용되고, 노래가 아닌 낭독이나 낭송으로 향수하는 시문학이 된 지 100년이 넘었다. 위의 글, 60쪽.

난 시기이다.

> 당시 프로 문학의 세력 확장에 대한 대항으로 최남선과 이광수, 정인보를 중심으로 한 국민 문학론이 대두되었다. 이 국민 문학의 핵심이 시조 부흥 운동이다. 최남선, 이광수의 뒤를 이어 이병기, 조운 등 시조의 혁신을 주장하고 나섰고 현대시조의 나아가야 할 구체적인 방향도 제시되었다. 과거와 같이 악곡의 창사로서 존재하는 시조가 아니라 우리의 언어적 특성과 민족적 리듬이 응결된 단시 형식으로서의 시조가 가지는 중요성과 부활의 당위성을 강조하고 나선 것이다.[7]

1910년대에는 서양 민요나 찬송가를 번안하거나 일본 창가의 선율에 노랫말만 우리말로 바꾸어 불렀다. 20년대에 이르러서 〈사의 찬미〉나 〈낙화유수〉 같은 지금의 가요가 크게 유행하기 시작한 때였다. 이때에도 시조(단시조)가 시절가조라는 인식을 갖고 많은 시조인들은 시조창을 국민 가요처럼 부르고 있었던 것 또한 부인할 수 없다. 50, 60년대까지만 해도 많은 어른들이 시조창을 불렀었다는 것 또한 주지의 사실이다.

1920년대 프로 문학에 대한 위기감의 팽배로 일부 식자들은 대항마로 국민문학인 시조를 선택했다. 시조 부흥 운동과 시조 혁신론을 일으킨 것이다. 이러한 운동은 소수의 식자층에서 일어난 것이지 국민들의 의식에서 대중적으로 일어난 것은 아니었다. 현대시조는 최남선,

---

7  신웅순, 『시조예술론』, 박문사, 2011, 154쪽.

정인보, 이병기, 조운, 이은상, 김상옥 등으로 이어져 겨우 시조의 명맥을 유지할 수 있었다. 1960년대에 이르러서야 리태극의 시조운동으로 현대시조는 비로소 대중 속으로 파고들기 시작했다. 많은 시조시인들의 대거 등단으로 현대문단의 현대시와 함께 어깨를 나란히 하게 된 것이다. 반면 1960년대 이후 시조창은 석암제의 창 보급으로 대중화되어 무려 100만 명이나 넘는 시조인들로 성황을 이루었다.[8] 정황이야 어쨌든 1920년대 이후 시가로서의 시조는 하나는 시조창으로 하나는 시조문학으로 서로 다른 길을 걷고 있었다.

## 3.

시조창은 1800년 전후하여 생겼다. 최초의 시조 악보는 영조 때에 편찬한 서유구의 『유예지』이다. 그 후 1864년으로 추정되는 『삼죽금보』에 소이시조, 지금의 지름시조가 생겼다. 이때에만 해도 사설시조의 악보는 보이지 않았다.

시조창이 불리기 이전에는 시조가 가곡으로 불렸다. 가곡은 시조를 노랫말로 해서 5장으로 불리는 정가이다.

광해군 2년 1610년 양덕수가 엮은 『양금신보』에는 만·중·삭

---

8  양규태, 『석암 정경태 생애와 정가』, 신아출판사, 2006, 40쪽.

대엽이 고려가요인 진[9]에서 나왔다고 기록되어 있다. 만 · 중 · 삭
대엽은 현 정가인 가곡의 조종격이다. 또한 시조가 가곡에서 분
화되었다고 본다.[10] 시조창의 연원은 가곡, 만 · 중 · 삭대엽을 거
쳐 정과정곡 삼진작(1151년)까지 거슬러 올라갈 수 있다.[11]

위 계보는 시조가 가곡, 시조창, 시조문학과 같은 세 가지 형태로 진
행되어왔음을 보여주고 있다. 1151년 삼진작에서 만 · 중 · 삭대엽으
로 이어졌고 이것이 가곡으로 이어져 1800년대에는 가곡이 가곡과 시
조창으로 분화되었고, 1920년대에는 시조창이 시조창과 시조문학으로
분화되어왔다.

이는 시조의 아이덴티티는 창으로 연행되어야 한다는 점을 보여주고
있다. 이것이 윤재근 님이 언급한 시조의 아이덴티티일 것이다.

필자는 역대 교본 시조사전과 비교하면서 가곡 악보로 전해지고 있
는 김기수 편의 정가 남창 100선, 여창 88선의 주제를 분석해본 적이
있었다.[12] 주로 자연과 인생, 사랑의 주제가 73%나 되었다. 타 주제에

---

9 　진작은 「정과정곡」의 딴 이름으로 군신연주지사, 10구체의 노래이다. 『대악후보』
　　권5에 진작의 이름으로 악보가 전하고 있다. 장사훈, 『국악대사전』, 세광음악출판
　　사, 1984, 658쪽.
　　이 노래는 의종 5년 (1151)에 지었다. 『한국사 연표』, 다홀미디어, 2003, 196쪽.
10 　『삼죽금보』에는 시조가 5장으로 기보되어 있다. 지금도 가곡은 시조를 5장으로
　　부른다. 이를 들어 시조창이 가곡에서 영향을 받았음을 알 수 있는 자료이다. 『시
　　조예술』, 문경출판사, 2007, 9쪽.
11 　신웅순, 앞의 책, 150쪽.
12 　신웅순, 「가곡의 시조시 주제연구」, 『문학 · 음악상에 있어서의 시조연구』, 푸른사
　　상사, 2006, 74쪽.

비해 월등히 많았다. 이는 시조가 윤재근 님이 언급한 무아의 자연이나 휴식이라야 한다는 점을 증명해주고 있는 한 예가 될 것이다.

문제는 1920년부터 시조가 짓는 시조, 읽는 시조로 전환하면서 시조의 아이덴티티가 사라지기 시작했다는 점이다.

언급한 바대로 시조의 아이덴티티는 시(詩)와 가(歌)이다. 현대시조가 시와 가로 분리, 서로 다른 장르로 굳어졌다면 이는 원래의 시조라고 말할 수는 없다.

그러면 현대시조는 이미 시조에서 창의 연행은 사라졌는가? 현대시조는 악곡을 배제한 채 문자언어로서만 존재해야 하는가. 현대시조에 있어서의 문자언어로서의 음악성은 무엇을 말하는 것인가.

홍성란 님이 말하는 음악성이 무엇인지는 모르겠으나 적어도 시조에 있어서는 악곡이나 문자언어의 음악성은 다르지 않다고 본다. 시조에서는 음악과 문학이 함께 존재하고 있기 때문이다.

시조가 가곡이나 시조창으로 시연될 수 없는 것이라면 굳이 3장, 6구, 12음보로 창작해야 할 이유가 없을 것이다. 3장 6구 12음보는 가곡이나 시조창으로 불리는 가장 최적의 시가 형식이기 때문이다. 그렇지 않다면 현대시조는 악곡이 사라진 3장 6구 12음보의 정형시가 될 것이다.

지금도 가곡에 현대시조를 얹어 부르는 이도 있고[13] 시조인들이 현대

---

13  2010년 4월 6일 국립국악원 우면당에서 중요무형문화재 제30호 김영기 여창가곡 독창회가 열렸다. 이때 필자의 「내 사랑은 42」가 이벤트곡으로 우조 두거로 올려졌다. 한국시조예술연구회, 『시조예술』, 2010년 가을호, 권두언에서.

시조를 평시조, 지름시조, 중허리시조, 우조 시조 등으로 부르고 있음도 상기해야 한다. 오히려 격조 있는 현대시조가 음악성을 더 높여주면 높여주었지 옛시조의 음악성보다 결코 격이 떨어지는 것은 아니다. 현대시조를 창으로 시연하지 않을 뿐이지 시연할 수 없는 것은 아니다. 현대시조가 문자언어만이 아니라는 것에서 벗어나야 미래의 시조에 대한 논의가 가능할 수 있다.

간과할 수 없는 것이 있다. 시조시인들 중 단장, 양장, 여러 장에 시조를 붙여 단장 시조, 양장시조, 혼합시조를 만드는 이가 있다. 이쯤에 이르면 시조의 아이덴티티는 사라지고 만다. 이는 가곡으로도 시조창으로도 시연을 할 수 없을 뿐만 아니라 시조 3장에서도 한참 멀어져 있다. 단장, 양장, 혼합시조는 차라리 짧은 시, 긴 시일 뿐이다. 그것을 시조라고 한다면 몇 개의 장의 조합으로도 4, 5, 6장과 같은 시조들을 얼마든지 생산해낼 수 있다. 이는 시조가 3장 형식의 음악, 문학이라는 것을 무시하는 처사라고밖에 달리 생각할 수 없다. 그래도 사설시조(장시조)는 3장에서 1장만 어긋나 있을 뿐 초·종장은 시조의 정의를 따르고 있음을 상기해야 한다.

## 4.

홍난파는 1920년 말에서 1930년 초까지 이은상 시를 갖고 근대가곡을 작곡했다. 이 중 여덟 곡에 시조를 근대가곡의 노랫말로 썼는데 이 노랫말 가운데에 시조 형식을 차용한 것들이 적잖이 발견된다.[14] 〈성불사의 밤〉, 〈그리움〉, 〈옛동산에 올라〉, 〈장안사〉, 〈봄처녀〉, 〈금강에 살어리랏다〉, 〈고향생각〉, 〈사랑〉 등이 그것이다. 현대 가곡은 가곡·시조의 5, 3장, 가곡의 대여음과 중여음, 시조의 여박과 어단성장 그리고 장행갈이 등에서 많은 영향을 받았다.[15] 서양 음악을 공부했던 홍난파에게 1920년대 당시에도 시조창은 현대음악 분야에게도 적잖은 영향을 끼쳤던 것이다.

1970년도판 석암 정경태의 『증보주해 선율보 시조보』에 장면, 정경태, 이은상 등의 현대시조들이 기보되어 시조창으로 불렸다. 작금에라도 창작 시조 시조창 대회를 열 수 있다면 현대시조로 이에 응할 수 있는 사람들이 적잖이 있으리라고 본다. 서예에도 자신의 창작글을 붓글씨로 쓰는 공모나 휘호 대회가 있음을 상기해볼 필요가 있다.

현대시조도 탈바꿈해야 한다. 윤재근 님의 말대로 심의를 첨예화하는, 시로써만 극점을 치달을 것이 아니라 여유와 휴식이 있는, 짓고 부르는 예술성이 있는 시조로 현대적 복원을 해야 한다.

글자 수에 크게 구애받지 말라. 2자, 3, 4, 5자면 어떠랴. 길고 짧음의 자수마다 시조창은 가락을 조금 변형해 부르면 된다. 서양 음악처럼 박자의 길이도 정확하지 않아도 된다. 1박이 짧을 수도 길 수도 있다. 여유와 휴식이 있는 것이 바로 시조창이다. 혼자 부르면 심심풀이

---

14  김세중, 『정간보로 읽는 옛노래』, 예솔, 2005, 265~266쪽.
15  신웅순, 『시조예술론』, 박문사, 2011, 154쪽.

노래요, 여럿이 부르면 돌림노래요, 술을 마시면 권주가, 봄이면 꽃노래, 달밤이면 달의 노래요, 그리우면 님의 노래이다. 또한 심신을 수양하는 데 이보다 더 좋은 복식호흡, 건강법이 없다. 뿐만 아니라 음악·문학 치료에도 많은 효과가 있음도 알아야 한다.

시조시인들은 기천 명밖에 아니 되나 시조창하는 시조인들은 150만을 육박한다. 시조가 시조시인들의 전유물이라 생각하지 말아야 한다. 시조창은 시조 창작을 그리워하고 있고 시조시인들은 시조창을 그리워하고 있는 이들도 적지 않다. 시조는 900여 년을 지나오면서 우리 몸속에 저절로 DNA가 생겨 지금까지 흘러오고 있는, 우리만이 가지고 있는 우리 고유 시가 형식이다.

시조 형식(단시조)을 갖추었으면서 시조창으로도 부를 수 있는, 자유시보다도 더 잘 쓰는 시조시인들이 많이 있다. 그들이 시를 쓴다면 어느 시인 못지않은 유명한 국민 시인이 되었을 것이다. 우견일지 모르나 시조가 문학의 전부라고 생각하는 시조시인이 있다면 차라리 시를 쓰는 편이 낫다. 창의 기반이 없는 시조는 그냥 정형시일 뿐 현대시와 크게 다를 게 없을 것 같다.

필자는 2000년대에 이르러 시조의 아이덴티티 복원 차원에서 『시조예술』을 창간한 바가 있다.[16] 시조시인들의 시조창 부르기 운동을 벌이고 있는 것도 이러한 연유에서이다. 이제 현대시조도 창과 함께 시연할 수 있는 현대적인 시조창 복원으로 나아가야 한다.

---

16  시조문학과 시조음악을 같이 싣고 있는 유일한 잡지이다.

시조는 우리 일상 생활에서 춘하추동 자연환경에 어울려 언제 어디서나 부를 수 있는 특징을 지니고 있다. 어단성장(語短聲長), 어불범각(語不犯角), 율려상조(律呂相調)의 규칙과 함께 음색, 박자, 화성 등 양동음정(陽動陰靜)의 강약과 억양절주(抑楊節奏)의 묘를 발휘하게 된다면 현대시조는 그야말로 세계에서 유례없는 우리만의 고유한 세계적인 시조가 될 수 있을 것이다.

중국은 한시가 네 줄이요, 한국은 시조가 석 줄이요, 일본은 단가가 두 줄이다. 이 중에서 음악과 문학이 함께 있는 석 줄의 시조는 세계 도처 어디에도 없다.

어느 유명한 서양 음악가가 우리의 가곡을 듣고 지구상에 이런 천상의 음악이 어디 있는가 하고 감탄, 찬사를 아끼지 않았다고 한다. 그들이 우리 문화를 모르는데도 문학이 음악과 함께 실리면 이렇게 세계어느 누구도 공감할 수 있는 것이다. 얼마 전에는 시조를 노랫말로 하고 있는 가곡이 세계문화유산에 등재되기도 했다. 이제 평시조만이라도 복원하여 우리 시조 아이덴티티를 우리 시조인, 시조시인들이 현대적으로 복원, 향유하여 즐겼으면 좋겠다.

그렇다고 문제가 없는 것은 아니다. 평시조에는 시조 악상이라는 것이 있다. 주로 향제 평시조를 표준으로 초 · 중 · 종장의 가락 진행법과 표현 방법을 묘사한 것이다.

초장에서는 '한가한 구름 산에 떠오를 듯, 나르는 솔개 창공을 선회하듯, 찬서리 내린 새벽 달처럼, 외로운 등불에 하늘거리는 연기처럼' 부르고, 중장에서는 '아득히 구름 속으로 들어가듯, 길고 긴 강의 흐르는 물처럼, 높은 산에 돌 굴러내리듯, 모래 사장에 사뿐 내리는 기러기처럼' 부르고, 종장에는 '먼 포구에서 돌아오는 돛배처럼, 넓고 넓은 동정호에 뜬 달처럼, 맺음은 움직일 수 없는 반석처럼' 부르라고 되어 있다.

이러한 악상은 평시조에 한한 것이어서 외 시조들 지름시조나, 사설시조, 사설지름시조, 엮음지름시조 등 많은 시조에 적용하기는 어렵다. 그러나 이는 시조를 짓고 부르는데 하나의 표준 악상으로 시조창자나 시조시인들게 유용한 기제를 제공해줄 수는 있을 것이다. 현대시조가 악곡에서 사라졌다면 엄밀히 말해 현대시조는 진정한 시조라고 말할 수 없을 것이다. 지금에 와 그 느린 구태의연한 시조창을 누가 부르겠느냐고 말한다면 필자는 할 말이 없다.


## 5.


옛시조는 역사이다. 역사를 단 석 줄로 요약하여 가곡과 시조창이라는 세계에 유례없는 우리 고유의 음악이자 문학인 독특한 시조 장르를 만들어냈다. 시조는 이렇게 위대하다. 시조가 창과 결합하여 현대적인 복원을 할 때 자유시를 쓰는 이들과는 차원이 달라 감히 시조를 넘보지 못할 것이다. 세계인들에게 현대시조를 내놓아보았자 한낱 정형시라 여길 뿐 어느 하나 눈길을 내주지 않는다. 시조창과 함께 내놓아야 그들의 눈은 비로소 휘둥그레질 것이다.

시조가 문학이라고만 생각하는 이가 있다면 차라리 눈물 흘릴 수 있는 감동적인 시를 쓰는 편이 낫다. 시조시인이라면 평시조 하나쯤은 부를 수 있고 불러야 하지 않겠는가. 그래야 진정한 시조시인이라 할 수 있을 것이다. 자신이 부를 수 없다면 시조창하는 이에게 부르도록 해보라. 이것이 한국의 멋이고 여유이며 풍류가 아니겠는가. 필자의 지나친 기우일까. 이도 아니라면 900여 년을 이어온 시조님에게 혹여 죄를 짓는 것은 아닌지 생각해볼 일이다.

필자의 본「현시대의 시조 아이덴티티」는「왜 시조인가」에 우견의 답일 수도 있다.

윤재근, 홍성란 님께 심려를 끼치지 않았는지 모르겠다. 그동안 필자가 연구해왔던『음악 · 문학으로서의 시조 연구』의 우매한 결론임을 말씀 드린다. 두 석학님의 고견과 지혜에 머리 숙여 감사드린다.

# 시조 형식에 관한 소고(小考)

## 1. 들어가며

최남선은 민족문학의 관점에서 시조가 민족문학의 근본이며 고유한 시형식임을 밝히고 있고, 시조가 시의 형식으로서 인류 정상(情想)의 운율적 표현의 한 방법이라고 정의한 바가 있으며,[1] 리태극도 시조가 우리나라 고유의 시가임과 그 형식에 대해서 정형시임[2]을 밝히고 있다.

'시조'의 원명칭은 '시절가조(時節歌調)'라는, 당시 유행하던 노래로 문학 부류의 명칭이라기보다는 음악 곡조의 명칭이었다. 근대에 들어

---

1 "시조는 조선 문학의 정화이며 조선문학의 본류이다. 조선인의 손으로 인류의 음율계에 제물한 一 詩形이다." 최남선, 「서문」, 『시조유취』, 한성도서주식회사, 1928.

2 "고려말경 그 형태가 확립된 우리나라 고유한 시가의 하나이다. 그 형식은 3장 6 구요 한 구의 구성자수는 7자 내외가 되고……." 리태극, 『시조개론』, 반도출판사, 1992, 57쪽.

와 창가 · 신체시 · 자유시 등이 나타났기 때문에, 그들과 이 시형을 구분하기 위하여 음악 곡조의 명칭인 시조를 문학 분류의 명칭으로 차용하게 된 것이다.[3]

근대에 들어오면서 시조라는 명칭이 문학적으로는 시조시라는 개념으로, 음악적으로는 시조창이라는 개념으로 쓰여 오늘에 이르고 있다. 시조는 우리 고유의 정형시로 흔히 3장 6구 12음보로 이루어져 있다고 말한다. 정형시는 외형적 운율이나 자수 등의 형식을 갖추어 쓴 시를 말한다.

이 글은 시조에서 시조 형식을 이루고 있는 장 · 구 · 음보의 용어가 어떻게 쓰여왔으며, 특히 음보의 용어가 적절한지에 대한 재검토이다. 장은 음악적인 용어이며 구, 음보는 문학적인 용어이다. 지금까지 시조에서는 이를 혼용, 관습적으로 사용하고 있다. 특히 음보의 적용은 첨가어인 우리 시가에 무리가 있다는 이유로 기존 학자들에 의해 재검토해왔던 용어이다.

음보(foot)는 영시에서 한 시행 내에 강약 혹은 약강 등의 강세로 반복되는 율격의 기본 단위로, 강세에 따라 형성되는 율격이다. 그러나 한국어에서는 강세가 명확하지 않을뿐더러 있다 해도 미세해 영시와 같은 음보로 처리하기에는 무리가 따르는 것은 사실이다. 그래서 우리나라 시의 경우 음보를 휴지의 주기로 반복되는 음의 마디 단위로 처리하고 있는 것이 현실이다.

---

3 『국어국문학사전』

이 글은 우리 시가인 시조의 용어로 '음보'를 사용하는 것이 적절한 지에 대한 재검토이며 이에 대한 대안으로 소절[4]이라는 용어를 제안하고자 하는 것이 본고의 목적이다.

## 2. 장

'장'에 대한 개념은 시대에 따라 달리 나타나고 있다. 평산신씨 고려 태조「장절공유사(莊節公遺事)」에서는 '장'은 사뇌가(詞腦歌)의 작품을 가리키고 있다.

睿宗十五年秉子秋 省西都 設八關會 有假像二 戴簪服紫 執忽紆
金 騏馬踊躍 周巡於庭 上奇而聞之 左右曰 此申崇謙 金樂也 仍奏
本末 上悄然感慨 問二臣之後 賜御題四韻 短歌二章 詩曰
見二功臣象　　汎濫有所思
公山蹤寂寞　　平壤事留遺
忠義明千古　　死生惟一時
爲君躋白刃　　從此保王基

歌曰
主乙完乎白乎　　心聞際天之及昆
魂是去賜矣中　　三烏賜敎職麻又欲

---

4 '소절'이란 '시조 형식 통일안' 논의 시 시조시인협회장 이석규에 의해 제안된 용어이다.

望彌阿里刺　　　及彼可二功臣良
久乃直隱　　　　跡烏隱現乎賜丁


　여기에서 '시왈(詩曰)'의 '詩'는 오언율시인 한시를 말하고 '가왈(歌曰)'
의 '歌'는 사뇌가(詞腦歌)인 「도이장가」를 말하는데 이는 사구이련(四句
二聯)으로 되어 있다. 하기에 단가이장(端歌二章)의 장은 이 기록에서는
일련(一聯)으로 된 일수(一首)의 사뇌가 작품이란 뜻으로 쓰이고 있다.[5]
　정극인의 「상서문주(上書文註)」와 박인로의 「사제곡발(莎堤曲跋)」의 기
록에서도 장은 한 수의 작품을 지칭하고 있다.


　　謹作長歌六章短歌二章 或與朋友歌詠 或夜歌且舞 頌禱之勤 殆
　無虛日[6]


　　幷與陋巷及短歌四章 而付諸剞劂氏 以圖廣傳焉 時是年三月三
　日也.[7]


　농암 이현보의 「어부가(漁父歌)」[8]에서나 퇴계 이황의 「어부가서(漁父

---

5　서원섭, 『시조문학연구』, 형설출판사, 1991, 388쪽에서 재인용.

6　정극인, 「上書文註」, 『成宗實錄』, 卷百二十二, 成宗十一年 秉子 十月條, 十張. 위
　의 책, 389쪽에서 재인용.

7　박인로, 「莎堤曲跋」, 朴準轍 註 原本 蘆溪歌辭 朴仁老의 莎堤曲跋. 위의 책, 389쪽
　에서 재인용.

8　「어부가」는 고려 때부터 전해오던 12장으로 된 장가와 10장으로 된 단가를 개작
　하여 9장의 장가, 5장의 단가로 만들었다. 이때의 '장'은 한 수의 시조 작품을 말한
　다.

歌序)」[9]에서도 '장'은 한 수의 시조를 지칭하고 있으며『해동가요』에서도 윤선도의「어부단가 52장(漁父短歌五十二章)」이라 하여 52수의 시조를 싣고 있어 이도 시조 한 수를 말하고 있다.

유만공의『세시풍요(歲時風謠)』(1843)에서 삼장(三章)은 시조 삼수(三首)가 아니라 초·중·종의 삼장(三章)을 가리키고 있다. 창삼장(唱三章)이란 창 구분으로서의 3장, 즉 시조 일수(一首)를 노래한다는 뜻이다.

寶兒一隊太癡狂 截路聯衫小袖裝
時節短歌音調蕩 風吟月白唱三章

장은 한 편의 사뇌가, 한 편의 시조 작품 등 완결된 작품으로 지칭해 왔으나 유만공의『세시풍요』에 이르러서는 초·중·종 삼장으로 시조 한 수를 지칭하고 있다.

고악보『삼죽금보』(1864),『장금신보』(연대 미상)의 시조는 5장으로 표기되어 있고[10]『서금보』(연대 미상)는 '시조장단' '삼장시립',『양금보』(연대미상)는 '시조장단', '삼장시조' 등으로 표기되어 있으며『아양금보』(연대 미상)는 '시쥬갈낙(時調加樂)'으로 구음(口音)이 삼장으로 표기되어 있다.『방산한씨금보』(1916)에는 '시절가'로 되어 있다.[11] 현 시

---

9  一篇十二章 去三爲九 作長歌而詠焉一篇十章 約作短歌五関 爲葉而唱之 合成一部 新曲.

10  이로 미루어 시조가 가곡에서 파생되었다고 보는 견해가 있다. 장사훈,『시조음악론』, 서울대학교 출판부, 2001, 15쪽.

11 『시조예술』6, 7, 8, 9호.

조 악보들도 초·중·종 3장으로 고정되어 표기되고 있다.『삼죽금보』
(1864),『장금신보』이후는 시조 악보가 3장으로 되어 있어 '장'이 시조
한 수를 지칭하지 않고 있음을 알 수 있다.

『교주해동가요』와『증보가곡원류』,『시조유취』, 시조전집『교주가곡
집』등 1920년대 이후의 시조집도 모두 3장의 의식 밑에 기사되어 있
으며 육당의『백팔번뇌』, 노산의『노산시조집』, 가람의『가람시조집』,
위당의『담원시조집』, 이호우의『이호우 시조집』, 김상옥의『초적』등도
3장 형식을 고수하고 있다. 초·중·종장을 연으로 쓰고 각 장 두 구
를 두 행으로 쓰는 경우, 초·중장은 두 구를 두 행으로 종장 첫구는 한
행 나머지는 두 행으로 쓰는 경우 등 여러 가지다. 조운의『조운시조집』
등에서처럼 3장의 개념을 가지면서도 구나 장을 한 줄로 쓰지 않고 이
미지 중심으로 몇 줄로 나누어 쓰고 있는 경우도 있다.[12] 현대에 와서는
3장을 염두에 두고 한 음보를 한 행으로 처리하기도 하고 심지어는 한
음보를 행갈이하기도 하는 등 다양하게 연갈이 행갈이를 하고 있다.

이와 같이 '장'은 완성된 작품, 한 수의 시조로 지칭해오다가 철종 때
유만공의『세시풍요』이후 음곡의 단위로 쓰이기 시작, 초·중·종의
시조 3장으로 굳어져 오늘에 이르고 있다.

현 시조 명칭에서는 음악상의 용어인 '장'을 문학상의 용어로 차용하
여 쓰고 있다. 자유시의 연, 행과는 서로 다른 개념으로 다루어지고 있

---

12 리태극,「시조의 章句考」,『시조문학연구』, 정음문화사, 1988, 63쪽. 현대시조는
   장을 한 줄로 쓰기도 하고 다양하게 몇 줄로 나누어 쓰기도 한다.

다. 연은 몇 개의 행이 모여 이루어진 문학적 단위이지만 장은 2개의
구, 4개의 음보로 이루어진 음악적 · 문학적 단위이다. 장 대신 행이란
용어로 사용하기도 한다.[13] 시조 한 수가 3줄로 기사되기 때문에 그런
것으로 보인다. '행'은 시조에 있어서는 적합한 용어라고 볼 수는 없다.
한 장을 이미지 중심으로 몇 행으로 나누어 쓰기도 하기 때문이다.

장은 시조에만 국한되어 사용되고 있다. 연갈이, 행갈이에 관계없이
장은 음곡의 단위로 고정된 채 쓰이고 있기 때문이다.


■ 시조＝3장, 초장＋중장＋종장


## 3. 구


구에 대한 개념 규정으로는 6구설, 8구설, 12구설이 있다. 6구설은
다음과 같다.

안자산의 「시조시와 서양시」에서 시조의 구성 형식으로 6구 3장을
들었다.


시조시의 정형에 있어 제일 조건은 六句三章이다. 이 六句三章

---

13 정병욱, 『시조문학사전』.
　　이능우, 『입문을 위한 국어학개론』, 국어국문학회, 1954.3.20.
　　장덕순, 『한국문학사』, 동화문화사, 1975.

으로 조직된 것은 절대불변의 형식이니, 이것이 시조시의 결정적 구성 형식의 특성이다.[14]

정병욱은『국문학 산고』에서 시조의 형식을 일러 3행 6구 45음 1연의 정형시라고 하였다.

시조는 6구의 구수율을 가지고 있고 그 6구는 각 장이 2구씩을 취하여서 3행 45음 1연의 정형시이다.[15]

최남구는「시조창법소고」에서 시조는 각 장에 2구씩 분하여 6구를 정했다고 했다.

시조곡의 조직의 형식을 말하면 (1) 三章이니, 시조 一篇을 초·중·말장하여 삼장으로 分하였고…… (3) 六句니, 이상 三章 을 각각 一章에 二句씩 分하여 六句를 정했고……[16]

김종제는「시조개론과 작시법」에서 15자씩 3장을 나누어 각 장을 내 구 7자 외부 8자로 정하였다고 했다.

四十五字를 대단위로 하여 그를 다시 내분하여 三章에 나누어 十五字를 一章으로 한다. 一章 十五字를 다시 나누어 內句를 七

---

14  서원섭, 앞의 책, 390쪽에서 재인용.

15  정병욱,『국문학 산고』, 163쪽.

16  서원섭, 앞의 책, 390쪽에서 재인용.

字 外句를 八字로 정하니 內七 外八이 엄격한 자수를 율동구성으로 한 바 그것을 반복하여 三章을 조직한 것이다.[17]

8구설은 다음과 같다.

이병기는 초장·중장에서는 각 2구씩 되어 있고 종장에서는 4구로 되어 있다고 하였다.

> 자수는 초장의 초구가 6자 내지 9자, 종구도 6자 내지 9자이고 중장의 초구는 5자 내지 8자, 종구는 6자 내지 9자이고, 종장의 초구는 3자, 이구는 5자 내지 8자, 삼구는 4자 혹은 5자, 종구는 3자 혹은 2자 4자다.[18]

12구설은 다음과 같다.

이광수는 「시조의 의적(意的) 구성(構成)」에서 시조의 형식은 3장 12구 45음으로 되어 있다고 하였다.

> 1편 3장 12구 45음으로 된 시조는 소리만이 아니라 그 속에는 뜻이 있다.[19]

이은상은 「시조단형 추의(芻議)」에서 시조는 3장으로 되어 있고 각 장 4구씩으로 성립되어 있다고 하였다.

---

17 위의 책, 391쪽에서 재인용.
18 이병기, 『시조와 개설과 창작』, 현대출판사, 1957, 13쪽.
19 이광수, 「시조의 意的 구성」, 『동아일보』, 1928.1.

시조 단형의 형식에 있어서는 그 一首가 초·중·종 3장으로
되어 있고, 또 한 그 각 장이 4구씩으로 성립되어 있는 것이다.[20]

조윤제의 『국문학개설』에서도 3분장에 각 장 4구로 되어 있다고 하
였다.

시조의 형식은 장가나 경기체가와 같은 연장식은 아니지마는
흔이 이것을 초·중·종 3장에 분장하고, 다시 각 장은 4구로서
형성되었다 한다.…… 즉 3장 12구라는 원칙은 변함이 없다.[21]

구는 하나의 의미 개념을 가진 문장의 단락으로 주술관계가 나타나
지 않은 두 개 이상의 단어가 통합되어 나타나는 통사론적인 단위이
다. 오야나기 시게타(小柳司氣太)의 『新修漢和大字典』에서는 구를 문장
중 의미가 끊어지는 단위라고 하였으며,[22] 리태극은 하나의 의미 내용
이 단락이 되는 문장의 도막을 가리킨다고[23] 하였다. 이희승의 국어사
전에는 안팎 두 짝씩 맞춘 한 덩이[24]라고 하였다.

이병기의 8구설은 초·중장을 2구로 종장을 4구로 나누었는데 이는
구의 개념이 불분명하고 일관성이 없다. 각 장 4도막으로 되어 있는 이

---

20 이은상, 「시조단형추의」, 『동아일보』, 1928.3.18~25.
21 조윤제, 『국문학개설』, 111쪽. 서원섭 앞의 책, 391쪽에서 재인용.
22 小柳司氣太, 『新修漢和大字典』, 박문관, 1940, 242쪽.
23 리태극, 『시조의 사적연구』, 33쪽.
24 이희승, 『국어대사전』, 민중서관, 1972.

상 종장이라고 해서 초·중장의 구와는 다를 수 없다.

통설로 되어 있는 6구설은 둘째 음보와 셋째 음보 사이에 기식 단위가 나타난다. 여기에서 하나의 의미 내용이 일단락된다. 12구설과 비교해보면 그 타당성이 입증된다.

> 동창이 밝았느냐/노고지리 우지진다
> 소 치는 아희 놈은/상기 아니 일었느냐
> 재 너머 사래 긴 밭을/언제 갈려 하느니

각 장 2구로 구분한다면 초장에서는 '동창이 밝았느냐', '노고지리 우지진다'가 되고, 중장에서는 '소 치는 아희 놈은', '상기 아니 일었느냐'가 되고, 종장에서는 '재 너머 사래 긴 밭을', '언제 갈려 하느니'가 된다.

각 장 4구로 구분한다면 초장에서는 '동창이', '밝았느냐', '노고지리', '우지진다'가 되고, 중장에서는 '소 치는', '아희 놈은', '상기 아니', '일었느냐'가 된다. 그리고 종장에서는 '재 너머', '사래 긴 밭을', '언제 갈려', '하느니'가 된다.

구는 문장 중 하나의 의미 단락이면서 율독에 있어서 구 사이에 기식 단위가 나타난다. 그러나 각 장 4구로 보면 각 구는 한 단어는 될 수 있어도 하나의 의미의 단락을 이루지는 않는다. 이 각 장 4구들은 한 단어로 인식되지 의미 내용의 도막으로 인식되지는 않는다. 이광수, 이은상, 조윤제의 각 장 4구, 12구설은 이러한 구의 개념과는 맞지 않는다.

각 장 2구로 구분하면 구와 구 사이에서 기식 단위와 함께 일단의 의

미가 끊어져 1장에 2구가 형성되는 것이다.[25]

시조는 강약으로 율독되는 것이 일반적이다.[26] 이때 각 장의 첫째, 둘째 음보와 셋째, 넷째 음보 사이에 큰 쉼인 기식 단위가 나타난다.

　　　　　′　　　′　　　　′　　　　′
　　　동창이 밝았느냐 / 노고지리　우지진다

초장 '동창이 밝았느냐 노고지리 우지진다'는 하나의 문장이다. 문장을 이루면서 하나의 의미 개념을 가진 것은 '동창이 밝았느냐'와 '노고지리 우지진다'이다. 율독 시 운율 단위는 자연적으로 의미 단위와 함께 읽힌다. 의미 단위 사이에 기식 단위가 나타나는 즉 한 덩어리의 생각을 나타내면서 말이 끊어지는 의미 단위가 구이다.

시조 한 수는 초장 2구, 중장 2구, 종장 2구 총 6구로 되어 있다.

**초장**

| 동창이 밝았느냐 | 노고지리 우지진다 |
|---|---|

**중장**

| 소 치는 아희 놈은 | 상기 아니 일었느냐 |
|---|---|

**종장**

| 재 너머 사래 긴 밭을 | 언제 갈려 하느니 |
|---|---|

---

25 "시조도 한 구는 문장의 한 분단(分段)이요. 그 분단이 둘 연결되어서 한 의미 내용을 서술한 단원(單元)이 되어 초장·중장·종장을 이루는 것이다." 리태극, 『시조개론』, 반도출판사, 1992, 94쪽.

26 임선묵, 『시조시학서설』, 청자각, 1974, 35쪽.

구는 '문장 중 하나의 의미 내용이 단락되는 도막'이라고 규정할 수
있다.

■ 시조＝각 장 2구, 6구


## 4. 소절


운율은 운과 율을 말한다. 흔히 운을 압운이라고 하고 율을 율격이라
고 한다. 압운은 한시부나 서양시에서 일정한 곳에 같은 운의 글자를
반복하여 운율적 효과를 내는 방식이다. 규칙적인 소리의 반복을 뜻한
다. 율격은 어떤 요소로 운이 반복되느냐 하는 운의 반복 양식을 뜻한
다. 강약을 구성 요소로 하면 강약률, 고저를 구성 요소로 하면 고저율
이 된다. 외에 장단율, 음수율, 음보율, 내재율, 의미율 같은 것들이 있
다.[27]

흔히 시조를 '3 · 4 · 4 · 4/ 3 · 4 · 4 · 4/ 3 · 5 · 4 · 3'의 45자 내외의
음수율을 가진 정형시라고 말한다.[28] 그러나 고시조나 현대시조를 통
틀어 보아도 이러한 자수에 들어맞는 작품은 찾아보기 힘들다. 첨가

---

27 신웅순, 『한국시조 창작원리론』, 푸른사상사, 2009, 49쪽.
28 김홍렬은 2016년 11월 17일 국회도서관 강당에서 열린 〈시조문학 진흥을 위
한 공청회〉에서, 고시조 5,000여 수를 조사한 결과 '3 · 4 · 4 · 4/ 3 · 4 · 4 · 4/
3 · 5~7 · 4 · 3'을 시조의 기본 음수 모형으로 제시한 바 있다.

어는 실질 형태소인 어근에 형식 형태소인 접사를 붙여 문법적 기능을 나타낸다. 그때마다 어근에 접사가 더해짐에 따라 음절 수가 늘어난다. 이런 음절 수를 율격적 자질로 삼기에는 많은 어려움이 따른다. 음수율보다는 어절을 율격적 자질로 삼는 음보율이 더 합리적일 수 있는 이유가 여기에 있다.

그러나 이러한 음보율도 우리 시가에 적용하기에 적합할 수 있는가는 또 다른 설명이 필요할 것 같다.

1980년대 이후 학계에는 시조 박자 단위를 영어 정형시 율격 용어 '음보(foot)'로 말하는 추세가 생겼는데, 여기에 큰 문제가 있다. 영시 율격 용어 'foot'는 그 개념이 이미 세계적으로 널리 알려져 있는 바와 같이, 우선 그 단위를 이루는 음절 수가(2/3/4… 몇이건 간에) 음보마다 항상 일정하고 그 안에서 '강세(stree)' 배열 순서도(이를테면, '약강'이면 내내 약강–약강… 또는 '강약약'이면 내내 강약약–강약약…처럼) 똑같고, 대체로 줄(시행)마다 똑같은 음보수가 들어 있다.[29]

음보(foot)는 한 시행 내에 강약, 약강 등의 강세로 반복되는 율격의 기본 단위이다. 대개 한 개의 강세가 있는 음절과 한두 개의 강세가 없는 음절들로 구성된다. 한 시행 내에서 약강으로 2번 반복되면 약강 2음보가 되고 한 시행 내에서 약강으로 4번 반복되면 약강 4음보가 된다. 영시에서는 spondee(장모음–장모음) 강강, pyrrhic(단모음–단모음) 약약 등이 있기는 하나 iambus(단모음–장모음) 약강, trochee(장모음–

---

29 유만근, 「시조의 운율」, 『시조문학 진흥을 위한 공청회』, 2016.11.17, 55쪽.

단모음) 강약, anapaest(단모음–단모음–장모음) 약약강, dactyl(장모음–
단모음–단모음) 강약약 등 네 음보가 주로 사용되고 있다.

영시와 시조의 예를 들어본다.


## 약강 iambus의 예

˘ / ˘ / ˘ / ˘ / ˘ /
A book/ of vers/es un/derneath/the bough
나뭇가지 아래 한 권의 시집[30]


/ / / /
청산리/벽계수야//수이 감을/자랑 마라


위와 같이 영시의 강약률에서는 율격 단위의 형성에 있어서 한 단어
에서 음절이 분할되어 음보를 형성하고 있으나 한국어에서는 한 단어
에서 음절이 분할되어 강약의 음보를 형성하지 않는다. 강약이 한국시
의 율격 형성에 필수 자질로 관여하지는 못하고 있음을 알 수 있다.


우리말의 액센트는 하강율을 이루고, 이것은 음보를 형성하며,
이 음보 넷을 단위로 하는 강약 4보격(trochaic tetrametre)이 곧 시
조의 음보율이 된다. …(중략)… 시조는 그 (기식의 분배)라는 면
에서 고찰할 때 2음보 단위로 중간 휴지를 갖고 4음보 율을 구조

---

30 오마르 하얌, 「오, 황야도 충분히 천국일 수 있지」 중에서. 이란의 시인 하얌의 4
행시를 영국의 피츠제럴드가 영어로 번역했다.

원리로 하는 3행시이다.[31]

시조는 2음보 단위로 중간 휴지를 갖고 '강약/강약//강약/강약'의 4음보율을 구조 원리로 하는 강약 4보격을 이루고 있다는 것이다. 영시에서는 하나의 강음절을 중심으로 그것에 어울리는 약음절이 한 음보를 이루지만, 우리나라 시의 경우 대체로 휴지를 주기로 해 3, 4음절이 한 음보를 이루고 있다는 것이다. 한국어에서는 3, 4음절 같은 다음절의 단어(음보)에서 음절이 분할되어 규칙적으로 강약의 음보를 형성하지 않는다. 영시에서의 음보와 다름을 알 수 있다.

> 음절 수가 일정한 영시 '음보' 박자는 음절 수가 일정하지 않은 시조 마디 박자와는 성격이 다르다. 한국의 시조 마디 박자 같은 것은 영어에서 일상 보통 말씨(산문)에 나타나고 있다. 이를 영어 '말씨 박자'(speech rhythm)라고 하는데 강세 음절 하나를 핵으로 삼고 연속되는 박자를 말한다. 이런 보통 영어 말씨 박자가 영어 자유시에 나타나면 영시 율격 용어로 '용수철 박자'(탄력성 박자/sprung rhythm)라 한다. 시조 '소절'은 대체로 '첫음절에 강세가 오는 다음절 용수철 박자'(multi-syllabic head-stressed sprung rhythm)라 할 수 있다.[32]

언급한 바와 같이 음절 분할이 불가능하고 강약이 실제적으로 율격 형성에 필수 자질이 되지 못한다면, 또한 시조의 마디 박자가 강세 음

---

31 임선묵, 앞의 책, 37, 42쪽.
32 유만근, 위의 글, 55쪽.

한국현대시조론

절 하나를 핵으로 삼고 연속되는 다음절[33] 용수철 박자로 볼 수 있다면 시조에 있어서의 '음보'는 다른 용어로 대체하는 것이 바람직하지 않나 생각된다.

음보는 음절 수가 일정한 영시의 음보 박자요 시조는 음절 수가 일정하지 않은 시조의 마디 박자, 탄력적 박자인 용수철 박자이다. 때문에 시조에 있어서 불분명한 '음보' 대신 용수철 박자에 적합한 용어인 '소절'[34]로 대체하는 것이 어떨까 하는 생각이 든다.

> 우리가 시조 율격 용어로 '음보'라는 말을 이대로 줄곧 사용한다면 두고두고 국제적 오해를 부를 것이 뻔하므로, 이미 10년 전부터 나온 주장이지만[35] 앞으로 우리는 (영어 정형시 율격용어 'foot' 번역어인) '음보'를 미련 없이 버리고, 그 대신 '마디' 또는 '소절'이라는 술어를 사용하면 괜찮을 듯하다는 주장에 타당성이 있다고 생각한다.[36]

서양 음악에서의 바(bar)는 악보에서 큰 마디와 상대되는 악곡[37]의 가

---

**33** 시조의 마디는 3, 4음절을 중심으로 1, 2자가 가감된 음절, 즉 다음절로 이루어져 있어 음절 수가 일정하지 않다.

**34** 이후 '음보'를 '소절'로 쓴다.

**35** 유상근, 『시조생활』, 시조생활사, 2006, 69쪽.

**36** 유만근, 앞의 글, 56쪽.

**37** 악곡은 동기·작은 악절·큰악절의 세 가지 요소로 짜여지는데 동기는 2마디, 작은 악절은 4마디, 큰 악절은 8마디를 말한다. 한도막 형식은 큰악절 하나로 이루어진 가장 작은 규모의 악곡 형식으로 8마디를 말하고, 물론 두도막 형식은 두 개의 큰악절로 구성된 악곡을 말한다. 마디는 악곡의 가장 작은 단위이다.

장 작은 단위로 오선 위에 수직선으로 표기되며 소절(小節)이라고도 한다. 마디는 박자표에 의해 정해지는데 4분의 4박자는 4분 음표가 1마디 안에 4개에 상당하는 박자가 있다는 뜻이다. 음악에서 이 마디는 큰 마디와 상대되는 작은 마디로 소절(bar)이라고도 한다.

시조의 한 장도 4마디로 이루어져 있다. 이 4마디는 서양 음악에서 작은 악절에 해당된다. 시조에 있어서의 한 마디는 4음절 기준, 1음절에 1박으로 4분의 4박자로 율독된다. 시조에 있어서의 구는 2마디로 서양 음악에서의 2마디인 동기와 비슷한 개념이며, 장은 4마디로 4마디인 작은 악절과 비슷한 개념이라고 볼 수 있다.

> 청산리 /벽계수야//수이 감을/자랑 마라
> ♩ ♩ ♩ / ♩ ♩ ♩ ♩ // ♩ ♩ ♩ ♩ / ♩ ♩ ♩ ♩

시조로 말한다면 시조 한 수는 세 개의 작은 악절에 해당되고 한 장은 작은 악절에 해당되며 구는 동기, 한 마디(바)는 소절에 해당된다고 볼 수 있다.

■ 장＝작은 악절, 구＝동기, 마디(바)＝소절

시조에 있어서의 한 장은 일반적으로 하나의 문장이거나 하나의 절로 이루어져 있다. 구는 의미 개념을 가진 문장이나 절의 한 단락으로 이루어져 있어 문장이나 절보다는 작은 개념이다. 한 장은 2구로 되어 있다. 소절은 구보다도 더 작은 마디로 한 장 4마디로 이루어져 있다.

각 장 2구 4소절이다.

- 장(1) > 구(2) > 소절(4)

시조의 장은 초·중·종 3장으로 되어 있고 각 장은 2구로 총 6구로 이루어져 있으며 1구에 2 소절로 각 장 4소절, 총 12소절로 되어 있다.

- 시조 = 각 장 4소절, 12소절

도식화하면 다음과 같다.

## 한 장의 예

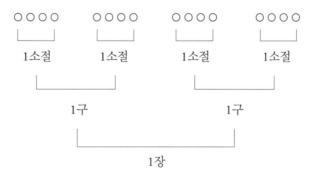

소절은 음절이 모여서 만들어진 음의 마디로 최소 운율의 측정 단위이며 휴지에 의해 구분되는 율격적, 문법적 최소 단위이다.

시조에 있어서의 소절은 3, 4음절이 보통이다. 율독시 3, 4음절을 단위로 해서 휴지가 발생하는데 이때의 율독 단위가 소절이다. 소절은 음절 수가 반드시 같아야 할 필요는 없다. 동일한 시간의 양, 등시성이 휴지를 한 주기로 해서 발생되기 때문에 소절은 길이의 개념이라기보다는 시간의 개념으로 보아야 한다.

'동창이', '밝았느냐'를 읽을 때 '동창이'는 3음절로 '밝았느냐'는 4음절로 그 길이가 다르다. 그러나 율독 시엔 같은 시간으로 읽힌다. '동창이'는 '♩ ♩ ♩' 1, 1, 2박으로 읽히고 '밝았느냐'는 '♩ ♩ ♩ ♩' 1, 1, 1, 1박으로 읽혀 같은 시간의 양인 4박으로 율독된다. 이때 휴지가 생겨 같은 시간 양의 음절들이 반복된다. 이 반복되는 음절들이 소절이다.

시조시가 4박으로 율독되는 것과는 달리 시조창은 5박이나 8박으로 한 소절이 연행된다. 이는 '어단성장(語短聲長)' 같은 시조창의 특수성 때문에 박이 달리 나타날 뿐 근본적인 면에서는 같은 개념이라고 볼 수 있다. 시조창은 각과 박으로 구성되어 있으며 각은 소절에 박은 음절에 비견할 수 있다. 초·중장은 각각 5각으로 5·8·8·5·8박으로, 종장은 4각으로 5·8·5·8박으로 구성되어 있다.

시조창과 시조 율독의 연행은 다르나 시조가 음악과 문학이 불가분이라는 관계를 고려해본다면 이에 대한 별도의 고구가 필요할 것으로 보인다. 이에 대한 논의는 차후로 미룬다.

# 5. 나오며

장과 구, 소절에 대해 검토 결과는 다음과 같다.

장은 한 편의 사뇌가, 한 편의 시조 작품 등 완결된 작품으로 지칭해
왔으나 지금의 시조 3장은 유만공의 『세시풍요』(1843)에 이르러서부터
였고, 고악보 『삼죽금보』(1864), 『장금신보』 이후부터였다.

구에 관해서는 6, 8, 12구설이 있다. 구는 문장 중 하나의 의미 단락
으로 구와 구 사이에 기식 단위가 나타난다. 각 장 4구는 각 구가 단어
는 될 수 있어도 최소의 의미 단락을 이루지는 못한다. 초 · 중장은 2
구, 종장은 4구로 처리한 것도 이러한 구의 개념에 맞지 않는다. 시조
는 각 장 4구로 이루어져 있다.

음보(foot)는 한 시행 내의 강세로 반복되는 율격의 단위이다. 대개
한 개의 강세가 있는 음절과 한두 개의 강세가 없는 음절들로 구성된
다. 영시의 강약률에서는 율격 단위의 형성에 있어서 한 단어에서의
음절이 분할되어 규칙적인 음보를 형성하는 데 비해 한국에서는 한 단
어에서 음절이 분할되는 일이 없어 영어에서처럼 규칙적인 음보를 형
성할 수가 없다. 이렇게 한국어에서는 장단과 강약이 율격 형성에 필
수 자질로 관여하지 못하고 있다. 또한 시조의 마디 박자가 강세 음절
하나를 핵으로 삼고 연속되는 다음절 용수철 박자로 음절 수가 일정한
영시의 음보 박자와는 다르다.

이런 점에서 시조에 있어서의 '음보'의 용어는 재고되어야 하며 음보
대신 다른 용어로 대체하는 것이 바람직하다고 생각한다. 불분명한 '음

보' 대신 언급한 바와 같이 '소절'이라는 용어로 대체하는 것이 어떨까 하는 생각이 든다.

시조는 초·중·종 3장으로 되어 있으며 각 장 2구, 각 구 2소절, 총 12소절로 된 우리 고유의 정형시라고 말할 수 있을 것이다.

■ 시조=3장, 6구, 12소절

# 「혈죽가」 소고(小考)

## 1. 서론

「혈죽가」를 현대시조 효시로 보는 견해가 있다. 견해는 상당하는 논증이 있을 때 비로소 설득력을 갖게 된다. 그렇지 않으면 문제가 될 수 있으며 그것이 정설처럼 굳어지면 시조 정체성에 혼란을 가져올 수 있다.

한국시조시인협회는 2006년에 「혈죽가」를 현대시조의 효시로 보고 '현대시조 100주년' 기념 행사를 치렀다. 이 작품을 현대시조의 효시로 볼 수 있는가. 그렇지 않다면 기념 행사는 의미가 없으며 시조의 전통에 큰 오점을 남길 수 있다.

「혈죽가」가 현대시조의 효시로 보는 견해는 '최초로 활자화한 시조', '저자가 분명한 점', '읽고 즐기기 위해 쓴 작품' 등이 그 근거였다.[1]

---

1  먼저 「혈죽가」가 현대시조의 효시로 여겨지게 된 원인부터 살펴보자. 2006년 '현

이에 원용우는 사실과 다르다는 견해를 제시했다. 필사본이라 해도 내용과 형식이 새로우면 현대시조로 봐야 한다는 점,「혈죽가」의 저자가 분명치도 않고 고시조의 저자도 뚜렷한 것이 많다는 점, 읽기 위해 쓴 작품이 아니라 고시조처럼 창(唱)으로 노래하기 위해 만든 작품이라는 점을 들어 반대 의견을 제시했다.[2]

「혈죽가」를 현대시조의 효시로 본다는 것에는 많은 무리가 따른다. 현대시조의 효시가 되려면 현대시조의 특성이 얼마간이라도 검출되어야 하는데「혈죽가」는 그런 특성들이 보이지 않는다. 오히려 현대시조보다 고시조 쪽에 더 가까이 위치해 있다. 이를 증명하는 데에 본고의 목적이 있다.

「혈죽가」를 초기 개화기 시조로 보는 것이 일반적인 견해이다. 이 작품이 고시조, 개화기 시조, 현대시조의 특징 중 어느 쪽에 기울어졌는지 검토해보면 현대시조의 효시 여부가 드러날 것이다.

---

대시조 100주년' 기념사업회장을 맡아 주도적 역할을 한 이근배(73) 시조시인은 "20세기 들어 한자가 아닌 한글로 쓴 작품이 인쇄매체에 활자화해 발표된 것을 신(新)문학의 기점을 보고 있다"며 "'혈죽가'는 최초로 활자화한 시조였다"고 밝혔다. 누가 썼는지 모르는 경우가 많은 옛 시조와 달리 저자가 '대구여사'로 분명한 점, 노래와 결부된 옛 시조와 달리 순전히 읽고 즐기기 위해 쓴 작품이란 점 등도 중요한 근거가 됐다.『경향신문』, 2006.7.21.

2 『경향신문』, 2006.7.21.

## 2. 「혈죽가」와 고시조, 현대시조와의 접점

개화기 시조는 형식 면에서 내용 면에서 고시조와 비교하여 새로운 변화를 보여준『대한매일신보』,『제국신문』,『대한민보』,『대한유학생회학보』,『태극학보』,『대한학회월보』 등에 실린 시조를 비롯하여『소년』,『청춘』,『매일신보』 등에 실린 최남선과 이광수의 초기 시조까지를 말한다.

개화기 시조의 첫 작품으로 1906년 7월 21일『대한매일신보』에 발표된 대구여사의「혈죽가」와 1907년 3월 3일『대한유학생회학보』에 실린 최남선의「국풍 4수」를 들 수 있다.[3]

「혈죽가」를 개화기 시조의 첫 작품으로 들고 있다. 이 작품이 현대시조의 효시라고 볼 수 있는가. 원문은 다음과 같다.

협실의소슨딕는츙졍공혈젹이라우로을불식ᄒ고방즁의풀은ᄯᆫ
슨지금의위국츙심을진각세계
츙졍의구든졀긔피을밋ᄌ딕가도여누상의홀노소사만민을경동
키ᄂᆫ인싱이비여잡쵸키로독야쳥쳥
츙졍공고든졀긔포은션셩우희로다셕교에소슨딕도션쥭이라유
젼커든허물며방즁에ᄂᆫ딕야일너무삼[4]

---

3 『경향신문』, 2006.7.21.
4 임선묵 편,『근대시조편람』, 경인문화사, 1995, 76쪽.

첫째, 「혈죽가」는 종장의 넷째 음보가 생략되어 있다.

종장 넷째 음보의 생략은 시조창과 관련이 있다. 개화기 시조에서 현대시조로 넘어오면서 넷째 음보의 생략은 사라졌다.[5] 이는 음악과 문학이 하나였던 시조가 현대시조에 와 하나는 시조문학으로 다른 하나는 시조음악으로 분화되었음을 말해준다. 넷째 음보의 생략 여부는 고시조, 개화기 시조와 현대시조를 구분해주는 하나의 기준이 될 수 있다.

이런 점에서 「혈죽가」는 현대시조보다는 고시조 쪽에 더 가까이 위치해 있다(★는 위치를 나타내고 있다).

고시조 → 개화기 시조 → 현대시조

---

5  이는 전대의 『남훈태평가』 등의 가집에서 연유된 전통 계승으로서의 시조창에 의한 시조 시형의 변형태로 보아야 한다. 『남훈태평가』가 철종 14년(1863)에 편찬되었고 이러한 가집의 형성이 대부분 19세기 후반이었다는 점과 국문 표기 등으로 대중성을 띠고 있었다는 사실은 이 시기에 와서 시조창의 창자 범위가 서민에게 급격히 확산되고 있음을 방증해주는 것이다. 이는 종장 말구의 생략이 하나의 고정시형으로 정립되어 개화기로 확산 전파되어가는 가능성을 충분히 뒷받침해주고 있다. 김영철 외, 『한국시가의 재조명』, 형설출판사, 1984, 545~546쪽.
그러나 개화기 시조의 종장 말구 생략과 『남훈태평가』류의 가집에서 보는 바의 종장 말구 생략은 생략이라는 현상 자체는 동일하지만 그 결과로서 나타난 문장 구조는 다르다. 『남훈태평가』 등에 실린 시조는 원래 다 종장 말구를 가진 작품인데 편찬자가 그것을 생략했을 뿐이다. 이런 생략이 가능했던 것 바꾸어 말하면 시조창에서 종장 말구를 생략할 수 있었던 것은 종장 말구가 대체로 '하노라, 하여라' 식의 허사였기 때문이다. 따라서 이를 생략하더라도 아무런 지장이 없었던 것이다. 이런 점에서 개화기 시조의 종장 말구의 생략 현상은 다르다. 최동원, 『고시조론고』, 삼영사, 1990, 104쪽.

둘째, 종장의 셋째 음보가 주제어로 끝맺고 있다.

개화기 시조에 있어서 종장 셋째 음보가 주제어로 끝맺고 있음은 시대적인 교술 기능과 관련이 있다. 언급한 시조창의 허사인 종장 끝음보의 생략에다 주제어인 시대적인 교술 기능을 첨가시켰다. 개화기 시조는 고시조 시조창을 이어받으면서 또 하나의 교술 기능을 개발해낸 것이다.

> 三千里도라보니, 天府金탕이 아닌가
> 片片玉土우리江山, 어이차고늘둘손가
> 출아리二千萬衆다죽어도, 이疆土를
> ―「自强力」, 대한매일신보』1908년 11월[6]

> 學徒야 學徒들아, 學徒責任 무엇인고
> 日語算術 안다ᄒ고, 卒業生을 自處마쇼
> 진실노, 學徒의 더 責任은, 愛國思想
> ―『申報』1908년 12월 9일[7]

같은 연도에 발표된 위 시조들은 분장되어 있고 구두점이 찍혀 있다. 분장 형식은 달라도 줄글로 된 「혈죽가」와 같이 넷째 음보가 생략되어 있고 셋째 음보가 주제어로 끝맺고 있다.

아래 시조는 1910년대와 1920년대의『신한민보』에 발표된 시조이다.

---

6 임선묵 편, 앞의 책, 78쪽.
7 임종찬,『현대시조론』, 국학자료원, 1992, 18쪽에서 재인용.

탁목됴야 어리셕다 쇽빈 고목 쏩지마라.
그쇽에다 네집두고 쏩기로만 일삼나뇨.
하로밤에 급한풍우 나려치면 너는 어이.
　　　　　　　—「탁목됴」『신한민보』1917년 6월 14일[8]


하눌이 청명하다고
달님도 밝으옵시고

바람이 잔잔하오민
물결도 자옵는대요

님싱각 지친 몸 되니
맘 둘곳 혼자 업서라
　　　　　　　—「시됴 한 수」『신한민보』1926년 11월 4일[9]


　1920년대에 와서는 종장 셋째 음보의 주제어가 사라졌고 넷째 음절의 생략도 사라졌다. 분장, 분구에 구두점까지 찍혀 있다. 이는 장뿐만이 아닌 구 개념까지 의식하고 있었다는 것을 말해준다. 1920년대에 와서야 주제어와 넷째 음절의 생략이 사라져 「혈죽가」의 형식과는 확연히 구분되고 있다.

　「혈죽가」는 셋째 음보가 '진각세계', '독야청청'과 같은 주제어로 끝맺고 있고 넷째 음보가 생략되어 있다.

---

8　임선묵 편, 앞의 책, 187쪽.
9　위의 책, 188쪽.

이와 같이 「혈죽가」는 고시조와는 다른 개화기 시조의 초기 형태로 현대시조에는 아직도 미치지 못하고 있음을 시사해주고 있다(★는 위치를 나타내고 있다).

고시조 → 개화기 시조 → 현대시조
★

셋째, 「혈죽가」는 초 · 중 · 종 행 배열이 없고 한 줄 글로 되어 있다. 분장, 분구도 되어 있지 않다. 줄글은 고시조에서 나타나고 있고 분장 분구는 현대시조에서 나타나고 있다. 개화기 시조에는 줄글로 되어 있는 것이 있고 분장, 분구 되어 있는 것들이 있다.

三冬에뵈옷입고 암혈에눈비마자 구름낀볏뉘도쬔적이업것마는
西山에 해지다하니눈물겨워하노라
— 함화진 편, 『증보가곡원류』(종로인문사, 1943) 25쪽.

三冬의뵈옷닙고巖穴의눈비마ᄌ구름낀볏뉘도쬔적은업것마는
西山의해지다ᄒ니눈물계워ᄒ노라
—이한진 편저, 『청구영언』(한국어문학회, 1961) 2쪽

위와 같이 『가곡원류』, 『청구영언』 등은 한 줄 글로 되어 있다. 개화기에 와서야 한 줄 글이, 언급한 「탁목됴」, 「시됴 한 수」와 같이 분장, 분구된 시조로 바뀌었다. 그러나 「혈죽가」는 여전히 한 줄 글로 되어 있어 고시조 형식을 그대로 답습하고 있다.

시조를 초 · 중 · 종 세 줄로 적고 초장의 둘째 음보 다음에 마침표를 찍고 중장의 둘째 음보 다음에는 쉼표를 찍고 종장에서는 첫 음보 다음, 둘째 음보 다음에 쉼표를 찍었다. 이런 현상들이 『대한 매일신보』[10] 1908년 11월 29일부터 1909년 2월 23일까지 발표된 시조에서 나타나고 있다.

초장 — — . — —
중장 — — , — —
종장 —, — , — —

1909년 3월 10일부터 1910년 8월 17일까지는 각 장 끝에 마침표를 찍고 초 · 중장 둘째 음절 다음에 쉼표를 찍고 종장에는 첫째 음절과 둘째 음절 다음에 쉼표를 찍었다.

초장 — — , — —.
중장 — — , — —.
종장 —, — , — —.

율격의 짜임을 명확히 인식했다는 증거이다.[11]

이는 시조의 율격 인식과 더불어 가곡과의 관련을 생각해볼 수 있는 자료이다. 가곡은 5장으로 부르고 시조창은 3장으로 부른다. 가곡

---

10  위의 책, 78~171쪽.
11  조동일, 『한국문학통사 4』, 278쪽.

은 시조시를 노랫말로 해서 부르는데 초장의 첫째 음보와 둘째 음보를 1장으로 셋째, 넷째 음보를 2장으로 중장을 3장으로 종장의 첫째 음보를 4장으로 둘째, 셋째, 넷째 음보를 5장으로 부른다. 창의 잔재가 남아 있는, 읽는 시조로만 존재하지 않았다는 것을 증명해주는 자료들이다.

> 초장 ― ―(1장) ― ―(2장)
> 중장 ― ― ― ―(3장)
> 종장 ―(4장) ― ― ―(5장)

　초장의 첫째 음보, 둘째 음보 다음에 마침표나 쉼표를, 종장 첫째 음보 다음에 쉼표를 찍은 것은 가곡에서 1장, 4장으로 부른 것과 관련이 있다. 개화기 시조의 음악과의 연관성은 잡지류의 작품에서도 나타나고 있다. 작품에다 창조명을 밝히고 있는 작품들도 있다.[12] 「혈죽가」의 발표 일자는 1906년 7월 21일이다. 구두점은 「혈죽가」 이후의 작품들에서 나타나고 있다. 『대한매일신보』에서는 「혈죽가」 이후에서야 초·중·종의 행 배열이 이루어지고 있다. 「혈죽가」는 이러한 율격 인식도 없이 고시조의 줄글 특징을 그대로 답습하고 있다. 한 줄 글로 분장, 분구도 되지 않은 개화기 시조의 초기 작품으로 고시조에 더 가깝다.

---

12　최동원, 앞의 책, 107~108쪽. '신문화계 : 平調, 女唱, 擬言樂, 신문계:평조, 줍는 시조, 남창, 남창시조, 학지광:평조'

고시조 → 개화기 시조 → 현대시조

★

넷째, 「혈죽가」는 제목에 '~歌'가 붙어 있다.

고시조에 보이는 제목들은 '~歌', '~曲', '~謠' 등의 일정한 틀 안에 놓인다. 그래서 얼핏 보기엔 훈민가니 강호가니 하는 노래의 종류에 따른 분류 항목과 같은 인상을 주기도 하는 것이 고시조의 제목이다.[13]

「혈죽가」에도 고시조에서 보이는 제목처럼 '~歌'가 붙어 있다. 『대한매일신보』「혈죽가」이후 발표된 343수 중에는 '~歌', '~吟', '~曲' 같은 제목들이 보이는데[14] 이것은 고시조의 틀에서 아직도 벗어나지 못하고 있음을 입증해주는 자료들이다.

고시조 쪽이나 초기 개화기 시조 쪽에 놓을 수 있다.

고시조 → 개화기 시조 → 현대시조

★

다섯째, 전체가 한자투어로 되어 있고 종장 첫 음보가 고투어로 되어 있다.

둘째 · 셋째 수의 셋째 음보의 '위국충심', '진각세계', '독야청청'과 같

---

13  임종찬, 앞의 책, 33쪽.
14  『대한매일신보』에 발표된 시조 343수 중 '~歌'가 붙은 것이 16수, '~曲'이 붙은 것이 6수이다.

은 한자 투어와 첫째·셋째 수의 종장 첫째 음보의 '지금의', '하물며' 같은 고투어를 그대로 답습하고 있다. 고시조에 나타나는 현상들이다.

원용우는 한자투어나 고사성어에 대해 다음과 같이 말하고 있다.

> 한자투어나 고사성어를 썼으면 고시조이다. 현대시조는 의도적으로 순수 우리말을 갈고 닦아서 쓴다. 김동준도 위의 인용문에서 투어난조를 지양하고, 고사나 인명 인용을 하면 고시조에 가깝다고 하였다. 위의 작품에서 〈爲國忠心〉, 〈盡覺世界〉, 〈獨也靑靑〉 등은 한자숙어이다. 이런 모습은 고시조에서는 흔히 볼 수 있었지만 현대시조에서는 자취를 감추었다.[15]

임종찬은 최남선의 시조를 언급하면서 최남선 시조의 고투어에 대해서 다음과 같이 말하고 있다.

> 종장 첫 음보에 쓰인 투어문제이다. 고시조에서 빈출도가 높은 어즈버, 두어라, 아희야, 아마도, 우리도 등의 투어는 보이지 않지만, 엇더타, 행여나, 아모리, 잇다감, 누구서, 매양에, 다시금, 차라로 등은 비교적 고시조에 자주 나오는 투어는 그대로 쓰고 있다.[16]

「혈죽가」의 한자투어나 고투어는 아직도 고시조의 틀에서 벗어나지 못하고 있음을 말해준다. 개화기 시조의 초기 형태로 볼 수 있다.

---

15  원용우, 2013년 6월 14일, 제2회 한국시조사랑시인협회 여름세미나.
16  임종찬, 앞의 책, 57쪽.

고시조  →  개화기 시조  →  현대시조

★

여섯째, 「혈죽가」는 연작 시조로 되어 있다.

고시조에도 연작 시조가 있다. 고시조의 연작 시조는 현대의 연작 시조와는 작법 자체가 다르다. 각 수들이 같은 주제로 연계되지 못하고 서로 독립되어 있는 엄밀히 말해 단시조들의 집합체이다. 현대시조의 연작 시조는 각 수가 한 주제로 연계되어 시조 전체가 통일된 주제로 한편의 시조가 완성된다.

「혈죽가」는 연작 시조이다. 연작 시조는 고시조에서부터 개화기 시조를 거쳐 현대시조에 이르기까지 이어져 오고 있다. 언급한 대로 고시조는 현대시조의 그것과는 작시법이 다르다. 연작 시조이기는 하나 각 수가 독립된 주제로 되어 있다.

창사 개념에서 문학 개념으로 이동하면서 연작 시조가 빈도 있게 지어지고 있다. 이 연작 시조가 육당의 개혁적 형태에서 보이고 있는데 이는 현대의 연작 시조에는 다소 미치지 못하고 있다.[17] 「혈죽가」도 이에서 크게 벗어나지 못하고 있다.

혈죽가를 현대어로 옮기면 다음과 같다.[18]

---

17  위의 책, 51~55쪽. 임종찬은 '고시조와 육당과 가람 조운의 시조를 비교하면서 육당의 연작은 안민영의 연작보다 다소 진전을 보이고 있지만 가람 · 조운의 연작보다는 성공적이라고 할 수 없다.'고 말하고 있다.

18  원용우, 2013년 6월 14일, 제2회 한국시조사랑시인협회 여름세미나.

한국현대시조론

협실(夾室)에 솟아난 대나무는 충정공(忠正公)의 혈적(血蹟)이
라
비바람에도 쉬지 않고 방중(房中)에 푸른 뜻은
지금의 위국충심(爲國忠心)을 온 세상이 다 깨닫게 함이다.

충정(忠正)의 굳은 절개(節槪) 피를 맺어 대가 되어
누상(樓上)에 홀로 솟아 만민(萬民)을 경동(驚動)키는
인생에 비겨 잡초(雜草)키로 대나무가 독야청청(獨也靑靑)함
같다.

충정공(忠正公)의 곧은 절개 포은(圃隱) 선생보다 위에 있다.
석교(石橋)에 솟은 대도 선죽(善竹)이라 유전(遺傳)커든
하물며 방중(房中)에 난 대나무야 일러 무엇(하리오.)


현대시조의 연작 시조는 각각의 단시조들이 하나의 주제로 통일되어
있다. 그것이 실현되지 못하면 현대의 연작 시조라고 보기 어렵다. 위
작품은 현대시조처럼 하나의 주제로 통일되어 있지 못하다.

주제가 첫 수는 '위국충심', 둘째 수는 '독야청청' 그리고 셋째 수에는
'절개'이다. 각 수들이 비슷한 주제로 연계되어 있지 각 수들의 이미지
가 하나의 주제로 통제되어 긴밀하게 연계되어 있지 못하고 있다.

고시조의 연작과 현대시조 연작의 중간 지점에 놓을 수 있다.


고시조  →  개화기 시조  →  현대시조
★


「혈죽가」 소고(小考)

일곱째, 「혈죽가」는 '위국충절'을 노래하고 있다.

개화기 시조는 현실에 직접 참여하여 민족적인 울분을 담아내는 저항문학이었다. 조국 근대화를 위한 개화 의지를 구현키 위해 계몽의 기능을 담당했다.[19] 우국·저항·개화가 그 주류를 이루고 있다. 이것들은 내면적 필요성에서 우러나오는 것이 아닌 외부적인 시대적 요청에 의해서 창작된 것들이다. 이렇게 개화기 시조의 주제는 시대 정신을 직설적으로 반영하고 있어 시조의 본령인 서정적 표현과는 거리가 멀다.

「혈죽가」도 당시의 시대 정신을 담아내고 있어 현대적인 표현과는 거리가 멀다. 개화기 시조들과 구별되지도 않고 다르지도 않다.

개화기 시조의 위치에 놓을 수 있다.

고시조  →  개화기 시조  →  현대시조

여덟째, 「혈죽가」에는 제목이 있다.

고시조와 개화기 시조의 다른 점은 제목의 유무이다. 고시조는 소수를[20] 제외하고는 대부분이 시조 제목이 없고 본문만 있다. 그러나 개

---

19  김제현, 『시조문학론』, 예전사, 1992, 206쪽.
20  맹사성의 「강호사시가」, 이현보의 「어부가」, 이황의 「도산십이곡」, 이이의 「고산구곡가」, 윤선도의 「산중신곡」, 정철의 「훈민가」, 권호문의 「한거십팔곡」 등의 제목들이 있다.

화기 시조는 시조마다 제목이 붙어 있다. 제목의 유무는 고시조와 개화기, 현대시조를 구분해주는 하나의 기준이 될 수 있다. 이런 점에서 「혈죽가」는 고시조와는 구별된다.

제목이 있다 해서 현대시조에 포함시킬 수 있는가 하는 문제는 생각해보아야 한다. 개화기 시조와 현대시조는 전부 제목이 붙어 있다. 그러나 「혈죽가」에는 ' ~歌'가 붙어 있어 현대시조의 제목과는 다른 고시조와 같은 제목의 양상을 보이고 있다. 현대시조에 아직 미치지 못하고 있음을 말해주는 하나의 근거이다.

개화기 시조의 위치에 놓을 수 있다.

고시조 → 개화기 시조 → 현대시조

아홉째, 「혈죽가」에는 작가가 명기(?)되어 있다.

고시조와 개화기 시조에는 작가가 있는 것도 있고 없는 것도 있다. 현대시조에는 반드시 작가가 명기되어 있다. 그러나 작가의 유무가 반드시 고시조와 개화기 시조, 현대시조를 구분해주는 키가 될 수는 없다. 고시조에도 작가가 명기되어 있는 것이 많고 무명씨인 것도 많다. 더구나 「혈죽가」의 작가 '대구여사'는 본명도 아니다. 자신을 분명히 밝히지 않은 투명하지 않은 실명이다.

작자가 분명히 밝혀졌으면 현대시조로 보아야 한다는 이야긴데, 이것도 기준이 될 수 없는 것이, 우리 고시조 5천여 편 가운데는 작자가 밝혀진 작품이 상당수 있다. 작자 여부로 현대시조를 확정지으면 고려 말 우탁의 〈백발가〉나 〈탄로가〉도 작자가 분명히 밝혀졌으니, 현대시조로 보아야 한다는 논리가 성립된다. 그러니 작자가 밝혀진 작품이냐 작자미상 작품이냐 하는 문제는 현대시조로 간주할 것이냐 아니냐 하는 기준으로 삼을 수 없다는 것이 필자의 생각이다.[21]

고시조에도 작가가 명기되어 있는 것이 많기 때문에 작가의 명기 여부가 고시조와 개화기 시조, 현대시조를 실제적으로 구분할 수 있는 요소라고는 볼 수 없다.

개화기 시조의 위치에 놓을 수 있다.

고시조 → 개화기 시조 → 현대시조

열째, 「혈죽가」는 인쇄매체를 통해서 발표된 작품이다. 인쇄매체를 통해서 나왔으면 현대시조라는 견해에 대해 원용우는 다음과 같은 반론을 폈다.

인쇄매체로 발표 여부, 이 기준은 신문이든 문예지든 인쇄되어 나왔으면 현대시조이고 그렇지 않으면 현대시조로 볼 수 없다는 논리다. 이 논리에 따르면 2009년 현재 어떤 시인이 작품을 써서 발표하지 않고, 자기 노트에 차곡차곡 기재해 둔다면 인쇄매체를

21 원용우, 2013년 6월 14일, 제2회 한국시조사랑시인협회 여름세미나.

통하지 않았으니까 고시조로 간주해야 한다는 이야기가 되는 것이다. 비록 필사본이라 하더라도 1906년 이전에 창작된 것이 확실하고, 그 작품의 구조와 성격이 현대시조로서의 요건을 갖추었으면 현대시조의 효시작품으로 인정하는 것이 마땅하다. 그러니까 필사본이냐, 인쇄본이냐 하는 문제가 작품의 성격을 규하는 기준이 될 수 없다는 이야기다. 우리 고시조나 고소설의 경우 필사본이라 하더라도 어엿한 고전작품으로 인정받는데, 왜 현대시조의 경우에만, 필사본이 작품으로 인정받을 수 없다는 것인지 이해할 수가 없다.[22]

필사본이라 해도 현대시조의 요건을 갖추고 있으면 현대시조 작품으로 볼 수 있다는 것이다. 고시조에는 필사본만 있는 것은 아니며 목판본도 존재하고 그 외 판본들도 존재한다. 필사본이냐 인쇄본이냐가 고시조, 개화기 시조, 현대시조를 구분할 수 있는 기준이 될 수는 없다.

「혈죽가」가 인쇄매체를 통해 발표되었으므로 '읽는 문학'으로 전환되었다는 점에서는 수긍이 가나 이에는 문제의 여지가 있다. 「혈죽가」가 창에서 자유롭지 못해 음악에서 벗어났다고 볼 수 없고 또한 현대시조처럼 자유롭게 읽히는 문학으로 전환되었다고 보기도 어렵기 때문이다.

개화기 시조의 위치에 놓을 수 있다.

고시조 → 개화기 시조 → 현대시조

★

---

22 원용우, 한국시조사랑시인협회 여름세미나.

열한째, 시어의 표기가 고어로 되어 있다. '딕는, 츙졍공혈젹, 불식ᄒ 고, 쓴슨, 위국츙심, 졀기, 미즈, 딕가, 누샹, 경동키는, 인싱이, 잡쵸키로, 션셩, 션쥭, 방즁에ᄂᆞᆫ' 등 전문 대부분이 고어 표기이다.

한글 맞춤법 통일안은 1933년에 선포되었다. 고어 'ᆞ'는 선포 이후 부터 공식 폐지되었다. 이는 그동안 'ᆞ' 표기가 일반적으로 사용되지 않았었다는 증거에 다름 아니다. 그러나 「혈죽가」는 '츙졍, 쓴슨, 졀기, 션쥭, 방즁에ᄂᆞᆫ' 같은 현대어와는 거리가 먼 고어들이 빈번하게 사용되 고 있다.

표기 방법도 고시조와 현대시조를 형식적으로 구별할 수 있는 하나 의 기준이 될 수 있다. 1910~1920년 당시에는 다소의 맞춤법의 혼란 은 있었을 것이나 「혈죽가」는 20년대의 현대시조의 표기와는 거리가 먼 고어 표기로 되어 있다. 초기 개화기 시조에 놓을 수 있다.

고시조 → 개화기 시조 → 현대시조

## 3. 결론

2장에서 개화기 시조 「혈죽가」가 고시조 현대시조에 어느 정도 접근 해 있는가에 대해 열 한 가지 측면에서 검토해보았다. ○, △, ×는 특 징의 유무를 말한다.

이를 표로 정리하면 다음과 같다.

| | 고시조 | 혈죽가 | 현대시조 |
|---|---|---|---|
| ① 종장 셋째 음보의 주제어로의 끝맺음 | × | ○ | × |
| ② 종장 넷째 음보의 제거 | ○ | ○ | × |
| ③ 초·중·종 행 배열이 없는 한 줄 글 | ○ | ○ | × |
| ④ 「혈죽가」 제목의 '~歌' | ○ | ○ | × |
| ⑤ 한자 투어와 고투어 | ○ | ○ | × |
| ⑥ 연작 시조 | ○ | ○ | ○ |
| ⑦ '위국충절' 노래 | △ | ○ | × |
| ⑧ 제목의 유무 | △ | ○ | ○ |
| ⑨ 작가의 실명 유무 | ○ | ○ | ○ |
| ⑩ 인쇄매체의 유무 | △ | ○ | ○ |
| ⑪ 고어 표기 | ○ | ○ | × |

위 표에서 보면 「혈죽가」의 11개의 특징에서 7개 항, ①, ②, ③, ④, ⑤, ⑦, ⑪은 현대시조와는 아무런 관련이 없다. 이런 점에서 「혈죽가」가 현대시조의 효시라고 볼 수가 없다.

2개항, ⑥, ⑨는 고시조, 현대시조에서 다 똑같이 나타나는 현상이다. 그러나 「혈죽가」가 현대시조의 특징을 갖고 있다고 해서 현대시조의 효시라고 단정할 수는 없다. 이러한 특징은 고시조에서도 그대로 나타나고 있기 때문이다.

나머지 2개항, ⑧과 ⑩은 개화기 시조, 현대시조에서 공히 나타나고 있으나 고시조에는 이 특징이 두드러지게 나타나 있지 않을 뿐이다. 이도 「혈죽가」를 현대시조의 효시로 보기에는 무리가 따른다.

그렇게 본다면 「혈죽가」는 현대시조의 효시라고 볼 수 있는 대목이 하나도 존재하지 않는다는 말이 된다. 오히려 「혈죽가」는 고시조에 더 가깝게 위치해 있음을 표는 보여주고 있다.

> 현대시조 탄생 100주년 기념행사를 대대적으로 개최하고 이의 효시 작품으로 「혈죽가」를 선정하는 문제도 자유스럽지 못하다. 필명이 불분명하고 시대와 사상적인 면에서 개화기 시조와 변별력을 찾기 어려운 「혈죽가」를 현대시조로 인정한다는 점도 문제이거니와 고시조와의 완전한 단절을 의미하는 현대라는 용어를 장르명으로 사용하고 있다는 점에서도 그렇다는 것이다. 그리고 다른 작품의 발견 가능성도 배제해서는 안될 문제이기 때문에 심각성은 더해진다.[23]

어떤 작품이 현대시조의 효시가 되려면 일부라도 현대시조와 변별성을 갖고 있으면서 같은 특성을 공유해야 하는데 「혈죽가」는 그러한 특성들을 찾아낼 수 없다. 일반화를 위한 논의가 계속 필요한 이유이다.

현대적인 시조가 본격적으로 쓰여진 것은 1920년대 이후부터이다. 이광수 · 주요한 · 변영로 · 정인보 · 조운 · 이은상 · 이병기 등의 활동 이후로 보아야 할 것이다.[24] 개화기 시조가 등장한 것은 1910년 전후이지만 엄밀한 의미에서 현대시조가 논의되고 쓰여진 것은 1920년 이후

---

23  이완형, 「고시조와 현대시조의 그 이어짐과 벌어짐의 사이」, 『시조학논총』 제2집, 2008, 128쪽.
24  이응백 외 감수, 앞의 책, 17~18쪽.

의 일로 보아야 한다.

현대시조라고 한다면 형식은 차치하더라도 보편적 질서를 통한 개인적 질서의 획득, 개인적 질서를 통한 보편적 질서의 구현이 있어야 한다. 「혈죽가」는 이러한 현대적인 특징을 찾기가 어렵다. 다른 작품의 발견 가능성이 없는 한[25] 현대시조의 효시 작품은 「혈죽가」 이후나 1920년대 들어와서 찾는 것이 타당하다고 판단된다.

증명되지도 않고 일반화되어 있지도 않은 작품을 기준으로 기념 행사를 치른다는 것은 시조 정체성에 심각한 문제가 될 수 있다. 현대시조의 출발점은 학계에서나 시조계에서 충분한 논의를 거쳐 일반화 되었을 때 비로소 생각해보아야 할 문제라고 생각한다.

---

25 최초의 현대시조는 육당 최남선이 1926년에 발간한 『백팔번뇌』 서문에서 '태초의 시조로 활자에 신세진 지 23년 되는 병인해'라고 밝힌 것을 토대로 대구여사의 「혈죽가」보다 2년 앞선 1904년으로 보기도 했으나 해당 작품을 찾을 수 없다는 이유로 인정하지 않고 있다. 이완형, 앞의 책 121쪽.
이 점에 대해서는 많은 학자들이 공감하고 있는 바이다. 2006년 10월 27일 열린 시학사 사무실에서 열린 현대시조 100주년 행사 좌담회 '이제 하나가 되어 겨레의 시를 계승 노래하라'에서도 이러한 문제를 지적하는 언급이 있었다는 것은 그와 같은 공감을 잘 보여주는 예라 하겠다. 이완형, 앞의 책, 121쪽. 주) 참조.

# 사이버 문학에 있어서
# 현대시조의 가능성을 위하여


## 1. 들어가는 말

'사이버 문학에 있어서의 현대시조의 가능성을 위하여'란 제목은 논리적으로 모순이다. 문학이라면 시조를 비롯한 시, 소설 등과 같은 여러 문학 장르들이 포함되기 때문이다. 그럼에도 필자가 타 장르와 구별하여 논의하고자 하는 이유는 사이버 공간에서의 시조 창작은 불모지와 다름없기 때문이다. 시대에 따라 장르는 생성, 소멸한다. 향가가 그랬고 고려속요, 경기체가가 그랬다. 가사도 결국 조선 말에 종언을 고하고 말았다. 그런데 시조만은 지금까지 살아남아 창작되고 있다. 평민, 귀족 할 것 없이 우리 민족과 함께 운명을 같이해왔기 때문일 것이다. 일제 시대에는 고비를 맞이하기도 했지만 그때마다 겨레와 함께 주옥같은 작품을 생산해왔다.

시조는 겨레시이기 때문에 특별한 대접을 받아야 한다는 논리는 맞지 않다. 어떤 시대이든 어떤 문학 장르도 경쟁력이 있어야만 살아남는다. 시대와 함께 길항할 수 있다면 그 장르는 살아남을 것이요 그렇치 않다면 소멸될 것이다. 소멸된 자리에는 그 시대에 맞는 문학 패러다임이 다시 들어설 것이다. 현대시나 현대소설이 형성되고 나서면서부터 현대시조는 자기도 모르는 사이에 그 뒷좌석에 앉아버렸다. 왜 오랫동안 자생적으로 생긴 우리의 시조가 근래에 와 이런 푸대접을 받게 되었는가. 필자의 논의는 그 원인을 밝혀보고자 하는 데에 있지 않다. 뒷좌석이라고 생각하고 있는 그 의식에 문제가 있다는 점을 지적하고 싶은 것이다. 뒷자리를 지키고 있기는 하나 분명한 것은 지금도 많은 시조시인들에 의해 훌륭한 작품을 생산해내고 있다는 것이다.

한 편의 시조 제시로 논지의 문을 열어보기로 한다.

> 그것은 아무래도 태양의 권속이 아니다.
> 두메 산골 긴긴 밤을 달이 가다 머문 자리
> 그 둘레 달빛이 실려 꿈으로나 익은 거다
>
> 눈물로도 사랑으로도 다 못 달랠 회향의 길목
> 산과 들 적시며 오는 핏빛 노을 다 마시고
> 돌담 위 시월 상천을 등불로나 밝힌 거나
>
> 초가집 까만 지붕 위 까마귀 서리를 날리고
> 한 톨 감 외로이 타는 한국 천년의 시장끼여
> 세월도 팔장을 끼고 정으로나 가는거다
>
> — 정완영, 「감」 전문

자유시라고 해서 한 시대를 이보다도 더 잘 형상화시킬 수 있을까.

「감」은 3연으로 된 연시조이다. 우리의 가난과 아픔을 외로이 타는 한 톨 감으로 대변한 것이다. 이런 시조가 자유시의 뒷좌석에 앉아 있다는 것은 선뜻 수긍이 가지 않는다. 필자는 이런 점에서 사이버 문학에 현대시조 창작 가능성을 노크해보자 하는 것이다. 노크하면 그만이지 뭐 특별할 것이야 있을 것이냐고 혹자는 말할런지 모른다. 그러나 그렇지 않다.

　사이버 문학 공간의 향유층이 대부분 2, 30대들이다. 자의든 타의든 미래에 이들이 한국문학의 일부분을 짊어져가야 한다고 본다면 시조 창작에 있어서는 사활이 걸린 문제일 수 있다. 사이버 문학 공간에 2, 30대의 시조 창작인은 거의 전무하다. 인쇄매체에서 시조 동인이 있는 것처럼 전자매체에서도 지금쯤 시조 동인이 시, 소설 동인의 뒷자리라도 차지하고 있어야 한다. 그런데 그것이 없다. 우리는 뉴 미디어 시대에 와 있다. 활자매체에서 전자매체로 그 무게중심이 이동되어 가고 있다. 21세기의 글쓰기는 어떤 모습일지는 아무도 예측할 수 없다. 원고지에서 모니터로, 책이 시디롬으로 대체될 것인가, 작가들은 활자 공간에 여전히 남아 있을 것인가, 전자 공간으로 이동할 것인가는 쉽게 단정을 내릴 수는 없다. 다만 무게중심이 활자매체에서 전자매체로, 현실 공간이 가상 공간으로 모든 정보들이 이동되어 가고 있다는 것은 부인할 수 없는 사실이다.

## 2. 전자 텍스트로서의 시조문학

전자 텍스트는 인쇄 텍스트와 구별되는 세 가지 특성이 있다. 상호작용성(interactivity), 멀티미디어성(multimedia), 비직선성(nonlinearity)이 그것이다.[1] 이 세 가지 특성은 인쇄 텍스트와는 전혀 다른 모습으로 새로운 전자 텍스트를 창출해내고 있다.

작가, 독자, 텍스트 간의 유기적인 상호 소통, 그래픽과 사진 그리고 소리와 움직임이 결합된 멀티미디어성, 다양한 이야기 전개를 위한 비직선적인 다음성 체제 등은 인쇄 텍스트에서는 찾아볼 수가 없는 전자 텍스트만이 갖는 특성이다.

뉴로맨서(Neuromancer)[2], 하이퍼픽션(Hyperfiction)[3]의 등장은 이러한

---

1　류근조, 『소비시대의 문학』, 한글터, 1995, 173쪽.

2　뉴로맨서(Neuromancer)라는 단어는 새로운(new)+신경(neuro)+로맨스작가(romancer)+강령술사(necromancer)라는 기호의 중첩으로 이루어져 있다. 『뉴로맨서(Neuromancer)』(1984)는 『카운트 제로(Count Zero)』(1986) 『모나리자 오버드라이브(Mona Lisa Overdrive)』(1988)로 이루어지는 사이버 스페이스(Cyberspace) 3부작의 제1작에 해당되며 깁슨의 초기 단편인 「버닝크롬(Burning Chrome)」(1982) 및 「기억자 조니(Johnny Mnmonic)」(1981)와 마찬가지로 전자공학과 유전자 조작 기술이 비약적으로 발달한 가까운 미래를 배경으로 하고 있다. 콘솔 카우보이라고 불리는 주인공 케이스가 매트릭스 시뮬레이터(Matrix Simulator)라는 신경 변환 장치를 통해 이 공간에 직접 접속하여 정보를 훔쳐낸다는 이야기로 사이버펑크(Cyberpunk) SF의 방법론을 충실히 반영한 작품이다. 김상훈, 「사이버 펑크의 과거, 현재, 미래」, 『외국문학』 제52호, 1997년 가을호, 102~124쪽.

3　컴퓨터로만 읽을 수 있는, 발전해가는 하이퍼 텍스트와 하이퍼 미디어 기술로 실현 가능한 새로운 내러티브 양식이다.

전자매체를 통해서만이 가능한 텍스트들이다. 인쇄문학과 전혀 다른 모습으로 디지털 기술을 반영한 새로운 전자문학을 창출해내고 있는 것이다.

90년대에 들어와 글쓰기가 현실 공간에서 사이버 공간으로, 아날로그적 사고에서 디지털적 사고로, 단선적 소통 방식에서 다선적 소통 방식으로 이동하고 있다. 이 이동하는 지점에서 현대시조는 그 창작 기능이 멈춰버린 것이다. 사이버 감각에 맞는 시들이 생산되고 릴레이소설[4] 같은 새로운 장르들이 사이버 공간에서 실험되고 있다. 문학성은 차치하고서라도 시와 소설들이 다양한 모습으로 사이버 공간에 뿌려지고 있는 이때에 왜 현대시조만이 실험은 고사하고 얼굴조차 내밀지 않는 것일까? 극소수이기는 하지만 시조를 사랑하는 작가들이 개인 사이트[5]를 마련한 경우가 있기는 하다. 그러나 그것도 자신의 시조를 소

---

로버트 쿠퍼, 「하이퍼 픽션:컴퓨터를 위한 소설들」, 『외국문학』, 1996년 여름호, 77~79쪽.

독자가 무엇을 어떻게 보고 들을 것인가는 작가가 정해놓은 순서나 독자 자신이 선택한 순서에 따라 정해진다. 또한 독자가 자신의 활동으로 텍스트의 기존 구조를 확장하고 변형하여 자신의 쓰임에 맞게 만들어낼 수도 있다. 윤미정, 「미래의 소설, 하이퍼픽션」, 『문학사상』, 1997, 겨울호.

4  나우누리 문학 동호회 '소설누리'에는 '릴레이 소설' 전용 게시판이 만들어져 있다. 몇 사람이 차례로 동일한 제목으로 글을 쓰는 일반적인 릴레이 방식이다.

5  now 22, 문화/생활, 4 글마당, 16 K40b456 김회직, 2 한민족 자랑 시조세계란에 개인 사이트를 마련하고 있다.
  now centice 동호회, 사이버 문학 21, 한국시단에 한산초 신웅순, 프롬프트 권기택, 장춘득이 사이트를 마련하고 있다.

개하는 정도에 그치고 있으며 조회 수도 한 자리 숫자에 머물러 있다.

사이버 스페이스는 현대문학만의 전유물은 아니다. 본격문학과의 대등 관계 유지를 위해서는 고전문학도 소개가 되고 이에 대한 찬반 논쟁도 있어야 한다. 고전문학을 사랑하는 동호회 모임도, 고전문학을 재구성하는 창작 모임도 있어야 한다. 고전문학이 없는 현대문학은 있을 수 없기 때문이다. 한국문학의 정체성을 위해 사이버 공간의 일부는 민족문학 재구를 위한 공통된 에너지원이 되어야 한다.[6] 또한 민족 상품으로 개발하여 인터넷에 세계의 문학으로 소개할 수도 있고 세계 한민족들의 상호 교육장으로도 적극적으로 활용할 수도 있을 것이다. 여기에서 필자는 우리 민족문학의 보고인 시조 창작의 가능성을 조심스럽게 문제 제기해보는 것이다.

지금까지 현대문학 이론은 거의 전부 외국에서 수입하여 왔다. 문학은 보편성이나 특수성도 중요함에도 불구하고 이제껏 우리는 민족문학의 특수성을 서구 문예 이론이라는 보편성으로 재단해왔음[7]을 솔직히 반성해야 할 것이다. 또한 외국문학 작품들이 대거 수입되어 우리

---

6  상호 동시 소통(Multi Communication), 광역 소통(Global Communication), 실시간 소통(Real Time Communication)으로 개념화되는 통신 공간은 그동안 '일방향 소통'으로 유지되어오던 정치, 사회, 경제, 문화의 제영역들을 '쌍방향 소통'의 상호 영향 구조로 빠르게 변화시키고 있다. 이때에 사이버 공간에서의 새로운 글쓰기 환경은 한국문학 정체성을 재구하기 위한 고전문학이나 현대시조 창작과 같은 민족문학의 활로를 터주는 데에 필수불가결한 공간이 될 수 있을 것이다.

7  이용욱, 「전자언어, 버츄얼 리얼리티, 그리고 사이버 문학」, 『버전업』, 1998년 봄호, 63쪽.

문학을 젖히고 베스트셀러가 되어가고 있다. 특수성이 보편성이라는 측면에서 볼 때 한국문학의 정체성을 독서 시장에서조차 찾아보기 힘들다.

우리는 언제인가부터 우리의 것을 소홀히 해왔다. 우리도 모르게 우리의 정신은 서구 이론에 압도되어 우리의 정신을 수습하기에 바빴다. 이제는 오랫동안 억압되어왔던 정신 에너지를 분출시킬 출구를 찾을 때가 된 것이다. 현실 공간에서 눈을 들어 사이버 스페이스라는 끝없이 펼쳐진 신대륙으로 자연히 시선을 옮기지 않을 수 없게 되었다. 활자언어에서 전자언어로 넘어가는 길목에서 시조는 그만 동맥경화증에 걸리고 말았다. 이 매듭을 사이버 공간에서 어떻게 풀어주어야 하는가. 젊은이들이 미래의 한국문학의 일부분을 짊어져야 한다고 볼 때 이 명제는 세계문학의 특수성의 현안 의제로 충분히 올리고도 남음이 있을 것이다.


## 3. 사이버 공간과 현대시조

시조는 타 장르의 부침 속에서도 700년 동안 우리 민족과 함께 고락을 같이해왔다. 고시조에서 개화기 시조로, 개화기 시조에서 현대시조로 꾸준히 탈바꿈해온 것이다.

현대시의 경우는 1919년의 3·1운동을 전후하여 공리주의적 이념에서 벗어나 현대적인 인식 변화가 있었으며 시조의 경우도 20년대를 넘어오면서 현대시조에로의 모색이 있었던 것으로 보인다. 노래하는 시조(歌)에서 읽는 시조(詩)로 이행하고 시의 제목이 나타나기 시작했고 전문 작가에 의해 지어지기 시작했던 것이다.[8]

1925년 계급주의 프로문학에 반대하여 일어난 민족문학파의 시조 부흥 운동은 현대시조의 길을 여는 데 적지 않은 공헌을 했다. 민족문학의 정통으로서의 시조를 민족문학 운동의 구체적인 수단으로 내세웠던 것이다. 현대적 감각 도입, 시어의 개발, 연작시 등으로 시조를 현대화시키고자 했던 것이다. 시라는 신흥 장르에 대항하여 전통 장르인 시조를 지키기 위한 일환의 운동이었다.[9]

50년대 말경에는 시조 형식의 현실적 기능에 대한 논쟁을 다시 불러일으켰다. 김동욱이나 김춘수의 시조에 대한 회의론과 리태극, 김상옥, 고두동의 긍정론 간의 대립이 있었다. 이 시기의 시조는 부흥 찬반이라는 의미에서 20~30년대 1기 시조 논쟁과 유사하지만 1기의 전통 장르 지키기라기보다는 새로운 현대시조로서의 모색이라는 점에서 다르다고 볼 수 있다.

60년대에는 리태극이 중심이 되어『시조문학』이 창간되었고 64년 한

---

8 최남선의『백팔번뇌(百八煩惱)』(1926)는 예술성 확보에는 미흡했으나 개화기 시조의 무분별한 형식을 현대시조의 일반적 기사 형식으로 정비시켰다.

9 최남선, 이은상, 이병기, 주요한, 손진태, 양주동, 염상섭, 정인섭 등의 적극적 참여로 시조 개혁에 압장섰다. 이에 힘입어 20년대 후반에는 가람, 노산, 조운 등에 의해 시조가 혁신되었으며 이러한 경향은 1930년대 말까지 계속되었다. 노산은 역사의식을 바탕으로, 가람은 감각적 언어의 조탁으로, 조운은 서정적 이미지로 시조의 새로운 영역을 개척했다.

국시조작가협회가 결성되었으며, 신춘문예의 신인 발굴, 시조 백일장 등의 문학 외적 요건에 의해 시조문학이 전례없이 활발하게 전개되었다. 질과 양면에서도 시조의 산업화 시대로 돌입하기 시작한 것이다. 80년대에 이르러서는 월, 계간 문학지나, 시조 계간지의 출현으로 새로운 시조시인들을 배출해내는 데에 많은 공헌을 했다. 또한 중앙일보에서, 샘터에서 벌인 시조 짓기 운동도 이에 적지 않은 공헌을 하고 있음은 부인할 수가 없다.

이렇게 해서 20년대에는 민족문학 운동의 일환으로, 50년대에는 현대시조로의 모색의 필요성에서, 60년대에는 본격적인 신인 발굴의 필요성에서 현대시조의 부흥 운동이 일어난 것이다.

80년대에서 90년대로 넘어오면서 이제는 글쓰기의 환경이 달라졌다. 펜에서 키보드로, 원고지에서 모니터로, 현실 공간에서 사이버 공간으로 그 환경이 이동되어 갔다. 글쓰기에서의 삽입, 수정, 퇴고 과정이 키보드의 간단한 조작으로 원고지에서보다 훨씬 편리해진 것이다. 기성세대들과는 달리 2, 30대의 젊은 세대들은 이러한 변화에 민감하게 적응하며 모니터에서의 글쓰기 환경에 쉽게 동화되어갔다. 90년대에 와서 전자언어를 사용하는 신세대 작가군의 등장을 예비해준 것이다.[10] 사이버 문학이 기존의 문학을 변형시키며 정보화 시대 문학의 새

---

10 SF소설 이성수의 『아틀란티스 광시곡』(1989), 이우혁의 『퇴마록』(1993), 이 외에 양은영의 『아줌마는 야하면 안되나요』, 신모라의 『무엇을 보게 하는가』, 유상욱의 『피아노맨』 등이 있다. 정태영, 『사이버스페이스 문화읽기』, 나남출판, 1997, 145쪽.

로운 패러다임으로 확고한 지위를 획득해간다고[11]고 볼 때 사이버 공간에서의 현대시조도 이러한 문학 패러다임에 걸맞은 새로운 형태의 문학으로 변신해가야 한다. 시조의 본질을 해체시켜 형태까지 변경시켜야 한다는 말은 아니다. 새로운 글쓰기 환경에서 새롭게 글쓰는 방식을 채택하여 사이버 공간에서 현대시조를 재구성해가야 한다는 말이다.

아직까지 현대시조 창작은 현실 공간의 활자매체에 묶여 있다. 글쓰기, 글읽기 환경이 1990년을 전후하여 현실 공간에서 가상 공간으로 이동해간다고 볼 때 가상 공간에서의 현대시조의 글쓰기는 새로운 전환점이 될 수 있다. 단선적 소통 구조에서 쌍방향 소통 구조로 이동해가야 한다. 독자들에 의해 다시 쓸 수 있는 공동의 장으로 나갈 때 현대시조도 새롭게 탈바꿈할 수 있는 좋은 기회가 될 것이다. 문학은 문학인만의 소유물일 수는 없다. 삶을 영위하는 모든 이들의 소유물이어야 한다.

사설시조가 중세 봉건 질서를 붕괴시키고 근대 시민사회의 도래를 촉진시켰으며 민중문학이 80년대를 마감하고 90년대를 열어주는 연결고리 역할을 하였다면, 사이버 문학은 문자언어의 시대, 기술 복제 시대에서 과감히 벗어나 전자언어의 시대, 전자 복제 시대의 화려한 서막을 열어주는 문학의 혁명적인 도전이 될 것이다.[12] 사이버 문학은 아

---

11  이용욱, 『사이버문학의 도전』, 토마토, 1996, 76쪽.
12  위의 책, 78쪽.

직 서막에 불과하다. 아직은 검증되지 않은 채 급속도로 진행되어가는 정보화 사회와 길항하면서 진행되고 있다. 현대시조도 여기에서 예외 일 수는 없을 것이다.

## 4. 사이버 공간에서의 현대시조 창작의 가능성

사이버 공간에서 시조 창작이 전무하다는 것은 시조 창작층이 노쇠 화되었다는 것을 말해준다. 대부분의 사람들은 시조라면 으레 고시조 를 떠올리게 된다. 그리고 글자 수를 맞추기가 어렵다는 것이다. 그래 서 대부분이 벽두부터 시조 창작을 포기해버린다. 어떤 음절로도 창작 하기 힘든데 1구마다 글자 수를 맞추려니 얼마나 어려운 일인가. 이는 시조의 기본 음수율이 3장 6구 45자 내외라는 잘못된 인식 때문이다.

시조의 율격은 2개의 음보가 한 구(句)를 이루며 4개의 음보로 한 장 (章)을 이룬다. 각 장 2음보 단위인 구(句)로 중간 휴지를, 4음보 단위인 장(章)으로 장말(章末) 휴지를 갖는 3장 6구 12음보를 구조 원리로 하며 종장의 첫 음보는 3음절로 고정되어 있는 율격 구조를 갖고 있다. 시조 의 율격은 음수율의 차원이 아니고 음보율 차원의 것이다.[13]

중간 휴지와 장말 휴지는 3음절어과 4음절어와의 거리를 조절하는 데 필요한 여분을 제공해줄 수 있다. 같은 음보 시간을 유지하기 위해

---

13 신웅순, 「육사시의 시조 一考」, 『명지어문 23호』, 1996.8, 246쪽.

서는 3음절의 양을 4음절의 양의 시간에 맞추어야 한다. 만약 1음보가 2음절이라면 천천히, 6음절이라고 하면 빨리 음송함으로써 양과 시간을 같게 유지할 수 있는 것이다. 이와 같이 음수율의 난점을 등장성(等長性), 등시성(等時性)으로 극복할 수 있는 것이 바로 음보율이다.

이러한 원리를 알면 시조 창작은 훨씬 쉬워진다.

한 장에 4구만 넣으면 된다. 1구의 글자 수는 몇 글자가 되든 무시해도 된다. 3, 4 글자가 보통이지만 구애받지 않아도 된다. 이렇게 해서 3장을 짓되 3장 첫구는 3글자이어야 한다는 불변의 규칙이 있다. 시조의 절묘한 맛은 3장에 있다. 이러한 형식은 우리 민족 특유의 정서와 국어의 특성에서 창출된 시형이며 우리 민족의 사상과 감정을 담아내기에 가장 알맞은 그릇이다.

<blockquote>
순간이면 어떠리<br>
이리 서로 타는 것을<br>
앞만 보고 달려와<br>
여기가 끝이라 해도<br>
마지막<br>
한 방울 수액<br>
나눠 마실 너 있음에
</blockquote>

— 나순옥, 「단풍」 전문[14]

위 시조의 자수율을 보면 '4, 3/4, 4//4, 3/3, 5//3, 5/4, 3'이다. 각 장

---

14 나순옥, 「이 시인을 주목한다」, 『열린시조』, 1998년 봄호, 204쪽.

2구 4음보로 되어 있다. 각 음보의 자수는 몇 자라도 자유롭게 가감할 수 있다. 3음절인 '어떠리'는 천천히, 5음절 '끝이라해도'는 빨리 음송하면 된다. 2음절, 6음절이라면 더 천천히, 더 빨리 음송하면 되는 것이다. 중간 휴지 '/'나 장말 휴지 '//'를 이용하여 양과 시간을 조절하면 아무 문제가 없다. 담아낼 용기가 부족하다면 큰 용기인 한 장을 마음껏 늘려 표현할 수 있는 사설시조를 사용하면 된다.

어떤 장르이건 잘 쓴다는 것은 어렵다. 시라고 해서 쉽게 써지고 시조라고 해서 어렵게 써지는 것은 아니다. 시를 창작하는 것도 얼마간의 시에 대한 소양은 있어야 하고, 시조를 창작하는 것도 얼마간의 시조에 대한 소양은 있어야 한다. 시는 아무 형식 없이 써도 되고, 시조는 꼭 형식에 맞추어 써야 한다는 생각은 버려야 한다. 출발은 이러한 인식에서 출발해야 한다.

옛날 선조들은 시조를 자신의 사상과 생각을 담아내는 데 어렵지 않게 체질화시켜왔다. 풍류객들은 시조로 자신의 애틋한 마음을 상대방에게 전하기도 하고 상대방의 애틋한 마음을 받기도 했다. 바로 커뮤니케이션의 수단으로 시조의 양식을 사용하였던 것이다. 여기에서 사이버 문학과의 공통점을 발견하게 된다. 사이버 문학의 특질 중의 하나가 쌍방향 간의 소통 방식이다. 그 옛날 풍류객들이 사용해오던 그런 방식과 같다. 지, 필묵이 모니터, 키보드로 바뀌고, 현실 공간이 가상 공간으로 바뀐 것에 지나지 않는다. 그렇다면 사이버 공간에서의 시조 창작은 어떤 방식으로든 열려 있는 것이다. 쌍방향 소통이라면 현실 공간보다 가상 공간이 최적의 장소가 될 수 있다. 언제 어느 때고

만나볼 수 있는 열려 있는 장소이기 때문이다.


> 北天이 묽다커늘 雨裝 없이 길을 나니
> 산의 ㅣ 눈 눈이 오고 들에는 찬비로다
> 오늘은 찬비 마즈시니 얼어줄까 ㅎ노라

— 임제


이것은 백호가 한우라는 기생에게 준「한우가」이다. 따스한 인간미가 흐르는 멋진 풍류이다. 찬 비를 흠뻑 뒤집어썼으니 '얼어 잘' 수밖에 없지 않은가?


> 어이 얼어 자리 므스 일로 얼어자리
> 鴛鴦枕 翡翠衾을 어듸 두고 얼어자리
> 오늘은 춘비 맛자신이 녹아잘싸 ㅎ노라

— 한우


이것이 한우의 노래이다. 찬 비를 맞았으니 '더욱 따스하게' 몸을 녹이며 자야 할 것이 아니냐?[15]

이쯤 되면 시조가 얼마나 멋진 우리만의 양식인가를 체험할 수 있다.

사이버 공간은 쌍방향 소통의 최적 공간이다. 이 공간에서 위와 같은 화답시조를 시도할 수 있다. 게시판이나 어느 한 사이트를 이용하여 3인이 1조가 되어 초·중·종장을 나누어 각각 한 장씩 지어 시조 한 수

---

15  장덕순,『고전문학의 이해』, 일지사, 1993, 243쪽.

를 완성할 수도 있고, 여러 사람이 시조 한 수로 릴레이식 문답도 할 수 있을 것이다. 전자는 한 수로 한 주제의 공동작이 되고 후자는 몇 수로 한 주제의 공동작이 되는 것이다.

이러한 시도가 나우누리 센티스 '사이버 문학 21(go siin)'에서 최근에 시도되고 있음은 매우 고무적인 일이다. 문학성을 차치하고서라도 이러한 실험은 시조 발전에 있어서 획기적인 사건일 수도 있다.[16] 시조도

---

16 나우누리 센티스 '사이버 문학 21'에서 화답시 이용 안내는 다음과 같다.

제목 : [알림] 〈화답시〉 이용 안내

올린이 : ctsiin (시문예)  98/05/08 20:04    읽음 : 2        관련자료 없음

‒‒‒‒‒‒‒‒‒‒‒‒‒‒‒‒‒‒‒‒‒‒‒‒‒‒‒‒‒‒‒‒‒‒‒‒‒‒ 〈화답시〉 이용 안내

　1. 목적

　　　1) 통신환경에 가장 부합되는 문학 장르나 형식을 만들거나 찾는 데 있으며, 통신에서의 시조의 가능성을 실험해 본다.

　　　2) 개인 창작에서 공동 창작으로의 방법 모색에 있다.

　　　3) 공동 창작을 통해 회원 상호간 교감을 통한 문학성 추구와 친목도모에 있다.

　2. 방법

　　　1) 실험적인 단계이므로 다양한 방법 모색을 할 수 있다.

　　　2) 주제는 제한이 없으며, 앞 사람의 글에 대해 화답하거나 이어쓰며, 한 주제에 대해 1개월을 초과하지 않는 것을 원칙으로 한다.

　　　3) 주제는 〈화답시〉가 자생력을 가질 때까지는 운영진이 정한다. 참신한 주제 선정을 위해 〈3. 운영진에게〉로 참여자의 의견을 받는다.

　　　4) 〈화답시〉에는 회원이면 누구나 참여할 수 있다. 단, 시조의 형식에 맞게 글을 쓸 수 있어야 한다.

　　　5) 상기 목적에 위배되거나 부적절한 게시는 운영진에서 삭제한다.

　3. 화답시

　　　1) 〈화답시〉는 주고 받는, 이어쓰는 쌍방향성과 수평적 관계를 지향한다.

이제는 각질을 벗어야 한다. 문학성을 떠나 많은 사람들이 향유할 수 있는 공동장이 되어야 한다. 세계에 흩어져 살고 있는 한민족도 한민족이라면 누구나 화답시조 정도는 지을 수 있어야 할 것이다. 인터넷에 시조 상품을 띄워야 하는 당위성이 여기에 있다.

## 5. 마무리

현실 공간에서 시만큼 대접받지 못하는 시조가 사이버 공간에서는 대접을 받을 수 있을까? 과거의 시조는 현실 공간에서 쌍방향 소통 구조를 갖고 있었다. 「하여가」, 「단심가」를 비롯하여 황진이와 벽계수, 임백호와 한우, 정철과 진옥 등 많은 풍류객들이 상대방에게 자신의 애틋한 마음을 시조창으로 전달했던 것이다. 사이버 공간은 쌍방향 소통의 최적 공간이다. 시조창이 쌍방향 소통 문학이라면 현대시조도 사이버 공간에서 충분히 자생할 수 있고 발전해나갈 수가 있다.

본 연구의 목적은 사이버 문학에 있어서의 현대시조의 가능성을 일단 점검해보는 데에 있다. 검증은 필요하겠지만 필자의 견해로는 타장르보다 시조가 최적의 공간이라고 생각된다. 화답시조와 같은 새로운 시도는 시조의 가능성에 대한 인식을 새롭게 하는 계기가 될 수 있

---

2) 〈화답시〉는 시조 부흥 운동이며, 우리의 정형을 찾는 여정이다.

3) 〈화답시〉는 시조와 통신문학을 접목하여 미래문학의 한 장르를 지향한다.

을 것이다. 이제는 시조도 각질을 벗어야 한다. 활자 공간에만 머물지 말고 가상 공간으로 나와야 한다. 국민시로서 누구나 쉽게 접근할 수 있는 장르로 발전해야 한다. 시조가 어려운 것이라고 인식하는 한은 시조의 발전은 요원할 것이다. 한민족이라는 정체성을 위해서도 사이버 공간으로의 이동은 불가결한 선택이다. 세계 여러 나라에 살고 있는 한민족들에게 민족의 정체성을 알리는 일이야말로 문학의 세계화의 지름길이 아닐까 생각된다.

(새국어교육학회, 『한국국어교육』 Vol.56, 1998.8)

제2부

# 시조의 폭넓은 사유

# 3장 형식과 폭넓은 사유

시조는 3장 6구 12음보 형식이다. 이것이 단시조이며 평시조이다. 장시조는 3장만 공유했을 뿐 6구 12음보가 벗어나 있다. 그래도 선조들은 3장만이라도 갖춘 장시조를 사설시조로 인정했다. 현대의 연시조는 어떤 평시조나 지름시조, 사설시조로도 부를 수 없다. 그래도 연이은 단시조로 보아 연시조를 시조로 인정했다. 노래로 부를 수 없는 시조, 문학으로서의 시조가 탄생한 것이다. 이로서 시조는 명실 공히 현대문학의 한 분야로 독립할 수 있었다.

그런데 문학이며 음악인 시조의 아이덴티티가 현대문학에서는 하나의 굴레가 되어버렸다. '왜 시조인가'라는 화두가 나올 수밖에 없는 이유를 현대시조 스스로가 제공했다. 거기에서 벗어나면 자유시에 가까워 시조문학은 계륵 같은 존재가 되었다. 이것이 시조의 현주소이다.

시와 시조는 형식에서는 3장 6구 12음보에서, 이미지에서는 사유의 폭에서 차별화될 수 있다. 시조는 시에 비해 사유의 폭이 넓고 12음보로 명품 한옥 한 채를 지어야 한다. 그것이 시와 다르다. '왜 시조인가'

의 물음은 여기에서 찾을 수 있을 것이다.

시조는 역사이다. 고시조가 그렇다. 12개의 낱말로 역사를 말해주어야 한다. 시조는 그렇게 많은 사유를 할 수 있어야 한다. '3장 형식과 폭넓은 사유', 이것이 '왜 시조인가'에 대한 필자의 단견이다.

# 시조 비평상에 대하여

2007년『시조예술』가을호 권두언에서 '시조 비평'에 대해 필자는 다음과 같이 말했다.

> 시조문학의 바퀴는 하나가 아니다. 창작과 비평이라는 두 바퀴가 있어야 제대로 굴러간다. 지금의 시조는 짐 가득 싣고 외바퀴 하나로 기우뚱거리며 가고 있는 형국이다. 현대시조 창작을 뒷받침해줄 수 있는 현대시조 이론과 비평들은 어디를 보아도 구경하기 힘들다. …(중략)…
>
> 상에 대해서는 또 어떤가. 시조 창작상은 지천인데 시조 평론상은 눈을 씻고 보아도 없다. 이를 어떻게 설명해야 할 것인가. 창작을 비평할 수 있는 담론들이 있어야 창작이 창작으로서 존재할 수 있다. 시와 소설은 많은 이론과 비평들이 축적되어 있지만 시조의 이론서는 가물에 콩 나듯 있고 그마나 제대로 된 이론서 하나 없다. 시조를 제대로 공부하고 싶어도 할 수가 없는 것이 현실정이다. …(중략)…
>
> 이젠 시조에 대한 좋은 이론이나 비평에 눈을 돌려야 한다. 시조문학 단체나 시조문학 잡지사들은 안목 있고 권위 있는 평론상

에 인색해서는 안 된다. 시조문학 창작은 그냥 나오는 것이 아니라 창작을 제대로 비평할 수 있는 안목이 있을 때 나오는 법이다. 인프라 구축이 있어야 시조 창작은 더욱 빛이 나는 법이다. 이젠 실험할 때가 아니라 실천할 때가 된 것이다.

2007년 이전에도 필자는 시조 비평상에 대해 누누이 말해왔다. 어느 누구 하나 귀를 기울이는 사람이 없었다. 창작이 없는 이론이 없고 이론이 없는 창작은 없다. 이론에 치중하다 보면 창작에 방해된다고 생각하는 사람이 있다. 서로 양립할 수 없다는 것이다. 이것은 근거 없는 말이지 그럴 리도 그럴 수도 없다. 하나가 해결되면 다른 하나도 자연히 해결된다. 그림이 되면 글씨가 되고 글씨가 되면 글이 되는 것과 같은 이치이다. 배움과 가르침은 한계가 있다. 이후는 스스로 터득해야 한다. 스스로 터득하는 것, 이를 묘리라 한다.

시조 창작도 창작이요 시조 비평도 창작이다. 시조시인들은 같은 창작인데도 시조 창작만이 창작인 줄 착각하고 있다. 잘못하면 선입견이 적이 될 수 있다. 공학은 인문학의 도움을 받아야 하고 인문학은 공학의 도움을 받아야 한다. 어느 학문도 따로일 수가 없으며 혼자일 수가 없다. 타 학문과의 융합과 통섭은 학문을 서로 상생 발전시키는 요인이 될 수 있다.

필자가 과문한 탓인지 모른다. 시조를 시로만 생각하는 시인들이 있다. 시조의 형식까지 훼손시키면서 자유시처럼 쓰고자 하는 시인들도 있다. 이렇게 해야 신선하고 진보적인 것처럼 생각하는 시인들도 있다. 아쉬움을 넘어 안타깝기까지 하다.

시조 형식은 하루아침에 이루어진 것이 아니다. 시조는 역사이다. 수백 년을 거쳐 오면서 정제된 우리만의 호흡이며 우리만의 자존심이다. 자존심을 버리면서까지 시조 형식을 훼손하는 데에는 필자는 그만 할 말을 잃고 만다.

시조의 3장 6구 12음보는 하나의 소우주이다. 어느 무엇도 이 소우주에 담지 못할 것은 없다. 담지 못하는 노력과 재주가 없음을 탓해야 한다. 형식 파괴가 실험이라 생각하지 말라. 그렇다면 차라리 내용을 아름답게 파괴하라. 시조 앞에서 죄를 짓지는 말아야 할 것이 아닌가.

시조의 3장은 마지노선이다. 장이 더 있어도 덜 있어도 안 된다. 그렇지 않다면 시조의 생명은 끝이다. 3장 중 1장 정도 벗어나는 것은 적어도 우리 민족이 융통성 있게 이를 용허해왔다. 이것이 장시조이다. 이것까지 파괴한다면 자유시를 써야지 굳이 시조를 쓸 필요가 없다.

낱말, 수사, 감각을 동원하면 12개의 돌로 얼마든지 아름다운 정자 한 채를 지을 수 있다. 바람에도 흔들리지 않고 나그네가 앉아 쉬어 갈 수 있는 여유과 공간이 있는 산수의 정자 한 채를 지을 수 있다. 시조는 휴식이며 여유이며 자연이다. 그것이 싫으면 자유시를 쓰면 된다. 시조를 시같이 쓰면서 민족의 자존심을 훼손시키는 것은 시조시인의 태도라 보기 어렵다.

필자는 2007년『시조예술』가을호 권두언에 이런 말을 했다.

시조학자들은 고시조뿐만이 아니라 현대시조에도 눈을 돌려야 한다. 고시조 따로 현대시조 따로의 연구가 고시조와 현대시조의 단절을 가져오게 만들었다면 그것은 지나친 말일까. 지금까지 고시조는 고전문학 하는 학자들이 연구해왔고 현대시조는 현대문학 하는 학자들이 연구해왔다면 지나친 말일까. 오히려 현대문학 하는 학자보다 고전문학 하는 학자들이 현대시조를 연구하는 것이 당연하지 않을까. 향가나 가요 가사처럼 태어났다 사라졌다면 몰라도 여말 이후 엄연히 지금까지 이어져 내려오고 있는 것이 시조이다. 이것이 시조를 통시적으로 연구해야 하는 소이이기도 하다.

현대시조를 비평할 수 있는 안목 있는 전문적인 비평가는 현대문학을 연구하는 학자들의 몫이기도 하지만 오히려 고시조를 연구하는 학자들의 몫이 아닐까 생각해보는 것이다.

요즈음의 시조 비평은 현대시를 연구하는 학자들의 몫이 되어버렸다. 그들의 시조 비평은 전부가 시비평이다. 여기에 모순이 있다. 시조를 시조로 보지 않고 시로 보는 한 그 시조는 시로서 존재할 수밖에 없다. 시조는 시조이다. 시조를 시로 비평하는 것은 시조를 시로만 보는 것에 다름 아니다. 시조의 특징이 간과될 수밖에 없는 이유이다. 시조만의 고유한 특성, 이를테면 음악성 같은 것들을 잡아낼 수 없다. 시조는 시와는 또 다른 특징들이 있어 이러한 몫은 시조 비평가들이 처리해주어야 한다. 시를 비평하는 이들은 이에 대해 침묵할 수밖에 없다. 둘을 잡아내야 하는데 하나밖에 잡아내지 못한다.

이제야 일부에서 시조 비평상이 제정되려는 움직임을 보이고 있다. 만시지탄이기는 하지만 시조를 제대로 인식하고 있다는 증거이다.

상이라는 것은 반드시 진정 받을 만한 사람에게 남들이 주는 상이어야 한다. 그 어떤 사적인 개입도 있어서는 진정한 상이 될 수 없다. 차라리 그런 상이라면 아니 받는 것이 낫다. 맑고 깨끗한 시조 창작, 맑고 깨끗한 시조 비평, 맑고 깨끗한 시조 비평상을 우리 시조단에서만이라도 실천했으면 좋겠다.

고시조는 정사, 야사, 사기, 유사 말고 또 하나의 역사를 말해준다. 아니 그 진실을 낱낱이 고발해준다. 우리 민족의 자존심을 지키는 길이 무엇인지 한 번 생각해볼 일이다.

(『시조예술』, 2011.12)

# 시조 부흥론의 득과 실을 생각하며

　시조 부흥론은 1920년대 프로문학에 대항해 민족주의 문학의 실천 방법으로 국민문학파가 제시한 현대시조 창작운동이다. 초기에는 최남선·이광수·정인보 등에 의하여 주도되었으나 고시조의 차원을 크게 넘어서지 못하고 있었다.

　　　가만히 오는비가
　　　낙수져서 소리하니,

　　　오마지 안흔이가
　　　일도업시 기다려저,

　　　열릴듯 다친문으로
　　　눈이자조 가더라.
　　　　　　　　　　　　　　　— 최남선, 「혼자안저서」 전문

　이때 현대시조의 모형을 제시하며 시조의 혁신을 부르짖고 나선 이가 가람 이병기이다. 가람 시조는 고시조에서 볼 수 없었던 그야말로 세련된 감각과 현대적인 감수성으로 진정한 현대시조의 출발점이 되었다.

그는 시조를 과거의 각수의 독립된 연작에서 벗어나 제목의 기능을 살리고, 현대시 작법을 도입하여 여러 수가 서로 의존하면서 전개, 통일되도록 짓자고 주장했다. 이는 창작으로 실천되어 지금의 새로운 현대의 연시조 형태를 완성했다.

이후 80여 년의 세월이 흘렀다. 당시 시조 부흥 운동이 없었더라면 700여 년을 이어온 시조의 명맥이 과연 오늘날까지 유지될 수 있었을까. 향가도 사라졌고 고려가요, 가사도 사라졌다. 한시는 물론 신체시, 언문풍월도 사라졌다. 어언 천여 년을 이어온 우리만의 정서이고 우리만의 숨결인 시조는 과연 사라졌을까. 아닐 것이다. 시조에는 우리만의 노래 '창'이라는 비장의 무기가 있기 때문이다. 시조는 이러한 음악이었고 이러한 문학이었다.

시조는 고려 중기 때부터 조선의 만대엽·중대엽·삭대엽을 거쳐 현대의 가곡·시조창으로 이어져 작금에 이르렀다. 시조는 우리 민족의 숨결이고 혼이고 우리 민족의 생사고락이다. 우리의 가락이 어찌 쉽게 없어질 수 있을 것인가.

1920~1930년대 시조 부흥, 시조 혁신 운동을 거쳐 오늘에 이르는 동안 시조 창작은 그야말로 아주 세련되게 현대화되었다.

풀잎 끝

파란 하늘이
갑자기 파르르 떨었다

웬일인가
구름 한 점이
주위를 살피는데

풀잎 끝
개미 한 마리
슬그머니
내려온다

— 박종대, 「풀잎 끝 파란 하늘이」 전문

시조를 이렇게 격조 높은 시로 올려놓았다. 이는 시조 부흥, 시조 혁신 운동의 덕분이었을 것이다.

필자는 시조를 연구하면서 확연치는 않으나 어느 때부터인가 길 하나가 보이지 않기 시작했다. 지난날엔 그 길이 선명하게 나 있었다. 1920~1930년대이었던가 싶다. 그 길은 조금씩 희미해져가더니 결국은 어디쯤에서 툭 끊기고 말았다. 그것이 필자에겐 풀 길 없는 화두가 되었다. 시조창과 시조문학이 같이 걸어왔던 길에 그 하나인 시조문학이 작은 길을 내어 멀리 그리고 빨리 가버렸다. 시조의 정체성이 저만치서 짙은 안개에 그만 휩싸이고 말았다.

잘못된 판단일 수도 있으나 필자는 그 경락이 1920~1930년대 가람 이병기 선생님의 연작 시조로의 현대적인 시조 혁신이 아닌가 조심스럽게 진단하고 있다. 시조는 3장 6구 12음보인 단시조 형태가 원형이고 거기에 창을 얹혀 부름으로써 시조는 비로소 생명을 얻게 된다. 그것이 시조의 정체성인데 이를 연시조로 풀어씀으로써 현대시조는 시조의 정체성에서 멀어져 창으로 시연할 수 없게 되었다. 시조는 현대시의 고아인 정형시가 되고 말았다.

천여 년을 이어온 시조가 시조의 현대화와 함께 음악 따로 문학 따로 떨어져 서로 다른 장르가 되었다는 것은 필자의 연구에 한쪽 팔을 잃어버린 것과 같았다. 깊은 상처 자국이 아픈 채로 아물지 않았다고나 할까. 판소리가 지금처럼 종합예술로 유지될 수 있었던 것은 문학과 음악이 같이 하기 때문일 것이다. 시조에 있어서랴?

그래서 필자는 『시조예술』을 창간하게 되었다.

『시조예술』은 당혜 한 짝을 찾기 위해 계속될 것이다. 그것이 진정한 시조라고 생각되기 때문이다. 강물이 샛강에서 다시 갈라져 나왔지만 그 강물은 같은 강물이기에 언제쯤 어디쯤에서 합쳐질 것이다. 그것은 아무도 모른다. 그 가능성을 『시조예술』은 언제나 열어놓고 있다. 시조의 전문화·대중화·세계화가 될 때까지 가지 않으면 안 되는 세계가 있다. 『시조예술』은 외롭지만 외롭지 않을 때까지 열심히 살아갈 것이다.

# 한글 서예로 시조 한 수를

사람들은 구양순체를 쓰느냐, 안진경체를 쓰느냐 예기비를 쓰느냐 등을 묻는다. 많은 이들은 한문을 애기하지 궁체를 쓰느냐, 봉서를 쓰느냐, 고체를 쓰느냐 등의 한글체는 묻지도 않는다. 물론 조선조 지식인들이 한글 대신 한문으로 표현하는 것이 진서라 여겨왔으니 현대인들도 그렇게 인식되어 그럴 만도 할 것이다.

지금까지 한글을 궁체로 쓴다는 것은 아녀자들이나 쓰는 것으로 여겨져 폄하되어온 것이 사실이다. 사회 통념상 한글 서예로 일가를 이루기 어려운 부분이 있었던 것도 사실이다. 서법들이 한문에서 나왔으니 그럴 만도 할 것이다. 그러나 한글 서예는 엄연히 우리만이 갖고 있는, 어느 나라에도 없는 독특하고도 고유한 서예의 한 양식이다. 일반인들도 서예라고 하면 한문을 생각하지 한글을 생각하지 않는다. 한글 서예가 진정한 서예라고 생각하지 않는 일반인들까지도 있다. 우리의 예술을 계발시키기는 커녕 우리의 혼인 한글 서예를 예술로 인식하는 것조차도 인색한 것은 매우 안타까운 일이다.

서예란 무엇인가. 글씨의 내용을 이해하고 글씨 조형을 감상하는 것이 아닌가. 내용을 모른 채 글씨 조형만으로 서예를 제대로 감상할 수 있는가. 일반인들은 한문을 잘 모른다. 아무리 좋은 글씨도 한문을 모르기 때문에 조형미만 대충 감상하고 지나쳐버린다. 작가가 설명해주어야 '아, 음, 그렇구나' 그때야 비로소 음미할 수 있게 된다. 한글로 쓴 것이면 작가의 도움 없이도 감상이 가능해진다. 한글은 누구나 조형과 함께 내용을 감상할 수 있기 때문이다.

이제는 한글이다. 한글이라 해서 한문처럼 서예의 조형미가 없는 것은 아니다. 한글 서예는 우아하고 단아한 것이 특징이다. 천지인과 사람의 입모양을 조합해 만든 한글 서체를 개성적인 체로 얼마든지 창조해낼 수 있다. 한글 서체가 얼마나 아름답고 우아한지 한글 서예인들은 잘 알고 있다.

내용을 음미하면서 누구나 쓸 수 있는 한글 서예 궁체. 단아한 한글 궁체로 선비 정신이 깃들어 있는 고시조 한 편 써보는 것은 어떨까. 정신도 배우고 마음도 정화시키고 창도 하고, 낭송도 곁들이면서……. 잘 써야 한다는 법은 없다. 스승을 두고 쓰는 것이야말로 더없이 행복한 일이겠지만, 말로 하는 시조 낭송도 좋겠지만, 붓글씨로 쓴다면 시조는 더없이 격이 있는 작품이 될 것이다.

한글이 창제된 지 600여 년이 가까워온다. 그동안 한글이 한문 뒷전에 있었고 시조도 한시 뒷전에 있었다. 지금의 시조도 시의 뒷전에서 서성거리고 있다.

시조는 우리 민족의 뿌리이다. 시조는 문학뿐만이 아니다. 시조는 음악이자 소리예술이다. 시조 또한 서예이며 시각예술이다. 시조를 문학으로서만 만족해서는 안 되는 이유가 여기에 있다. 창작되는 시조를 창에게도 돌려주어야 하고, 소리예술, 낭송에게도 돌려주어야 한다. 시각예술, 붓글씨에게도 돌려주어야 한다. 시조의 격을 높이기 위해서는 문학뿐만이 아닌 다양한 시도가 필요하다. 아니다. 다양한 시도라기보다는 그렇게 하는 것이 시조 본연의 기본 자세이다.

한글 서예 작품을 소개한다. 마땅한 자료가 없어 필자의 것으로 대신한다. 이 작품은 고체, 훈민정음체를 나름대로 창작해본 필자의 시조 한글 서예이다.

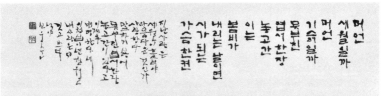

시조를 창작에게만 돌려준다는 것은 억울하다. 시조가 문학작품으로써만 만족한다면 시조의 정체성은 무엇이야 하는가. 시조는 노래를 불러야 하니 창이고, 시조는 낭송해야 하니 소리예술이고, 시조는 붓글씨로 표현해야 하니 시각예술이 아닌가.

시조가 창작만이라면 시조는 한낱 정형시에 불과할 것이다. 시조의 격을 높이기 위해서는 시조시인, 시조창 명인, 시낭송가, 한글 서예인의 도움이 필요하다.

한글 시조를 써보는 것은 어떨까. 시조에는 선비 정신이 고스란히 녹아 있다. 이를 붓으로 쓴다면 격은 한층 높아질 것이 아닌가. 흔한 고시조 한 수가 이쯤에서 얼마나 소중한 것인지 더 이상의 사족을 달아 무엇하리.

성삼문의「충의가」를 소개한다.

> 이 몸이 죽어가서 무엇이 될꼬 하니
> 봉래산 제일봉에 낙락장송 되었다가
> 백설이 만건곤할 제 독야청청하리라.

이 시조 하나만으로써 창을 할 수 있고, 시 낭송도 할 수 있고, 붓글씨로도 쓸 수 있으니 어느 장르에 비길 수 있으랴. 도덕이 실종되어가는 이 시대에 선비 정신까지 본받을 수 있으니 이보다 더 좋은 행복이 또 어디 있겠는가.

# 뿌리의 고독

초등학교 시절 '이고 진 저 늙은이 짐 벗어 나를 주오', '오백 년 도읍지를 필마로 돌아드니', '이 몸이 죽고 죽어 일백 번 고쳐 죽어'와 같은 시조를 외웠다. 선생님이 외우라고 해서 그저 외웠다. 그것이 우리의 인생이었다.

커서는 『죄와 벌』, 『노인과 바다』, 『부활』, 『여자의 일생』을 읽으며 내일을 꿈꾸어왔다. 선생님이 읽으라고 해서 그저 읽었고 꿈을 향해 쉼없이 노력했다. 그것이 우리의 인생이었다.

나도 모르는 사이 시조에서 충과 효를 배웠고 명작에서 박애주의, 인도주의 사상을 배웠다. 그것이 우리의 정체성이었다. 작금에 와 그런 정체성은 어디로 갔는가. 찾을 수 없는 곳에 있는가. 아니면 못 찾고 있는가.

1970~1980년대만 해도 문사철은 그런대로 먹고 살 수 있었다. 이제 문사철의 시대는 갔다. 돈벌이가 되지 않는 천덕꾸러기 신세가 되었다. 필자가 전공하는 시조는 늙은이들이나 차지하는 뒷방 신세가 되어

버렸다.

누가 위대한 문학은 죽었다고 선언했는가. 스토 부인의『엉클 톰스 캐빈』이 남북전쟁의 도화선이 되었고, 입센의『인형의 집』이 여성해방의 불씨가 되었던 그 위대한 문학을 누가 죽었다고 말하였는가. 조세희의『난장이가 쏘아올린 작은 공』이 왜 지금도 스테디셀러인가. 난세 때마다 우리의 영혼을 울렸고 눈물을 흘리게 했던 문학은 아직은 죽지 않았다. 다만 고독할 뿐이다.

올해는 유난히도 더웠다. 가을이 올 것 같지 않았다. 사람들 때문에 지구가 화가 난 것 같았다. 그런데 가을은 갑자기 찾아왔다. 계절 앞에서 더위도 어쩔 수 없나 그만 고개를 푹 떨구고 말았다. 높고 푸른 저 하늘은 우리의 가슴을 뛰게 하고 저 출렁이는 산과 들은 우리의 마음을 설레게 하고 있다. 조금 있으면 온 산천에 금세 붉은 물이 들고 우수수 낙엽은 사방천지로 흩날릴 것이다.

화가들은 단풍이 든 산과 들을 화폭에 담을 것이요 시인들은 떨어지는 낙엽들을 원고지에 담을 것이다. 저녁 햇살과 새벽 달빛으로 한 국화, 시 한 편을 빚어낼 것이다. 넘치는 산과 들은 온통 시이요, 소설이요, 동화의 나라이다. 사람들은 하나하나 산천에 붉은 줄을 그어가며 벅찬 시심을 읽어갈 것이다. 고독한 사람들은 이 가을에 더없는 위안을 얻을 것이요 그리운 사람들은 이 가을에 애틋한 누군가를 생각할 것이다.

가을은 이렇게 우리의 영혼을 살찌게 한다. 육신을 살찌게 하는 것은 밥이지만 영혼을 살찌게 하는 것은 문학임을 누가 모르랴. 문학은 죽지 않았다. 문학은 영원히 죽지 않을 것이다. 가을은 또한 홀연 찾아오지 않는가.

한여름 지고 온 짐을 내려놓고 이 가을 하늘에 시조 한 수 바쳐보면 어떨까. 지쳤던 우리의 영혼을 잠시 씻어줄 수 있으리라.

> 퍼담아도 넘쳐나는 벌레 우는 물빛 가을
> 차운 돌계단을 서성이던 잎새는
> 골똘히 웅크려 앉아 가을 편지를 쓰고 있다
>                — 박영식, 「가을 편지」 전문

필자가 시조 한 수를 낭송해본 것은 나름대로의 이유가 있어서이다. 별다른 이유 없이 시조를 폄하하는 사람들이 있기 때문이다. 시조가 무엇인가를 알면 사람들은 그 위대한 시조 앞에 고개를 떨굴 것이다. 시조는 민족이며 역사이다. 시조 한 수 한 수에는 조상들의 피와 눈물 그리고 한이 배어 있다. 지금까지 버텨오면서 티없는 모습으로 천 년을 이어져온 것도 그 때문일 것이다.

시조만큼 유구한 역사를 갖고 있는 것이 세계 도처에 어디 있으며 시조만큼 민족적인 것이 세계 도처에 또 어디 있는가. 문학과 음악의 절묘한 결합으로 이루어진 우리만의 천여 년의 역사, 시조는 충과 효의 대명사요 우리를 이끌어온 우리 민족의 선비 정신이다. 뿌리는 고독한 것인가. 죽도록 사랑해도 모자란 우리 시조를 폄하하는 것은 참으로 슬픈 일이다.

산다는 것은 무엇인가. 나는 어디서 와서 어디로 가고 있는 것인가.

그 어디가 어디인지 알 수가 없다. 존재하지만 보이지 않고 존재하지만 볼 수가 없다. 그곳은 어디인가.

가던 짐 내려 놓고 시조 한 수 '청산은 어찌하여…' 부르는 여유는 현대 생활에서 반드시 필요한 덕목이 아닐까. 느리다고 나무라지 말라. 느리다고 폄하지 말라. 느림에는 여유와 끈기가 있고 사람들 주위를 돌아볼 수 있는 촉촉한 연민이 있다.

내게 아름다운 사랑을 가르쳐준 어머니에 대한 시조 한 수로 필자도 짐을 내려놓아야겠다. 갚을 수 없는 어머니의 사랑, 기도 같은 가을빛 시조「어머니」한 수가 내게 불빛 같은 위안이 되었으면 좋겠다. 남들도 그랬으면 참 좋겠다.

> 우수수 바람 불면 잎새들이 지는데
>
> 마지막
> 어름 하나
> 툭
> 지는
>
> 천 년 후 가슴에나 닿을
> 거기가 그리움입니다.
>
> — 신웅순, 「어머니 36」

# 시조인가 시인가
### - 국정 국어 교과서의 예에서

1954년도 6-2 초등학교 국어 교과서는 13챕터로 나누어져 있다. '1. 한글, 2. 시조, 3. 시의 세계, 4. 슈우벨트 자장가, 5. 효녀 지은, 6. 고무신, 7. 크리스마스 송가, 8. 달가스, 9. 고적을 찾아서, 10. 간도, 11. 삼일 운동, 12. 우리 겨레, 13. 졸업을 앞두고'로 되어 있다. 이때만 해도 시조, 시 순서로 되어 있고 시조는 시와 함께 동등한 위치를 차지하고 있었다.

2007년도 중학교 1-2 국어 교과서는 6챕터로 나누어져 있다. '1. 능동적으로 읽기, 2. 문학의 아름다움, 3. 판단하며 읽기, 4. 시의 세계, 5. 글의 짜임, 6. 문학과 독자'로 되어 있다. 이 '시의 세계'에 시조가 1편, 시가 3편이 실려 있다. 시조, 시의 동등한 위치는 고사하고 시조가 시 속에 편입되어 있으며 양도 적다.

이것이 시조의 현주소이다. 이는 무엇을 말해주고 있는가.

2007년도 중학교 1-2 국어 교과서(2001) 126쪽 「단원의 길잡이」에 이런 글이 실려 있다.

①
다음 시를 읽어 보며 **시**의 언어가 어떤 특징을 지니는지 생각해 보자.

어버이 살아실 제 섬기기란 다하여라.
지나간 후면 애달프다 어이하리.
평생에 고쳐 못 할 일은 이뿐인가 하노라.

위의 시를 읽어 보면 산문을 읽을 때와는 다르게 노래와 가락이 있음을 느낄 수 있다. 시에 쓰인 말의 가락을 운율이라 하는데, 시의 운율은 어떤 소리나 단어, 구절, 문장이 되풀이되거나, 글자 수가 일정하게 짜여져서 만들어진다. 위의 시를 소리내어 읽어 보면 산문을 읽을 때와 다른 느낌을 받는데, "어버이/살아실 제/섬기기란/다하여라"와 같이 일정하게 끊어 읽는 데서 묘미를 느낄 수 있다.

하자가 없는 것으로 보인다. 자세히 살펴보면 시와 시조를 구분하고 있지 않다는 점을 발견할 수 있다. 시조를 시라고 말하고 있다. 물론 시조도 정형시이기 때문에 시이기는 하다. 시의 특징인 운율을 설명하기 위해서, 운율을 설명하기에 가장 알맞은 고시조를 끌어들인 것이다. 고시조가 시로 둔갑되어 있다. 이로 인해 고시조는 시가 되었다.

무엇을 시사하는가. 대부분 사람들은 시조를 시의 일부분이라고 생각하고 있다. 글쓴이도 별다른 생각 없이 그렇게 썼을 것이다. 이는 심각한 문제이다. 학생들은 이 고시조를 시조라 하지 않고 시라고 생각할 것이 아닌가. 이를 어떻게 설명할 수 있을 것인가. 이제부터는 고시조를 시라고 해야 논리에 맞다.

시조는 우리 역사이며 정신이다. 우리 선조들이 우리 정신으로 쓴 우리의 시조이다. 이를 시라고 학생들에게 가르친다는 것은 우리에게는 현대시밖에 없다는 것을 가르치는 것과 같다. 우리 역사이고 우리 정신인 시조를 현대시로 가르치고 있다는 것은 우리의 정체성을 훼손하는 것에 다름 아닐 것이다. 이는 문제가 있다.

또 130쪽 학습란에는 내용 학습을 다음과 같이 예시하고 있다.

②
학습내용 ▶ '봉선화'를 감상하고, 다음과 같이 공부해보자.

1. 다음 그림을 보고, 각 연의 내용을 정리하여 보자.
2. 이 시에 나타난 주된 정서가 무엇인지 생각해보고, 이를 뒷받침하는 소재를 찾아 적어 보자.

그리고 적용 학습에는 다음과 같이 쓰여 있다.

③
적용학습 ▶ 다음 시조를 읽고, '봉선화'의 운율과 비교하여 보자.

동기로 세 몸 되어 한 몸같이 지내다가
두 아운 어디가서 돌아올 줄 모르는고
날마다 석양 문외에 한숨겨워하노라.

②에서 김상옥의 「봉선화」는 현대시조인데도 또 시라고 말하고 있고, ①에서 고시조는 시라고 말하고 있으면서 ③에서의 고시조는 시조라고 말하고 있다. 같은 고시조가 하나는 시로 하나는 시조라는 두 가지 장르로 말하고 있다. 일관성에서도 벗어나 있다. 그러면 고시조는 시조나 시라고도 하고, 현대시조는 시라고 해야 하는 것인가. 그렇게 학생들에게 가르치고 있다. 시조의 정체성을 제기하지 않을 수 없다.

시조는 물론 시이다. 그러나 시조는 시이지만 우리의 시이며 우리의 음악이기도 하다. 그렇기 때문에 시절가조인 '시조'는 철마다 부르는 노래, 지금으로 말하면 당시의 유행가에 해당된다. 이것이 시조의 정체성이다. 시조가 시조 혁신 이후 문학으로 변하기는 했어도 결코 음악에서 벗어난 것은 아니다. 그래서 시조의 형식을 3장 6구 12음보라 하지 않는가. 지금도 초장·중장·종장이라는 음악 용어를 그대로 쓰고 있는 것도 이와 무관하지 않다.

『양금신보』(양덕수, 1610)의 현금향부조(玄琴鄕部條)에 만·중·삭대엽이 고려가요인 진작(「정과정곡」)에서 나왔다고 기록되어 있다.(時用大葉慢中數皆出於瓜亭三機曲中)

진작은 고려가요 「정과정곡」(1151)을 말한다. 이 곡은 고려 의종 때 동래로 유배된 정서가 지은 가요이다.

만·중·삭대엽은 가곡의 전신이다. 이 가곡의 조종격이 「정과정곡」이다. 가곡은 시조를 노랫말로 해서 불리는 우리나라 3대 성악 중의 하나이다. 시조창이 생기게 된 것은 불과 200여 년밖에 안 된다. 이전에는 시조창 대신 가곡으로 불렸다. 가곡은 바로 또 다른 시조의 명칭이다. 그래서 시조집이 『가곡원류』, 『병와가곡집』 등으로 불리고 있는 것이다.

시조 즉 가곡의 조종 격이 「정과정곡」이라 기록되어 있으니 시조인 가곡과 같은 노래가 천여 년 전부터 불렸다는 이야기가 된다. 이렇게 음악상으로 보아도 시조는 유례 없는 긴 역사를 갖고 있다. 향가, 고려가요, 가사 같은 장르들은 사라졌지만 유독 시조만은 지금도 남아 지속적으로 노래하거나 창작되고 있다. 게다가 음악과 함께 존재하고 있으니 이런 장르는 세계 도처 어디에도 찾아 볼 수 없는 우리만의 고유하고 독특한 양식이다.

이렇게 시조는 역사와 함께 숨 쉬어왔고 민족과 함께 생사고락을 같이해왔다. 시조는 역사이며 정신인 동시에 교훈이며 자연이다. 시조는 이렇게 위대하다. 이러한 시조가 지금은 현대 장르의 변방에 있다.

시조를 시라고 하지 말라. 시조는 문학과 음악이 함께 숨쉬는 곳이다. 시조를 문학이라고만 생각하는 사람이 있다면 시를 써라. 굳이 운율을 맞추는 거추장스러운 시조를 쓸 필요가 있는가.

1954년도 6-2 초등학교 국어 교과서에는 시조와 시가 분리되어 기술되어 있고 순서도 시조, 시의 순서로 되어 있다. 이때까지만 해도 우리의 정신은 우리 것이 먼저였다. 그러던 것이 2007년도 중학교 1-2 국어 교과서에서는 시조가 시의 일부가 되고 말았다. 세상이 변했다고만 치부할 수 있는가. 변하지 말아야 할 것이 변했으니 문제를 삼는 것이 아닌가.

또한 고시조를 시조 혹은 시라고 하고 현대시조를 시라고 하면 정체성에 혼란이 야기될 수밖에 없다. 이는 반드시 시정되어야 한다.

글쓴이만의 문제가 아니다. 혹여 시조시인도 문학만을 가지고 시조를 논한다면 이로 인한 우는 언제든지 범할 수밖에 없다. 시조의 출발점이 잘못되었기 때문이다.

우연히 손에 잡힌 50년대 초등 국어 교과서와 2000년대 중등 교과서를 비교해보면서 많은 생각을 해보았다.

우리의 전통, 우리의 역사, 우리의 정신인 시조를 우리는 당연히 사랑해야 한다. 앞으로 계승 발전시켜나가야 할 시조 문화를 변방에 놓아두어서는 안 된다. 판소리가 몇 년 전에 유네스코 세계 문화유산에 등재되었고 가곡도 올해에 세계 문화유산에 등재되었다. 보존하고 발전시켜야 할 우리 유산들이 어디 판소리, 가곡뿐이겠는가.

## 1. 자료

『국어국문학사전』, 한국사전연구사, 2002.

박인로, 「莎堤曲跋」, 朴準轍註 原本, 蘆溪歌辭 朴仁老의 莎堤曲跋

『삼죽금보』

서유구, 『임원경제지』

小柳司氣太, 『新修漢和大字典』, 박문관, 1940.

『시조예술』 1-9호, 시조예술사

신광수, 『석북집』

『악학궤범』(원본영인 한국고전총서), 대제각, 1973.

『어은유보』

『월간문학』, 2012.4.

유만공, 『歲時風謠』, 1843.

이규경, 『구라철사금자보』

이학규, 『낙하생고』

이희승, 『국어대사전』, 민중서관, 1972.

임선묵 편, 『근대시조편람』, 경인문화사, 1995.

장사훈, 『국악대사전』, 세광음악출판사, 1984.

정경태, 『수정주해 선율선 시조보』, 명진문화, 2004.

정극인, 「上書文註」, 『成宗實錄』.

정병욱, 『시조문학사전』.

체제공, 『번암집』.

『한국사 연표』, 다홀미디어, 2003.

『한국음악학자료총서14』, 은하출판사, 1989.

『한국음악학자료총서15』, 은하출판사, 1989.

## 2. 저서 및 논문

강명혜, 「시조의변이양상」, 『시조학논총』 제24집, 2006.

고정옥, 『국어국문학요강』, 대학출판사, 1949.

──── , 「국문학의 형태」, 우리어문학회, 『국문학 개론』, 일성당서점, 1949.

구본혁, 『시조가악론』, 정민사, 1988.

김대행, 『시조유형론』, 이화여대출판부, 1989.

김사엽, 『이조시대의 가요연구』, 대양출판사, 1956.

김상훈, 「사이버 펑크의 과거, 현재, 미래」, 『외국문학』 제52호, 1997년 가을호.

김세중, 『정간보로 읽는 옛노래』, 예솔, 2005.

김영철, 『한국개화기시가의 장르연구』, 학문사, 1990.

김영철 외, 『한국시가의 재조명』, 형설출판사, 1984.

김제현, 『시조문학론』, 예전사, 1992.

김종식, 「시조개념과 작시법」, 대동문화사, 1951.

김준영, 『한국고시가연구』, 형설출판사, 1991.

로버트 쿠퍼, 「하이퍼 픽션:컴퓨터를 위한 소설들」, 『외국문학』, 1996년 여름호.

류근조, 「소비시대의 문학」, 한글터, 1995.

리태극, 「시조의 章句考」, 『시조문학연구』, 정음문화사, 1988.

──── , 『시조개론』, 반도출판사, 1992.

문덕수, 『시론』, 시문학사, 1993.

문현, 『음악으로 알아보는 시조』, 민속원, 2004.

박기섭, 『달의 문하』, 작가, 2010.

박석순, 『벌집』, 한국동시조사, 2011.

백승수, 「개화시조고」, 동남어문학회, 『동남어문논집』 제2호, 1992.

서원섭, 『시조문학연구』, 형설출판사, 1991.

성기옥 외, 『조선후기 지식인의 일상과 문화』, 이화여자대학교 출판부, 2007.

손진태, 「시조와 시조에 표현된 조선사람」, 『신민』, 1926.7.

신웅순, 「가곡의 시조시 주제연구」, 한국시조학회, 『시조학논총』 22집, 2005.

―――, 「근대가곡의 시조, 전통 가곡 수용 고」, 『시조학논총』 30집, 2009.

―――, 『문학 · 음악상에 있어서의 시조 연구』, 푸른사상사, 2006.

―――, 「시조분류고」, 한국문예비평학회, 『한국문예비평연구』 제15집, 2004.

―――, 『시조예술론』, 박문사, 2011.

―――, 「시조 음보와 시조창 · 가곡의 박자 상관고」, 한국문예비평학회, 『한국문예비평연구』 제26집, 2008.

―――, 「시조창 분류고」, 한국시조학회, 『시조학논총』 24집, 2006.

―――, 「왜 시조인가」, 『화중련』, 도서출판 경남, 2011.

―――, 「운율론」, 한국국어교육학회, 『새국어교육』 62호, 2001.

―――, 「육사시의 시조 一考」, 『명지어문 23호』, 1996.

―――, 「평시조 '청산은 어찌하여…' 배자 · 음보 분석」, 한국문예비평학회, 『한국문예비평연구』 제18집, 2005.

―――, 『한국시조 창작원리론』, 푸른사상사, 2009.

―――, 『현대시조시학』, 문경출판사, 2001.

안자산, 『시조시학』, 조광사, 1940.

양규태, 『석암 정경태 생애와 정가』, 신아출판사, 2006.

염상섭, 「의문이 웨잇습니까」(특집 「시조는 부흥할 것이냐?」), 『신민』, 1927.3.

원동연 외 , 『시조 삶의 언어, 치유의 노래』, 김영사, 2006.

원용문, 『시조문학원론』, 백산출판사, 1999.

유만근, 「시조의 운율」, 시조문학특강을 위한 공청회, 2016.11.7.

유상근, 「시조생활」, 시조생활사, 2006.

윤금초, 『무슨 말 꿍쳐두었니?』, 책만드는 집, 2011.

───, 『현대시조쓰기』, 새문사, 2003.

윤미정, 「미래의 소설, 하이퍼픽션」, 『문학사상』, 1997년 겨울호.

윤재근, 「왜 시조인가?」, 『화중련』제10호, 2010년 하반기.

이광수, 「시조의 意的 구성」, 『동아일보』, 1928.1.

이능우, 『입문을 위한 국어학개론』, 국어국문학회, 1954.3.

이병기, 『국문학개론』, 일지사, 1961.

───, 「시조는 혁신하자」, 『동아일보』, 1932.1.

───, 「시조에 관하여」, 『조선일보』, 1926.12.6.

───, 「시조와 민요」, 『동아일보』, 1927.4.30.

───, 『시조의 개설과 창작』, 현대출판사, 1957.

이솔희, 「현대시조의 내일에 대한 전망」, 『화중련』, 2014년 상반기.

이양교 편저, 『시조창보』, 현대문학사, 1994.

이완형, 「고시조와 현대시조, 그 이어짐과 벌어짐의 사이」, 한국시조학회, 『시조학
　　　　논총』제28집, 2008.

이용욱, 「사이버문학의 도전」, 『토마토』, 1996.

───, 「전자언어, 버츄얼 리얼리티, 그리고 사이버 문학」, 『버전업』, 1998년 봄
　　　　호.

이정환, 『늪골과 견갑골』, 고요아침, 2011.

이주환, 『시조창의 연구』, 시조연구회, 1963.

이지엽, 「현대시조 10년 담론」, 『한국현대문학사시론』, 고요아침, 2013.

임선묵 편, 『근대시조편람』, 경인문화사, 1995.

임종찬, 『현대시조론』, 국학자료원, 1992.

───, 「현대시조의 진로 모색과 세계화 문제 연구」, 한국시조학회, 『시조학논총』
　　　　제23집, 2005.

───, 『현대시조의 탐색』, 국학자료원, 2004.

장덕순, 『한국문학사』, 동화출판사, 1978.

장사훈, 「구라철사금자보의 해독과 현행 평시조와의 관계」, 『국악논고』, 1993.

───, 『국악총론』, 세광음악출판사, 1985.

───, 「시조와 시설시조의 형태고」, 『시조문학연구』, 정음문화사, 1988.

───, 『시조음악론』, 서울대학교 출판부, 2001.

───, 『한국음악사』, 정음사, 1976.

정완영, 『시조 창작법』, 중앙일보사, 1981.

정춘자, 「시조에 관한 연구」, 『한국전통문화연구』 제4호.

정태영, 『사이버스페이스 문화읽기』, 나남출판, 1997.

조규익, 『가곡창사의 국문학적 본질』, 집문당, 1994.

───, 「안자산의 시조론에 대하여」, 『시조학논총』 제30집, 2009.

조동일, 『한국문학통사 4』, 지식산업사, 2005.

───, 『한국민요의 전통과 시가 율격』, 지식산업사, 1996.

조운, 「병인년과 시조」, 『조선일보』, 1927.2.

조윤제, 『한국시가의 연구』, 을유문화사, 1948.

지헌영, 「단가 전형의 형성」, 『호서문학』 제4집, 1959.

진동혁, 「고시조문학론」, 형설출판사, 1997.

최남선, 『백팔번뇌』, 동광사, 1926.

───, 『시조유취』, 한성도서주식회사, 1928.

───, 「조선 국민 문학으로서의 시조」, 『조선문단』 16호, 1926.5.

최동원, 『고시조론』, 삼영사, 1980.

한춘섭, 「한국현대시조논총』, 을지출판사, 1990.

홍성란, 「우리시대 시조의 나아갈 길」, 『화중련』 제11호, 2011년 상반기.

─── 편, 『중앙시조대상 수상작품집』, 책만드는 집, 2004.

# 찾아보기

## 용어

### ㄱ

가사 25

각 69

각시조 41

강강 180

강약 181

강약률 149, 179

강약악 181

결음보 71

경제 평시조 36

계면조 가락 128

고산방석(高山放石) 93

고저율 149, 179

고조(古調) 16

고체 245

과음보 71

광역 소통 216

교술 기능 193

구별 배행 77

기본 장단 18

### ㄴ

나우누리 215

낙시조(樂時調) 15

남창 129

남창가곡 123, 129

남창지름시조 21, 37, 38

내재율 150, 179

내포제 34

농시조 37

뉴로맨서 214

### ㄷ

단가이장(端歌二章) 170

단시조 연작 107

단장시조 30, 55

단 · 장시조 연작 107

단 · 장 · 장시조 연작 107

단형시조 44

독야청청 194, 198

동기 184
동일화 114
동정추월(洞庭秋月) 94
두거 34, 37
등시성(等時性) 222
등장성(等長性) 222

## ㄹ

릴레이 소설 215

## ㅁ

마외역 17
만대엽 60
말씨 박자 182
말장징고(末章徵高) 31
멀티미디어성 214
묘입운중(杳入雲中) 93
무녀시조(巫女詩調) 31
민요 123

## ㅂ

바(bar) 183
박자 69
반각시조 40
반사설시조 21, 39, 40, 41
반시조 잡가반 38
반지름시조 37, 38

변격 53
변격시조 47
비직선성 214

## ㅅ

사구이련(四句二聯) 170
사뇌가(詞腦歌) 169
사설시조 21, 30, 34, 41
사설엮음지름시조 37
사설지름시조 21, 38
사이버 문학 211
사이버 문학 21 225
사이버 스페이스 216
삭대엽 21, 60
삼수대엽 37
삼수시조 37
삼장시립(三章時立) 31
삼장시조(三章時調) 30, 31
삼진작 61
상청(上淸) 31
상호 동시 소통 216
상호작용성 214
서도소리 38
세마치 37
소이시조(騷耳詩調) 20, 31
소절(小節) 169, 184
속청 124
수잡가 37
습시조 39

시절가조(時節歌調) 167
시조념 31
시조라는 명칭 25
시조문학 진흥을 위한 공청회 179
시조 부흥론 154, 239
시조의 대중화 84
시조의 명칭 17
시조의 세계화 84
시조의 전문화 84
시조장단(時調長短) 31
시조 혁신론 154
시쥬갈락 31
시쥬여창 31
시쥬역난갈악 31
신체시 141
실시간 소통 216

언시조 37
언편 38
엇시조 37
엇엮음시조 37
엇편시조 38
여창 129
여창가곡 129
여창지름시조 21, 38
엮음 39, 125
엮음시조 39
엮음지름시조 37
연비여천(鳶飛戾天) 93
연삼장시조 30
연작법 83
온지름시조 38
완여반석(完如磐石) 94
완제 34
왜 시조인가 232
요사잇시 16
요성 38
용수철 박자 182
우시조 36
우조시조 21, 36
우조지름시조 21, 37, 38
우조평시조 36
우평시조 36
원포귀범(遠浦歸帆) 94
위국충심 198
율격 179
음보 168

**ㅇ**

아이덴티티 153
압운 179
약강 180
약약 180
약약강 181
양동음정(陽動陰靜) 164
양장시조 30, 55
어단성장(語短聲長) 164, 186
어불범각(語不犯角) 164
억양절주(抑楊節奏) 164
언문풍월 141

음보별 배행 77
음보율 71, 149, 179
음수율 149, 179
음악적 연행 86, 87
의미율 150, 179
이왕직아악부 30
인쇄매체 213

ㅈ

자진 39, 125
자진곡조 30
작은악절 184
잔연고등(殘烟孤燈) 93
잡가 123
장강유수(長江流水) 93
장단율 149, 179
장형시조 44
전자매체 213
전자 텍스트 214
정격 53
좀는시조 39
좀는평시조 41
주슴시조 39
주심시조 39
중거지름시조 21
중대엽 60
중허리시조 21, 30, 36
중형시조 44
지름시조 20, 30, 34, 38

지름엮음시조 37
진각세계 194, 198
질으는 시쥬갈악 31

ㅊ

청대려 124
청중려 127
청태주 37
청황종 124, 127
초삭대엽 123

ㅋ

카타르시스 114

ㅌ

통찰 114

ㅍ

파연곡 36
판소리 123
편 125
편수대엽 34
편시조 39
편장단 18
평거 34
평거시조 36

평롱 36
평사낙안(平沙落雁) 93
평시조 20, 30, 34, 36
평조 가락 128
평조삼장 시조 여음아(調三章 時調
　女音也) 31
평조시조 여음아(平調時調 女音也)
　31

하이퍼픽션 214

한글 서예 243
한상효월(寒霜曉月) 93
한시 141
한운출수(閒雲出岫) 93
한자투어 198
향가 141
향제 평시조 36
혼합시조 55
화답시 225
활자매체 213
훈민정음체 245
휘모리시조 21, 37, 38

## 인명

가람→이병기 55, 172
고정옥 45
구본혁 30
권호문 202
김대행 45
김사엽 45
김상옥 172, 253
김제현 50
김종식 45
김종제 174
김준영 64
김학성 74

김호성 30
김흥렬 179

나순옥 222
노산→이은상 172

대구여사 190, 191, 203

**ㄹ**

류근조 214
리태극 30, 45, 218

**ㅁ**

맹사성 99, 202
문현 30

**ㅂ**

박석순 132
박영식 249
박종대 241

**ㅅ**

서원섭 49, 170
서유구 20, 131
석성우 101
성삼문 246
손진태 22, 23, 218
신광수 17, 131
신모라 219

**ㅇ**

안자산 24, 25, 173
약산옹 26

양귀비 17
양덕수 16
양은영 219
양주동 218
염상섭 23, 218
오야나기 시게타 176
원동연 114
원용문 45
위당→정인보 172
유만공 19, 171
유만근 180
유상욱 219
육당→최남선 21, 172
윤선도 99, 171, 202
윤재근 154
이광수 175
이규경 20, 131
이병기 23, 24, 44, 59, 218, 240
이상범 92
이성수 219
이세춘 17
이완형 94
이용욱 216
이우혁 219
이은상 175, 218
이응백 83
이이 99, 202
이정주 30
이주환 30
이학규 19

이현보 170, 202
이호우 172
이황 170, 202
임기준 30
임선묵 178
임종찬 73

### ㅈ

장사훈 44, 60
정경태 30, 89
정극인 170
정병욱 174
정완영 62
정인섭 218
정철 202
정태영 219
조규익 24
조운 218
조윤제 45, 176

주요한 218
지헌영 25
진동혁 45, 65

### ㅊ

채제공 17, 26
최남구 174
최남선 22, 218
최동원 45
최상욱 30

### ㅎ

하규일 30
하얌 오마르 181
한춘섭 43
함화진 30
홍난파 161
홍성란 86

## 작품, 도서, 매체

### ㄱ

『가곡창사의 국문학적 본질』 25
「강호사시가」 99, 202
「고산구곡가」 99, 202
〈고향생각〉 162

「관서악부(關西樂府)」 17, 131
「교본역대시조전서」 49
『교주가곡집』 172
『교주해동가요』 172
『구라철사금보』 20, 31, 131

『국문학개설』 176

『국문학 산고』 174

『국악보』 30

『균여전』 64

〈그리움〉 144, 162

「근대가곡의 시조, 전통 가곡 수용
　　고」 144

〈금강에 살어리랏다〉 162

『금고보』 31

『기묘금보』 31


ㄴ

「나비야 청산 가자」 128

『낙하생고』 19

〈낙화유수〉 157

「남도창」 92

『남훈태평가』 192

『낭옹신보』 16

『노산시조집』 172


ㄷ

『담원시조집』, 172

『대한매일신보』 191

『대한민보』 191

『대한유학생회학보』 191

『대한학회월보』 191

「도산십이곡」 202

「도이장가」 170

「도천수관음가(禱千手觀音歌)」 64

『동대율보』 31

「동창이 밝았느냐」 177


ㅁ

『매일신보』 191

「명년삼월 오시마더니」 96

『무엇을 보게 하는가』 219


ㅂ

『방산한씨금보』 19, 31

『백팔번뇌(百八煩惱)』 172, 218

『버전업』 216

『번암집』 26

〈봄처녀〉 162

「봉선화」 253


ㅅ

〈사랑〉 144, 162

「사모곡」 65

〈사의 찬미〉 157

『사이버스페이스 문화읽기』 219

「사제곡발(莎堤曲跋)」 170

「산중신곡」 202

『삼죽금보』 19, 31, 171

「상서문주(上書文註)」 170

『서금보』 31

〈성불사의 밤〉 162
『세시풍요(歲時風謠)』 19, 171
『소년』 191
『시조가악론』 30
『시조개론』 30
「시조개론과 작시법」 174
「시조는 부흥할 것이냐?」 23
「시조는 혁신하자」 24, 55, 59
『시조문학』 218
「시조시와 서양시」 173
『시조시학』 24
『시조시학서설』 178
『시조예술』 160
『시조예술론』 87
「시조와 시설시조의 형태고」 44
「시조(詩調)와 시조(詩調)에 표현된
    조선 사람」 22, 23
『시조유취』 172
「시조 음보와 시조창·가곡의 박자
    상관 고」 144
『시조의 개설과 창작』 44
「시조의 의적(意的) 구성(構成)」 175
「시조의 체격·품격」 25
「시조창법소고」 174
『신민』 23
『신수한화대사전(新修漢和大字典)』
    176
『신한민보』 193

**ㅇ**

『아양금보』 31
『아줌마는 야하면 안되나요』 219
『아틀란티스 광시곡』 219
『악학습영』 15
『양금보』 31
『양금신보』 16
『양금자보』 20
「어부가」 202
「어부가(漁父歌)」 170
「어부가서(漁父歌序)」 170
「어부단가 52장(漁父短歌五十二章)」
    171
『어은유보』 16
『여창가요록』 31
「역가공덕분(譯歌功德分)」 64
〈옛동산에 올라〉 144, 162
「오우가」 99
『유예지』 20, 31, 131
「음절도」 15
「의문이 웨잇습니까」 23
『이호우 시조집』 172
『임원경제지』 20

**ㅈ**

『장금신보』 19, 31, 171
〈장안사〉 162
「장절공유사(莊節公遺事)」 169

「정과정곡」 61, 65
「정읍사」 65
『제국신문』 191
「조선 국민 문학으로서의 시조」 21, 24
『조선문단』 21
『조선아악대요』 30
『증보가곡원류』 30, 172
『증보주해 선율보 시조보』 30, 89

### ㅊ

『청춘』 191
『초적』 172
「충의가」 246

### ㅌ

『태극학보』 191
『퇴마록』 219

### ㅍ

『피아노맨』 219

### ㅎ

「한거십팔곡」 202
『한국음악사』 60
『해동가요』 171

『현대시조시학』 89
「혈죽가」 189
「혼자안저서」 239
『화중련』 86
「훈민가」 202

### 기타

3장 6구 12음보 84
6구설 173
8구설 173, 175
12구설 173, 175
1954년도 6-2 초등학교 국어 교과서 251
2007년도 중학교 1-2 국어책 251

# 한국현대시조론

신웅순